U0072357

STS

山田社

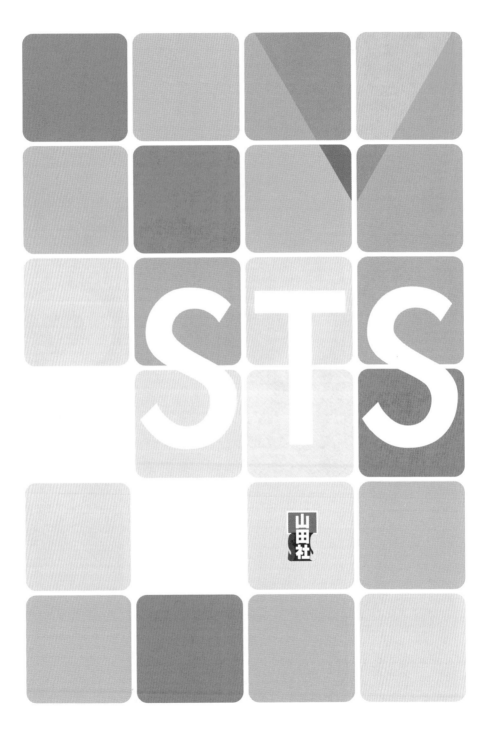

考試分數大躍進
累積實力
百萬考生見證
應考秘訣

3 4
5

根據日本國際交流基金考試相關概要

N3.N4.N5
［閱讀大全］

吉松由美／西村惠子 ◎合著

山田社
Shan Tian She

前所未有,新日檢 N3 ～ N5 閱讀集合起來了!
本書有最精準考題預測的「透力」+讀解破題關鍵的「滲力」,
就算「時間小偷」虎視眈眈,也能臨場從容做完每道考題!

▶ 日籍金牌教師編著,百萬日檢考生見證,鑽石級解題技巧,一舉取得日檢金牌證照!
▶ 就算時間分秒必爭,也不必戰戰兢兢!「破題」×「推演」跟著步驟方塊走,就能速讀、速解、速答!
▶ 擴大日檢考試格局,通過日檢讀解考試,用「閱讀力」提升您的「競爭力」!
▶ 全日本都是您的寶庫,利用「閱讀力」,把日本各式各樣的技術 know how(技術訣竅),通通挖掘出來吧!

為什麼考試時間老是不夠,文章這麼長,總是看不完?

為什麼背完了單字、文法,閱讀測驗還是有看沒懂?

為什麼明明一讀再讀,但成績還是屢戰屢敗?

　　在日檢考試中,閱讀測驗總是被稱作「時間的小偷」!因為這完全就是一場與時間的爭奪戰!裡面除了藏有大量單字跟文法外,還需要在有限時間內,跨越重重陷阱、茫茫字海,才能尋找到正確答案。合格證書之所以看起來遙遠、璀璨,就是因為有太多人在閱讀這關失足。

那麼，究竟該如何應付這樣的「時間的小偷」呢？《新制日檢 絕對合格 N3, N4, N5 閱讀大全》集合了 N3, N4, N5 三個級數的閱讀模擬考題，從基礎開始讓您進行大量練習。資深的日籍教師群精準的猜題，用心編寫了最符合日檢實測內容的模擬試題。詳盡的分析，讓您能輕鬆擁有日文「閱讀力」！特色有：

1. **精準破解出題方向，考場自在發揮、游刃有餘！**
　　本書命題三大條件：「完全符合新制日檢的出題形式」、「完全符合新制日檢的場景設計」、「完全符合新制日檢的出題範圍」。幫您徹底分析舊制及新制考古題，點出各種考題落點，及破解出題老師的命題方向，讓您在考場上自在發揮，游刃有餘！

2. **「高分解題法」，即讀即解，全解全析！**
　　文章解碼，處處有跡可尋，但光是會「解」不夠，還要解得快才行！本書採用「破題法」，先點出問題關鍵字（句），再由上而下抽絲剝繭，分段進行邏輯解析，文章脈絡一目了然。只要跟著步驟，熟悉破題方法，閱讀文章自然精準有效率，就能掌握高分關鍵！

3. **針對考題，整理出相關單字、文法，就是閱讀完勝利器，成效 No.1！**
　　針對日檢考題，整理出相關單字、文法，不僅幫助您補充加強學習，還能復習到同級的單字、文法。閱讀 × 單字 × 文法，靈活運用、交叉訓練，擴充三倍應考實力！

本書適用於新日檢、GNK、日本留學試驗…等，一次考遍各種日語考試！

CONTENTS [目錄]

[**新制對應手冊**]

一、什麼是新日本語能力試驗呢

1. 新制「日語能力測驗」

從2010年起實施的新制「日語能力測驗」（以下簡稱為新制測驗）。

1－1 實施對象與目的

新制測驗與舊制測驗相同，原則上，實施對象為非以日語作為母語者。其目的在於，為廣泛階層的學習與使用日語者舉行測驗，以及認證其日語能力。

1－2 改制的重點

改制的重點有以下四項：

1 測驗解決各種問題所需的語言溝通能力

新制測驗重視的是結合日語的相關知識，以及實際活用的日語能力。因此，擬針對以下兩項舉行測驗：一是文字、語彙、文法這三項語言知識；二是活用這些語言知識解決各種溝通問題的能力。

2 由四個級數增為五個級數

新制測驗由舊制測驗的四個級數（1級、2級、3級、4級），增加為五個級數（N1、N2、N3、N4、N5）。新制測驗與舊制測驗的級數對照，如下所示。最大的不同是在舊制測驗的2級與3級之間，新增了N3級數。

N1	難易度比舊制測驗的1級稍難。合格基準與舊制測驗幾乎相同。
N2	難易度與舊制測驗的2級幾乎相同。
N3	難易度介於舊制測驗的2級與3級之間。（新增）
N4	難易度與舊制測驗的3級幾乎相同。
N5	難易度與舊制測驗的4級幾乎相同。

＊「N」代表「Nihongo（日語）」以及「New（新的）」。

3 施行「得分等化」

　　由於在不同時期實施的測驗，其試題均不相同，無論如何慎重出題，每次測驗的難易度總會有或多或少的差異。因此在新制測驗中，導入「等化」的計分方式後，便能將不同時期的測驗分數，於共同量尺上相互比較。因此，無論是在什麼時候接受測驗，只要是相同級數的測驗，其得分均可予以比較。目前全球幾種主要的語言測驗，均廣泛採用這種「得分等化」的計分方式。

4 提供「日本語能力試驗Can-do 自我評量表」（簡稱JLPT Can-do）

　　為了瞭解通過各級數測驗者的實際日語能力，新制測驗經過調查後，提供「日本語能力試驗Can-do 自我評量表」。該表列載通過測驗認證者的實際日語能力範例。希望通過測驗認證者本人以及其他人，皆可藉由該表格，更加具體明瞭測驗成績代表的意義。

1－3　所謂「解決各種問題所需的語言溝通能力」

　　我們在生活中會面對各式各樣的「問題」。例如，「看著地圖前往目的地」或是「讀著說明書使用電器用品」等等。種種問題有時需要語言的協助，有時候不需要。

　　為了順利完成需要語言協助的問題，我們必須具備「語言知識」，例如文字、發音、語彙的相關知識、組合語詞成為文章段落的文法知識、判斷串連文句的順序以便清楚說明的知識等等。此外，亦必須能配合當前的問題，擁有實際運用自己所具備的語言知識的能力。

　　舉個例子，我們來想一想關於「聽了氣象預報以後，得知東京明天的天氣」這個課題。想要「知道東京明天的天氣」，必須具備以下的知識：「晴れ（晴天）、くもり（陰天）、雨（雨天）」等代表天氣的語彙；「東京は明日は晴れでしょう（東京明日應是晴天）」的文句結構；還有，也要知道氣象預報的播報順序等。除此以外，尚須能從播報的各地氣象中，分辨出哪一則是東京的天氣。

　　如上所述的「運用包含文字、語彙、文法的語言知識做語言溝通，進而具備解決各種問題所需的語言溝通能力」，在新制測驗中稱為「解決各種問題所需的語言溝通能力」。

新制測驗將「解決各種問題所需的語言溝通能力」分成以下「語言知識」、「讀解」、「聽解」等三個項目做測驗。

語言知識	各種問題所需之日語的文字、語彙、文法的相關知識。
讀　解	運用語言知識以理解文字內容，具備解決各種問題所需的能力。
聽　解	運用語言知識以理解口語內容，具備解決各種問題所需的能力。

作答方式與舊制測驗相同，將多重選項的答案劃記於答案卡上。此外，並沒有直接測驗口語或書寫能力的科目。

2. 認證基準

新制測驗共分為N1、N2、N3、N4、N5五個級數。最容易的級數為N5，最困難的級數為N1。

與舊制測驗最大的不同，在於由四個級數增加為五個級數。以往有許多通過3級認證者常抱怨「遲遲無法取得2級認證」。為因應這種情況，於舊制測驗的2級與3級之間，新增了N3級數。

新制測驗級數的認證基準，如表1的「讀」與「聽」的語言動作所示。該表雖未明載，但應試者也必須具備為表現各語言動作所需的語言知識。

N4與N5主要是測驗應試者在教室習得的基礎日語的理解程度；N1與N2是測驗應試者於現實生活的廣泛情境下，對日語理解程度；至於新增的N3，則是介於N1與N2，以及N4與N5之間的「過渡」級數。關於各級數的「讀」與「聽」的具體題材（內容），請參照表1。

■ 表1 新「日語能力測驗」認證基準

	級數	認證基準
		各級數的認證基準，如以下【讀】與【聽】的語言動作所示。各級數亦必須具備為表現各語言動作所需的語言知識。
困難 ＊ ↑	N1	能理解在廣泛情境下所使用的日語 【讀】・可閱讀話題廣泛的報紙社論與評論等論述性較複雜及較抽象的文章，且能理解其文章結構與內容。 ・可閱讀各種話題內容較具深度的讀物，且能理解其脈絡及詳細的表達意涵。 【聽】・在廣泛情境下，可聽懂常速且連貫的對話、新聞報導及講課，且能充分理解話題走向、內容、人物關係、以及說話內容的論述結構等，並確實掌握其大意。
	N2	除日常生活所使用的日語之外，也能大致理解較廣泛情境下的日語 【讀】・可看懂報紙與雜誌所刊載的各類報導、解說、簡易評論等主旨明確的文章。 ・可閱讀一般話題的讀物，並能理解其脈絡及表達意涵。 【聽】・除日常生活情境外，在大部分的情境下，可聽懂接近常速且連貫的對話與新聞報導，亦能理解其話題走向、內容、以及人物關係，並可掌握其大意。
	N3	能大致理解日常生活所使用的日語 【讀】・可看懂與日常生活相關的具體內容的文章。 ・可由報紙標題等，掌握概要的資訊。 ・於日常生活情境下接觸難度稍高的文章，經換個方式敘述，即可理解其大意。 【聽】・在日常生活情境下，面對稍微接近常速且連貫的對話，經彙整談話的具體內容與人物關係等資訊後，即可大致理解。
＊ 容易 ↓	N4	能理解基礎日語 【讀】・可看懂以基本語彙及漢字描述的貼近日常生活相關話題的文章。 【聽】・可大致聽懂速度較慢的日常會話。
	N5	能大致理解基礎日語 【讀】・可看懂以平假名、片假名或一般日常生活使用的基本漢字所書寫的固定詞句、短文、以及文章。 【聽】・在課堂上或周遭等日常生活中常接觸的情境下，如為速度較慢的簡短對話，可從中聽取必要資訊。

＊N1最難，N5最簡單。

3. 測驗科目

　　新制測驗的測驗科目與測驗時間如表2所示。

■ 表2　測驗科目與測驗時間 ＊①

級數	測驗科目 （測驗時間）			
N1	語言知識（文字、語彙、文法）、讀解 （110分）		聽解 （60分）	→
N2	語言知識（文字、語彙、文法）、讀解 （105分）		聽解 （50分）	→
N3	語言知識 （文字、語彙） （30分）	語言知識（文法）、 讀解 （70分）	聽解 （40分）	→
N4	語言知識 （文字、語彙） （30分）	語言知識（文法）、 讀解 （60分）	聽解 （35分）	→
N5	語言知識 （文字、語彙） （25分）	語言知識（文法）、 讀解 （50分）	聽解 （30分）	→

測驗科目為「語言知識（文字、語彙、文法）、讀解」；以及「聽解」共2科目。

測驗科目為「語言知識（文字、語彙）」；「語言知識（文法）、讀解」；以及「聽解」共3科目。

　　N1與N2的測驗科目為「語言知識（文字、語彙、文法）、讀解」以及「聽解」共2科目；N3、N4、N5的測驗科目為「語言知識（文字、語彙）」、「語言知識（文法）、讀解」、「聽解」共3科目。

　　由於N3、N4、N5的試題中，包含較少的漢字、語彙、以及文法項目，因此當與N1、N2測驗相同的「語言知識（文字、語彙、文法）、讀解」科目時，有時會使某幾道試題成為其他題目的提示。為避免這個情況，因此將「語言知識（文字、語彙、文法）、讀解」，分成「語言知識（文字、語彙）」和「語言知識（文法）、讀解」施測。

＊①：聽解因測驗試題的錄音長度不同，致使測驗時間會有些許差異。

4. 測驗成績

4－1　量尺得分

舊制測驗的得分，答對的題數以「原始得分」呈現；相對的，新制測驗的得分以「量尺得分」呈現。

「量尺得分」是經過「等化」轉換後所得的分數。以下，本手冊將新制測驗的「量尺得分」，簡稱為「得分」。

4－2　測驗成績的呈現

新制測驗的測驗成績，如表3的計分科目所示。N1、N2、N3的計分科目分為「語言知識（文字、語彙、文法）」、「讀解」、以及「聽解」3項；N4、N5的計分科目分為「語言知識（文字、語彙、文法）、讀解」以及「聽解」2項。

會將N4、N5的「語言知識（文字、語彙、文法）」和「讀解」合併成一項，是因為在學習日語的基礎階段，「語言知識」與「讀解」方面的重疊性高，所以將「語言知識」與「讀解」合併計分，比較符合學習者於該階段的日語能力特徵。

■ 表3　各級數的計分科目及得分範圍

級數	計分科目	得分範圍
N1	語言知識（文字、語彙、文法）	0～60
	讀解	0～60
	聽解	0～60
	總分	0～180
N2	語言知識（文字、語彙、文法）	0～60
	讀解	0～60
	聽解	0～60
	總分	0～180
N3	語言知識（文字、語彙、文法）	0～60
	讀解	0～60
	聽解	0～60
	總分	0～180
N4	語言知識（文字、語彙、文法）、讀解	0～120
	聽解	0～60
	總分	0～180
N5	語言知識（文字、語彙、文法）、讀解	0～120
	聽解	0～60
	總分	0～180

各級數的得分範圍，如表3所示。N1、N2、N3的「語言知識（文字、語彙、文法）」、「讀解」、「聽解」的得分範圍各為0～60分，三項合計的總分範圍是0～180分。「語言知識（文字、語彙、文法）」、「讀解」、「聽解」各占總分的比例是1：1：1。

N4、N5的「語言知識（文字、語彙、文法）、讀解」的得分範圍為0～120分，「聽解」的得分範圍為0～60分，二項合計的總分範圍是0～180分。「語言知識（文字、語彙、文法）、讀解」與「聽解」各占總分的比例是2：1。還有，「語言知識（文字、語彙、文法）、讀解」的得分，不能拆解成「語言知識（文字、語彙、文法）」與「讀解」二項。

除此之外，在所有的級數中，「聽解」均占總分的三分之一，較舊制測驗的四分之一為高。

4－3 合格基準

舊制測驗是以總分作為合格基準；相對的，新制測驗是以總分與分項成績的門檻二者作為合格基準。所謂的門檻，是指各分項成績至少必須高於該分數。假如有一科分項成績未達門檻，無論總分有多高，都不合格。

新制測驗設定各分項成績門檻的目的，在於綜合評定學習者的日語能力，須符合以下二項條件才能判定為合格：①總分達合格分數（＝通過標準）以上；②各分項成績達各分項合格分數（＝通過門檻）以上。如有一科分項成績未達門檻，無論總分多高，也會判定為不合格。

N1-N3及N4、N5之分項成績有所不同，各級總分通過標準及各分項成績通過門檻如下所示：

級數	總分		分項成績					
			言語知識 （文字·語彙·文法）		讀解		聽解	
	得分 範圍	通過 標準	得分 範圍	通過 門檻	得分 範圍	通過 門檻	得分 範圍	通過 門檻
N1	0～180分	100分	0～60分	19分	0～60分	19分	0～60分	19分
N2	0～180分	90分	0～60分	19分	0～60分	19分	0～60分	19分
N3	0～180分	95分	0～60分	19分	0～60分	19分	0～60分	19分

級數	總分		分項成績						
			言語知識 （文字・語彙・文法）		讀解		聽解		
	得分 範圍	通過 標準	得分 範圍	通過 門檻	得分 範圍	通過 門檻	得分 範圍	通過 門檻	
N4	0〜180分	90分	0〜120分	38分	0〜60分	19分	0〜60分	19分	
N5	0〜180分	80分	0〜120分	38分	0〜60分	19分	0〜60分	19分	

※上列通過標準自2010年第1回(7月)【N4、N5為2010年第2回(12月)】起適用。

　　缺考其中任一測驗科目者，即判定為不合格。寄發「合否結果通知書」時，含已應考之測驗科目在內，成績均不計分亦不告知。

4－4　測驗結果通知

　　依級數判定是否合格後，寄發「合否結果通知書」予應試者；合格者同時寄發「日本語能力認定書」。

■ N1, N2, N3

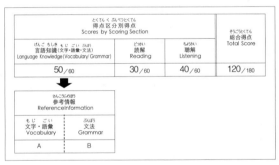

■ N4, N5

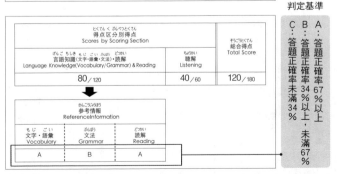

※ 各節測驗如有一節缺考就不予計分，即判定為不合格。雖會寄發「合否結果通知書」但所有分項成績，含已出席科目在內，均不予計分。各欄成績以「★」表示，如「★★／60」。
※ 所有科目皆缺席者，不寄發「合否結果通知書」。

二、新日本語能力試驗的考試內容

N3 題型分析

測驗科目 (測驗時間)			試題內容		
			題型	小題 題數 *	分析
語言知識 (30分)	文字、語彙	1	漢字讀音 ◇	8	測驗漢字語彙的讀音。
		2	假名漢字寫法 ◇	6	測驗平假名語彙的漢字寫法。
		3	選擇文脈語彙 ○	11	測驗根據文脈選擇適切語彙。
		4	替換類義詞 ○	5	測驗根據試題的語彙或說法，選擇類義詞或類義說法。
		5	語彙用法 ○	5	測驗試題的語彙在文句裡的用法。
語言知識、讀解 (70分)	文法	1	文句的文法1 （文法形式判斷）○	13	測驗辨別哪種文法形式符合文句內容。
		2	文句的文法2 （文句組構）◆	5	測驗是否能夠組織文法正確且文義通順的句子。
		3	文章段落的文法 ◆	5	測驗辨別該文句有無符合文脈。
	讀解 *	4	理解內容 （短文）○	4	於讀完包含生活與工作等各種題材的撰寫說明文或指示文等，約150～200字左右的文章段落之後，測驗是否能夠理解其內容。
		5	理解內容 （中文）○	6	於讀完包含撰寫的解說與散文等，約350字左右的文章段落之後，測驗是否能夠理解其關鍵詞或因果關係等等。
		6	理解內容 （長文）○	4	於讀完解說、散文、信函等，約550字左右的文章段落之後，測驗是否能夠理解其概要或論述等等。
		7	釐整資訊 ◆	2	測驗是否能夠從廣告、傳單、提供各類訊息的雜誌、商業文書等資訊題材（600字左右）中，找出所需的訊息。

		題型		小題題數	分析
聽解（40分）	1	理解問題	◇	6	於聽取完整的會話段落之後，測驗是否能夠理解其內容（於聽完解決問題所需的具體訊息之後，測驗是否能夠理解應當採取的下一個適切步驟）。
	2	理解重點	◇	6	於聽取完整的會話段落之後，測驗是否能夠理解其內容（依據剛才已聽過的提示，測驗是否能夠抓住應當聽取的重點）。
	3	理解概要	◇	3	於聽取完整的會話段落之後，測驗是否能夠理解其內容（測驗是否能夠從整段會話中理解說話者的用意與想法）。
	4	適切話語	◆	4	於一面看圖示，一面聽取情境說明時，測驗是否能夠選擇適切的話語。
	5	即時應答	◆	9	於聽完簡短的詢問之後，測驗是否能夠選擇適切的應答。

N4 題型分析

測驗科目（測驗時間）		試題內容			
		題型		小題題數 *	分析
語言知識（30分）	文字、語彙	1	漢字讀音	◇	9	測驗漢字語彙的讀音。
		2	假名漢字寫法	◇	6	測驗平假名語彙的漢字寫法。
		3	選擇文脈語彙	○	10	測驗根據文脈選擇適切語彙。
		4	替換類義詞	○	5	測驗根據試題的語彙或說法，選擇類義詞或類義說法。
		5	語彙用法	○	5	測驗試題的語彙在文句裡的用法。
	文法	1	文句的文法1（文法形式判斷）	○	15	測驗辨別哪種文法形式符合文句內容。
		2	文句的文法2（文句組構）	◆	5	測驗是否能夠組織文法正確且文義通順的句子。
		3	文章段落的文法	◆	5	測驗辨別該文句有無符合文脈。

語言知識 (30分)	讀解 *	4	理解內容（短文）	○	4	於讀完包含學習、生活、工作相關話題或情境等，約100~200字左右的撰寫平易的文章段落之後，測驗是否能夠理解其內容。
		5	理解內容（中文）	○	4	於讀完包含以日常話題或情境為題材等，約450字左右的簡易撰寫文章段落之後，測驗是否能夠理解其內容。
		6	釐整資訊	◆	2	測驗是否能夠從介紹或通知等，約400字左右的撰寫資訊題材中，找出所需的訊息。
聽解 (35分)		1	理解問題	◇	8	於聽取完整的會話段落之後，測驗是否能夠理解其內容（於聽完解決問題所需的具體訊息之後，測驗是否能夠理解應當採取的下一個適切步驟）。
		2	理解重點	◇	7	於聽取完整的會話段落之後，測驗是否能夠理解其內容（依據剛才已聽過的提示，測驗是否能夠抓住應當聽取的重點）。
		3	適切話語	◆	5	於一面看圖示，一面聽取情境說明時，測驗是否能夠選擇適切的話語。
		4	即時應答	◆	8	於聽完簡短的詢問之後，測驗是否能夠選擇適切的應答。

N5 題型分析

測驗科目（測驗時間）			試題內容		
			題型	小題題數 *	分析
語言知識 (25分)	文字、語彙	1	漢字讀音	◇ 12	測驗漢字語彙的讀音。
		2	假名漢字寫法	◇ 8	測驗平假名語彙的漢字及片假名的寫法。
		3	選擇文脈語彙	◇ 10	測驗根據文脈選擇適切語彙。
		4	替換類義詞	○ 5	測驗根據試題的語彙或說法，選擇類義詞或類義說法。

				○/◆/◇	題數	說明
語言知識、讀解（50分）	文法	1	文句的文法1（文法形式判斷）	○	16	測驗辨別哪種文法形式符合文句內容。
		2	文句的文法2（文句組構）	◆	5	測驗是否能夠組織文法正確且文義通順的句子。
		3	文章段落的文法	◆	5	測驗辨別該文句有無符合文脈。
	讀解＊	4	理解內容（短文）	○	3	於讀完包含學習、生活、工作相關話題或情境等，約80字左右的撰寫平易的文章段落之後，測驗是否能夠理解其內容。
		5	理解內容（中文）	○	2	於讀完包含以日常話題或情境為題材等，約250字左右的撰寫平易的文章段落之後，測驗是否能夠理解其內容。
		6	釐整資訊	◆	1	測驗是否能夠從介紹或通知等，約250字左右的撰寫資訊題材中，找出所需的訊息。
聽解（30分）		1	理解問題	◇	7	於聽取完整的會話段落之後，測驗是否能夠理解其內容（於聽完解決問題所需的具體訊息之後，測驗是否能夠理解應當採取的下一個適切步驟）。
		2	理解重點	◇	6	於聽取完整的會話段落之後，測驗是否能夠理解其內容（依據剛才已聽過的提示，測驗是否能夠抓住應當聽取的重點）。
		3	適切話語	◆	5	測驗一面看圖示，一面聽取情境說明時，是否能夠選擇適切的話語。
		4	即時應答	◆	6	測驗於聽完簡短的詢問之後，是否能夠選擇適切的應答。

＊「小題題數」為每次測驗的約略題數，與實際測驗時的題數可能未盡相同。此外，亦有可能會變更小題題數。

＊有時在「讀解」科目中，同一段文章可能會有數道小題。

＊符號標示：「◆」舊制測驗沒有出現過的嶄新題型；「◇」沿襲舊制測驗的題型，但是更動部分形式；「○」與舊制測驗一樣的題型。

資料來源：《日本語能力試驗JLPT官方網站：分項成績‧合格判定‧合否結果通知》。2016年1月11日，取自：http://www.jlpt.jp/tw/guideline/results.html

MEMO

讀解・第一回

もんだい4

つぎの (1)から (3)の ぶんしょうを 読んで、しつもんに こたえて ください。こたえは、1・2・3・4から いちばん いい ものを 一つ えらんで ください。

(1)

　きょうの 昼、友だちが うちに ごはんを 食べに 来ますので、今 母が 料理を 作って います。わたしは、フォークと スプーンを テーブルに 並べました。おさらは 友だちが 来て から 出します。

27

　今、テーブルの 上に 何が ありますか。

　1　フォーク

　2　フォークと スプーン

　3　おさら

　4　フォークと スプーンと おさら

(2)

　きょうは　山に　登りました。きれいな　花が　さいて　いたので、向こうの　山も　入れて　写真を　とりました。鳥も　いっしょに　とりたかったのですが、写真に　入りませんでした。

28

とった　写真は　どれですか。

(3)

友<ruby>とも</ruby>だちに　メールを　書<ruby>か</ruby>きました。

　　来週<ruby>らいしゅう</ruby>、日本<ruby>にほん</ruby>に　帰<ruby>かえ</ruby>ります、一度<ruby>いちど</ruby>　会<ruby>あ</ruby>いませんか。わたしは　月曜日<ruby>げつようび</ruby>の
夜<ruby>よる</ruby>に　日本<ruby>にほん</ruby>に　着<ruby>つ</ruby>きます。火曜日<ruby>かようび</ruby>と　木曜日<ruby>もくようび</ruby>は　出<ruby>で</ruby>かけますが、水曜日<ruby>すいようび</ruby>
は　だいじょうぶです。金曜日<ruby>きんようび</ruby>は　おばさんの　家<ruby>うち</ruby>に　行<ruby>い</ruby>きます。

29

　「わたし」は　いつ　時間<ruby>じかん</ruby>が　ありますか。

1　来週<ruby>らいしゅう</ruby>は　毎日<ruby>まいにち</ruby>

2　月曜日<ruby>げつようび</ruby>

3　水曜日<ruby>すいようび</ruby>

4　火曜日<ruby>かようび</ruby>と　木曜日<ruby>もくようび</ruby>

もんだい4

請先閱讀下面的文章(1)～(3)再回答問題。請從選項 1・2・3・4 當中選出一個最適當的答案。

▼ **(1)** ／ **27**--

[翻譯]

　　今天中午朋友要來我家吃飯，所以家母現在正在煮菜。我把叉子和湯匙排放在餐桌上。盤子就等朋友來了之後再拿出來。

27　請問現在餐桌上有什麼呢？

1 叉子
2 叉子和湯匙
3 盤子
4 叉子、湯匙和盤子

[解題]

1　　這一題問題關鍵在「今」（現在），問的是當下的事情，重點在「フォークとスプーンをテーブルに並べました」（把叉子和湯匙排放在餐桌上），從這一句可以得知餐桌上至少有叉子和湯匙，所以選項1、3是錯的。

2　　至於盤子有沒有在餐桌上面，就要看「おさらは友だちが来てから出します」，這一句的「～てから」（先…）是表示動作先後順序的句型，意思是說先做前項動作再做後項動作，表示朋友來了之後盤子才要拿出來，從這邊可以看出盤子現在沒有擺放在餐桌上面，所以選項4是錯的，正確答案是2。「動詞ます形＋に来ます」表示為了某種目的前來。

|答案：2

重要單字

□ 今日（今天）　　　　　□ 家（家裡）
□ 昼（白天）　　　　　　□ ごはん（飯）
□ 友だち（朋友）　　　　□ 食べる（吃）

□ 来る（來）	□ フォーク（叉子）
□ 今（現在）	□ スプーン（湯匙）
□ 母（我的媽媽；家母）	□ テーブル（餐桌）
□ 料理（料理）	□ 並べる（排列；排整齊）
□ 作る（作〈飯〉）	□ お皿（盤子）
□ わたし（我〈自稱詞〉）	□ 出す（拿…出來）

▼ (2) ／ 28 ---

[翻譯]

　今天我去爬山。山上有盛開的漂亮花朵，所以我把它和對面那座山一起拍了進去。原本也想要拍小鳥的，可是牠沒有入鏡。

28 請問拍到的照片是哪一張呢？

1 只有山

2 小鳥

3 山和花

4 花和小鳥

[解題]

1 　這一題解題關鍵在「きれいな花がさいていたので、向こうの山も入れで写真をとりました」（山上有盛開的漂亮花朵，所以我把它和對面那座山一起拍了進去），從上下文關係可以判斷出這邊舉出的是前面提到的花和這一句提到的山，所以照片裡一定有花和山，選項1、2、4都是錯的，正確答案是3。如果要形容花盛開，可以說「花がさいています」，這邊用過去式「花がさいていた」，暗示當時作者看到的樣子是盛開的，現在就不曉得了。

2 　「鳥もいっしょにとりたかったのですが、写真に入りませんでした」（原本也想要拍小鳥的，可是牠沒有入鏡），這一句的「～たかった」表示說話者原本有某種希望、心願，後面常常會接接逆接的「が」來傳達「我本來想…可是…」的惋惜語氣。

|答案：**3**

▼ **(3)／29**

[翻譯]

我寫了封電子郵件給朋友。

> 下週我會回日本。要不要見個面呢？我星期一晚上抵達日本。星期二和星期四要出門，不過星期三沒事。星期五要去一趟阿姨家。

29 請問「我」什麼時候有空呢？

1 下週每一天
2 星期一
3 星期三
4 星期二和星期四

[解題]

1 這一題問題關鍵在「いつ」（什麼時候），要仔細留意文章裡面出現的時間、日期、星期。

2 解題重點在「火曜日と木曜日は出かけますが、水曜日はだいじょうぶです」這一句，說明自己星期二和星期四都要出門（＝有事），所以選項1、4是錯的。

3 「だいじょうぶ」有「沒關係」的意思，可以用在很多地方，都表示肯定，在這邊是指時間上不要緊，也就是說自己星期三可以赴約，句型「Aは〜が、Bは…〜」表示「A是這樣的，但B是那樣的」，呈現出A和B兩件事物的對比。

4 月曜日（星期一）的行程是「夜に日本に着きます」（晚上抵達日本），可見這一天約見面不太恰當，所以選項 2 是錯的，正確答案是 3。

5 「友だちにメールを書きました」（我寫了封電子郵件給朋友）的「に」表示動作的對象，在這裡可以翻譯成「給…」，「会いませんか」（要不要見個面呢）的「～ませんか」用來客氣地邀請對方、詢問對方意願。

答案：3

重要單字

□ メール（電子郵件）
□ 来週（下週）
□ 日本（日本）
□ 帰る（回…）
□ 会う（見面）
□ 月曜日（星期一）
□ 夜（晚上）
□ 着く（到達）

□ 火曜日（星期二）
□ 木曜日（星期四）
□ 出かける（出門）
□ 水曜日（星期三）
□ 大丈夫（沒問題；靠得住）
□ 金曜日（星期五）
□ おばさん（阿姨）

もんだい5

つぎの　ぶんしょうを　読んで、しつもんに　こたえて　ください。こたえは、1・2・3・4から　いちばん　いい　ものを　一つ　えらんで　ください。

　　わたしが　住んで　いる　ビルは　5階まで　あります。わたしの家は　4階です。4階には　わたしの　家の　ほかに、二つの　家があります。

　　となりの　家には、小さい　子どもが　います。3歳　ぐらいの男の　子で、いつも　帽子を　かぶって　います。よく　公園で　お母さんと　遊んで　います。

　　もう　一つの　家には、女の　子が　二人　います。わたしと　同じ小学校に　行って　います。一人は　同じ　クラスなので、いつも　いっしょに　帰って　きます。

　　今度、新しく　2階に　来る　家には、わたしと　年の　近い　女の子が　いると　聞きました。早く　いっしょに　遊びたいです。

30

いつも　いっしょに　帰って　くる　子は、何階に　住んで　いますか。

1　5階

2　4階

3　3階

4　2階

31

男の　子は　よく　何を　して　いますか。

1　家に　いる

2　公園に　行く

3　学校に　行く

4　女の　子と　遊ぶ

もんだい5

請先閱讀下面的文章再回答問題。請從選項 1・2・3・4 當中選出一個最適當的答案。

[翻譯]

　　我住的大樓一共有五層樓。我家在 4 樓。4 樓除了我家以外，還有其他兩戶。

　　隔壁那戶有很小的小朋友。是個年約 3 歲的小男孩，總是戴著帽子。他常常和他媽媽在公園玩耍。

　　另一戶有兩個小女孩。她們和我上同一間小學。其中一個人和我同班，所以我們都一起回家。

　　聽說這次要搬來 2 樓的新住戶有個和我年紀差不多的女孩，希望能快快和她一起玩。

▼ 30 --

30　請問總是和作者一起回家的小孩住在幾樓呢？

1　5 樓
2　4 樓
3　3 樓
4　2 樓

[解題]

1　　　這一題先找出文章裡面提到一起回家的女孩在第三段：「一人は同じクラスなので、いつもいっしょに帰ってきます」（其中一個人和我同班，所以我們都一起回家），這一段是在說「もう一つの家」（另一戶）的情形，「もう一つ」（另一個…）用來說明兩件事物，說完第一項，要說第二項的時候，從第一段「わたしの家は 4 階です。4 階にはわたしの家のほかに、二つの家があります」（我家在 4 樓。4 樓除了我家以外，還有其他兩戶）、「となりの家には」（隔壁那戶）這邊可以得知這個「もう一つの家」也住在 4 樓，因此正確答案是 2。「～のほかに」表示「除了…還有…」。

2　　　「わたしと同じ小学校に行っています」（和我上同一間小學）的「行っています」不是現在進行式「正在前往」，這邊的「～ています」表示經常性狀態，意思是說每天都去上學，已經是種習慣。

|答案：2

▼ 31

31 請問小男孩常常做什麼呢？

1 待在家
2 去公園
3 去上學
4 和小女孩一起玩

［解題］

1 　這一題問題關鍵在「よく何をしていますか」，問的是平常常做什麼事情，提到小男孩的地方在第二段，文章針對小男孩的描述是「３歳ぐらいの男の子で、いつも帽子をかぶっています。よく公園でお母さんと遊んでいます」（是個年約３歳的小男孩，總是戴著帽子。他常和他媽媽在公園玩耍），「～ぐらい」（大概…）表示推測。

2 　「かぶっています」可以翻譯成「戴著…」，這裡的「～ています」表示狀態或習慣，不是現在進行式的「正在戴」，雖然「戴帽子」也是男孩常做的事情，不過沒有這個選項，「遊んでいます」的「～ています」也是表示狀態或習慣，不是現在進行式的「正在玩」，從這邊可以得知小男孩最常做的事情就是去公園。因此正確答案是２。

3 　第四段「わたしと年の近い女の子がいると聞きました」（聽說有個和我年紀差不多的女孩），這裡的「年の近い女の子」也可以用「年が近い女の子」來代替，「早くいっしょに遊びたいです」（希望能快快和她一起玩）的「～たいです」表示說話者個人的心願、希望。

|答案：2

□ 住む（居住）

□ ビル（大樓）

□ 〜階（…樓）

□ 隣（隔壁）

□ 小さい（小的）

□ 子ども（小孩）

□ 〜歳（…歲）

□ 男の子（小男孩）

□ いつも（總是）

□ 帽子（帽子）

□ かぶる（戴〈帽子〉）

□ よく（常）

□ 公園（公園）

□ お母さん（媽媽）

□ 遊ぶ（遊玩）

[讀解・第一回]

もんだい6

右の ページを 見て、下の しつもんに こたえて ください。こたえは、1・2・3・4から いちばん いい ものを 一つ えらんで ください。

　来週、友だちと いっしょに おいしい ものを 食べに 行きます。友だちは 日本料理が 食べたいと 言って います。たくさん 話したいので、金曜日か 土曜日の 夜に 会いたいです。

32
　何曜日に、どの 店へ 行きますか。
　1　月曜日に、山田亭
　2　土曜日か 日曜日に、ハナか フラワーガーデン
　3　土曜日に、山田亭
　4　日曜日に、おしょくじ本木屋

23階　レストランの　案内

おしょくじ　本木屋<ruby>本<rt>もと</rt></ruby><ruby>木<rt>き</rt></ruby><ruby>屋<rt>や</rt></ruby>	<ruby>日本料理<rt>に ほんりょうり</rt></ruby>	【<ruby>月<rt>げつ</rt></ruby>〜<ruby>日<rt>にち</rt></ruby>】11：00〜15：00
ハナ	<ruby>喫茶店<rt>きっ さ てん</rt></ruby>	【<ruby>月<rt>げつ</rt></ruby>〜<ruby>金<rt>きん</rt></ruby>】06：30〜15：30 【<ruby>土<rt>ど</rt></ruby>、<ruby>日<rt>にち</rt></ruby>】07：00〜17：30
フラワーガーデン	イタリア<ruby>料理<rt>りょう り</rt></ruby>	【<ruby>月<rt>げつ</rt></ruby>〜<ruby>金<rt>きん</rt></ruby>】17：30〜22：00 【<ruby>土<rt>ど</rt></ruby>、<ruby>日<rt>にち</rt></ruby>】17：30〜23：00
パーティールーム	フランス<ruby>料理<rt>りょう り</rt></ruby>	【<ruby>月<rt>げつ</rt></ruby>〜<ruby>日<rt>にち</rt></ruby>】17：30〜23：00
<ruby>山田亭<rt>やま だ てい</rt></ruby>	<ruby>日本料理<rt>に ほんりょうり</rt></ruby>	【<ruby>月<rt>げつ</rt></ruby>〜<ruby>金<rt>きん</rt></ruby>】11：30〜14：00 【<ruby>土<rt>ど</rt></ruby>、<ruby>日<rt>にち</rt></ruby>】11：30〜23：00

もんだい6

請參照右頁並回答以下問題。請從選項 1 · 2 · 3 · 4 當中選出一個最適當的答案。

▼ **32**---

[翻譯]

　下週我要和朋友一起去享用美食。朋友說他想吃日本料理。我想要和他好好地聊個天，所以想在星期五或星期六的晚上見面。

32 請問要在星期幾、去哪間餐廳？

1 星期一，山田亭
2 星期六或星期天，花或 Flower Garden
3 星期六，山田亭
4 星期日，御食事本木屋

23 樓 餐廳介紹

御食事　本木屋	日本料理	【一～日】11：00～15：00
花	咖啡廳	【一～五】06：30～15：30 【六、日】07：00～17：30
Flower Garden	義式料理	【一～五】17：30～22：00 【六、日】17：30～23：00
Party Room	法式料理	【一～日】17：30～23：00
山田亭	日本料理	【一～五】11：30～14：00 【六、日】11：30～23：00

[解題]

1 這一題要問的是日期和地點，關於地點的解題關鍵在「友だちは日本料理が食べたいと言っています」（朋友說他想吃日本料理）這一句，可見餐廳應該要選日本料理（＝おしょくじ本木屋或是山田亭），「〜たい」表示說話者個人的心願、希望，「〜と言っています」可以用來完整引用別人的發言。

2 至於見面時間就要看「たくさん話したいので、金曜日か土曜日の夜に会いたいです」（我想要和他好好地聊個天，所以想在星期五或星期六的晚上見面）這一句，可見應該要選在星期五或星期六，所以選項1、2、4都是錯的，正確答案是3。「か」是「或」的意思，表示有好幾種選擇，每一種都可以。

3 「おいしいものを食べに行きます」的「動詞ます形＋に行きます」表示為了某種目的前往。

答案：3

重要單字

- おいしい（美味的）
- 日本料理（日本料理）
- 言う（説；講）
- たくさん（很多）
- 話す（説話）

- 〜か（…或）
- 土曜日（星期六）
- 喫茶店（咖啡廳）
- イタリア料理（義式料理）
- フランス料理（法式料理）

もんだい4

つぎの (1)から (3)の ぶんしょうを 読んで、しつもんに こたえて ください。こたえは、1・2・3・4から いちばん いい ものを 一つ えらんで ください。

(1)

　きょう お昼に、本屋へ 10月の 雑誌を 買いに 行きましたが、売って いませんでした。お店の 人が、あしたか あさってには お店に 来ると 言いましたので、あさって もう 一度 行きます。

27

　いつ 雑誌を 買いに 行きますか。

1　来月

2　きょうの 午後

3　あさって

4　あした

(2)

　5日前に　犬が　生まれました。名前は　サクラです。しろくて　とても　かわいいです。母犬の　モモは　右の　前の　足が　くろいですが、サクラは　左の　うしろの　足がくろいです。

28

　生まれた　犬は　どれですか。

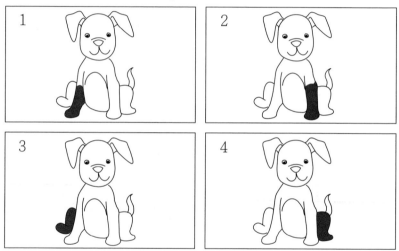

(3)

机の 上に メモが あります。

わたしと 山田先生は となりの 部屋で 会議を して います。ほかの 学校からも 先生が 5人 来ました。会議で 使う 資料は 今 4枚 ありますが、3枚 足りませんので、コピーを お願いします。

29

今 となりの 部屋には 全部で 何人 いますか。

1　3人

2　5人

3　7人

4　8人

もんだい4

請先閱讀下面的文章(1)～(3)再回答問題。請從選項１・２・３・４當中選出一個最適當的答案。

▼ **(1) / 27**--

［翻譯］

　　今天中午我去書店買 10 月號雜誌，但是書店沒有賣。店員說，明天或後天雜誌會到貨，所以我後天還要再去一趟。

27 請問什麼時候要去買雜誌呢？

1 下個月
2 今天下午
3 後天
4 明天

［解題］

1　這一題問題關鍵在「いつ」，要注意題目出現的時間。

2　解題重點在「お店の人が、あしたかあさってにはお店に来ると言いましたので、あさってもう一度行きます」，這一句明確地指出作者要後天再去一趟書局（買雜誌），因此正確答案是３。「もう一度」是「再一次」的意思，「あしたかあさって」（明天或後天）是指雜誌到貨的時間，「か」是「或」的意思，表示有好幾種選擇，每一種都可以。

3　「雑誌を買いに行きました」的「動詞ます形＋に行きました」表示之前為了某種目的前往。

答案：3

重要單字

□ 本屋（書店）　　　　　□ 買う（買）
□ 雑誌（雜誌）　　　　　□ 売る（賣）

▼ **(2)／28**--

[翻譯]

　　5 天前小狗出生了。名字叫小櫻。白白的好可愛。狗媽媽桃子的右前腳是黑色的，小櫻則是左後腳是黑色的。

28 請問出生的小狗是哪一隻呢？

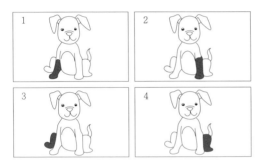

[解題]

❶　　這一題要抓出對小狗寶寶的形容，文章提到「名前はサクラです」（名字是「小櫻」），到底是誰的名字呢？從前面一句「５日前に犬が生まれました」（５天前小狗出生了）可以推測這一句是繼續描述這隻出生的小狗，所以「小櫻」是小狗寶寶的名字。

❷　　從「しろくてとてもかわいいです」、「サクラは左のうしろの足がくろいです」可以得知出生的小狗身體是白的，左後腳是黑的。正確答案是 4。

❸　　「母犬のモモは右の前の足がくろいですが、サクラは左のうしろの足がくろいです」（狗媽媽桃子的右前腳是黑色的，小櫻則是左後腳是黑色的）這一句運用了「Ａは～が、Ｂは～」句型，表示「Ａ是這樣的，但Ｂ是這樣的」，呈現出狗媽媽和小狗毛色不同的對比。

|答案：4

- □ 犬（狗）
- □ 生まれる（出生）
- □ 名前（名字）
- □ しろい（白色）
- □ かわいい（可愛的）
- □ 母犬（狗媽媽）

- □ 右（右邊）
- □ 前（前面）
- □ 足（腳）
- □ くろい（黑色）
- □ 左（左邊）
- □ 後ろ（後方）

▼ (3) ／ 29

［翻譯］

　　書桌上有張紙條。

　　我和山田老師在隔壁房間開會。其他學校也派了 5 位老師過來。現在在會議上使用的資料有 4 張，不過還少了 3 張，所以請你影印一下。

---

29 請問現在隔壁房間一共有幾個人呢？

1 3人　　　　　**2** 5人　　　　　**3** 7人　　　　　**4** 8人

［解題］

1　　這一題問題關鍵在「全部で」，問的是全部的人數，這邊的「で」表示數量的總和，和文章裡面的「会議で使う資料」表示動作發生場所的「で」（在…）意思不同。

2　　解題重點在「わたしと山田先生はとなりの部屋で会議をしています。ほかの学校からも先生が 5 人来ました」（我和山田老師在隔壁房間開會。其他學校也派了5位老師過來），從這邊可以得知現在會議室裡面有「わたし」，山田老師和其他學校的5位老師，所以一共有7人。正確答案是 3。

3　　「コピーをお願いします」（麻煩你影印一下）的「～をお願いします」用來請求別人做某件事，或是向別人要什麼東西。

|答案：3

□ 机（桌子）

□ メモ（備忘錄，紙條）

□ 先生（老師）

□ 部屋（房間）

□ 会議（會議）

□ 学校（學校）

□ 使う（使用）

□ 資料（資料）

□ ～枚（…張）

□ 足りる（充分；足夠）

□ コピー（影印）

□ ～をお願いします（麻煩您…）

□ 全部で（總共）

[讀解・第二回]

もんだい5

つぎの ぶんしょうを 読んで、しつもんに こたえて ください。こたえは、1・2・3・4から いちばん いい ものを 一つ えらんで ください。

　父は 毎日 コーヒーを 飲みます。夏の 暑い ときには、冷たい コーヒーを、冬の 寒い ときには、温かい コーヒーを 飲みます。わたしも ときどき 飲みますが、コーヒーは おいしいと 思いません。

　きょうの 朝は、コーヒーが ありませんでした。きのう、スーパーへ 行ったとき、売って いなかったからです。父は わたしたちと いっしょに お茶を 飲みました。きょうの お茶は、中国の 有名な お茶でした。寒い 朝に、温かい お茶を 飲んで、体も 温かく なって、元気が 出ました。

30

きょうの　朝、お父さんは　どうして　コーヒーを　飲みませんでしたか。

1　きょうの　朝は　寒かったので

2　うちに　コーヒーが　なかったので

3　コーヒーは　おいしいと　思わないので

4　きょうの　朝は　暑かったので

31

きょうの　朝は　どんな　お茶を　飲みましたか。

1　あまり　おいしくない　お茶

2　有名な　お茶

3　冷たい　お茶

4　まずい　お茶

もんだい5

請先閱讀下面的文章再回答問題。請從選項1・2・3・4當中選出一個最適當的答案。

[翻譯]

　　爸爸每天都會喝咖啡。夏天炎熱的時候喝冰咖啡，冬天寒冷的時候就喝熱咖啡。我有時雖然也會喝，可是我不覺得咖啡很美味。

　　今天早上咖啡沒有了。這是因為昨天去超市的時候發現它沒有賣。爸爸和我們一起喝了茶。今天的茶是中國很有名的茶葉。在寒冷的早上喝一杯溫熱的茶，身體會暖和起來，精神都來了。

▼ **30**--

30　請問今天早上為什麼爸爸沒有喝咖啡呢？

1 因為今天早上很冷
2 因為家裡沒有咖啡
3 因為不覺得咖啡好喝
4 因為今天早上很熱

[解題]

1　這一題問題關鍵在「どうして」，問的是原因理由。

2　　文章第一段提到「父は毎日コーヒーを飲みます」（爸爸每天都會喝咖啡），不過第二段又說「きょうの朝は、コーヒーがありませんでした。きのう、スーパーへ行ったとき、売っていなかったからです。父はわたしたちといっしょにお茶を飲みました」，說明昨天在超市沒買到咖啡，今天早上沒有咖啡可以喝，所以爸爸才和其他人一起喝茶。正確答案是2。

3　　「〜とき」表示在做某件事情的同時發生了其他事情，可以翻譯成「…的時候」，「〜からです」用來解釋原因。

④ 　「夏の暑いときには、冷たいコーヒーを」（夏天炎熱的時候喝冰咖啡）的「を」，下面省略了「飲みます」。像這樣省略「を」後面的他動詞是很常見的表現，作用是調節節奏，或是讓內容看起來簡潔有力，我們只能依照常識去判斷被省略的動詞是什麼，在這邊因為後面有一句「温かいコーヒーを飲みます」，所以可以很明確地知道消失的部分是「飲みます」。

⑤ 　「わたしもときどき飲みますが、コーヒーはおいしいと思いません」（我有時雖然也會喝，可是我不覺得咖啡很美味），「ときどき」是「有時」的意思，表示頻率的常見副詞按照頻率高低排序，依序是「よく（時常）＞ときどき（有時）＞たまに（偶爾）＞あまり（很少）＞ぜんぜん（完全不）」，要注意最後兩個的後面都接否定表現，「～と思いません」用來表示說話者的否定想法，「と」的前面放想法、感受，可以翻譯成「我不覺得…」、「我不認為…」。

|答案：2

重要單字

□ 父（我的爸爸；家父）

□ 毎日（每天）

□ コーヒー（咖啡）

□ 飲む（喝）

□ 夏（夏天）

□ 暑い（炎熱的）

□ 冷たい（冰涼的）

□ 冬（冬天）

□ 寒い（寒冷的）

□ 温かい（暖和；溫暖）

□ 時々（有時候）

□ スーパー（超市）

▼ **31**--

31 　請問今天早上喝的茶是怎樣的茶呢？

1 不太好喝的茶

2 有名的茶

3 冰的茶

4 難喝的茶

[解題]

1 　　這一題解題關鍵在「きょうのお茶は、中国の有名なお茶でした」（今天的茶是中國很有名的茶葉），直接點出答案就是「有名なお茶」，正確答案是2。

2 　　「体も温かくなって」（身體也暖和了起來）的「〜くなります」前面接形容詞語幹，表示變化。

|答案：2

重要單字

□ お茶（茶）

□ 中国（中國）

□ 有名（有名）

□ 朝（早上）

□ 体（身體）

□ 元気（精神；精力）

□ あまり〜ない（幾乎不…）

□ まずい（味道不好的）

讀解・第二回

もんだい6

右の ページを 見て、下の しつもんに こたえて ください。こたえは 1・2・3・4 から いちばん いい ものを 一つ えらんで ください。

　うちの 近くに スーパーが 二つ あります。いちばん 安い 肉と 卵を 買いたいです。

32

どちらで 何を 買いますか。

1　Aスーパーの 牛肉と 卵

2　Aスーパーの とり肉と Bスーパーの 卵

3　Bスーパーの とり肉と 卵

4　Bスーパーの ぶた肉と Aスーパーの 卵

Aスーパーの 広告

Bスーパーの 広告

もんだい6

請參照右頁並回答以下問題。請從選項1・2・3・4當中選出一個最適當的答案。

▼ 32--

[翻譯]

我家附近有兩間超市。我想要買最便宜的肉類和雞蛋。

32 應該要在哪一間買什麼呢?

1 A超市的牛肉和雞蛋
2 A超市的雞肉和B超市的雞蛋
3 B超市的雞肉和雞蛋
4 B超市的豬肉和A超市的雞蛋

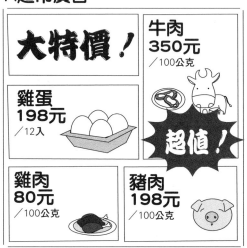

B超市廣告

[解題]

1 　　這一題問題關鍵在「いちばん安い肉と卵を買いたいです」，表示作者想買最便宜的肉類和雞蛋，所以要利用A、B兩間超市的資料進行比價，「いちばん」表示比哪個都強，可以翻譯成「最…」，「～たいです」表示說話者個人的心願、希望。

2 　　從資料中可以看出A超市的雞肉每100公克只要80圓，是所有肉類中最便宜的，所以選項1、4都是錯的。

3 　　至於雞蛋，同樣都是12入，B超市賣得比A超市便宜，所以選項3是錯的，作者應該要在A超市買雞肉，然後在B超市買雞蛋。正確答案是2。

答案：2

重要單字

□ 一番（最…；第一）
□ 安い（便宜的）
□ 肉（肉）
□ 卵（蛋）
□ 広告（廣告）

□ とり肉（雞肉）
□ 円（日圓）
□ グラム（公克）
□ 牛肉（牛肉）
□ ぶた肉（豬肉）

もんだい４

つぎの　(1)から　(3)の　ぶんしょうを　読んで、しつもんに　こたえて　ください。こたえは、1・2・3・4から　いちばん　いい　ものを　一つ　えらんで　ください。

(1)

　　皆さん、今週の　宿題は　３ページだけです。21ページから　23ページまでです。月曜日に　出して　ください。24ページと　25ページは　来週の　じゅぎょうで　やります。

27

　　今週の　宿題は、どうなりましたか。

1　ありません

2　３ページまで

3　21ページから　23ページまで

4　24ページから　25ページまで

(2)

　わたしの　部屋には　窓が　一つしか　ありません。窓の　上には　時計が

かかって　います。テレビは　ありませんが、本棚の　上に　ラジオが

あります。あした　父と　パソコンを　買いに　行きますので　パソコ

ンは　机の　上に　置きます。

28

今の　部屋は　どれですか。

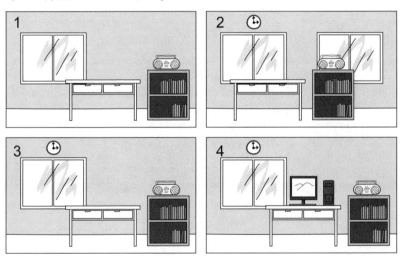

(3)

山田さんが　友だちに　メールを　書きました。

　土曜日の　カラオケ、わたしも　行きたいですが、その　日は
昼から　夜まで　仕事が　あります。でも、日曜日は　休みです。
日曜日に　行きませんか。あとで　時間を　教えて　ください。

29

山田さんは　いつ　働いて　いますか。
1　土曜日の　昼から　夜まで
2　土曜日の　昼まで
3　土曜日の　夜から
4　日曜日

もんだい4

請先閱讀下面的文章(1)～(3)再回答問題。請從選項１・２・３・４當中選出一個最適當的答案。

▼ **(1)／27**--

［翻譯］

　　各位同學，這禮拜的作業只有３頁。從第21頁寫到第23頁。請在星期一繳交。第24頁和第25頁要在下禮拜的課堂上寫。

27　請問這禮拜的作業是什麼？

1 沒作業
2 寫到第３頁
3 從第21頁到第23頁
4 從第24頁到第25頁

［解題］

1　　這一題的解題關鍵在「今週の宿題は３ページだけです。21ページから23ページまでです」（這禮拜的作業只有３頁。從第21頁寫到第23頁）。正確答案是３。

2　　「21ページから23ページまでです」這一句因為前面已經提過「今週の宿題は」，為了避免繁複所以才省略了主語，一定要知道它是接著上一句繼續針對這個禮拜的作業進行描述。「～だけ」（只…）表示範圍的限定，「ＡからＢまでです」的意思是「從Ａ到Ｂ」。

3　　「月曜日に出してください」（請在星期一繳交）的「～てください」用來命令、要求對方做某件事情。

答案：3

□ 今週（本週）

□ 宿題（家庭作業）

□ ページ（頁碼；第…頁）

□ ～から～まで（從…到）

□ ～てください（請…）

□ 授業（教課；上課）

□ やる（做〈某事〉）

▼ (2) ／ 28--

［翻譯］

　　我的房間只有一扇窗而已。窗戶上方掛了一個時鐘。雖然沒有電視機，但是書櫃上面有一台收音機。明天我要和爸爸去買電腦，電腦要擺在書桌上面。

28 請問現在房間是哪一個呢？

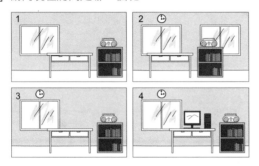

［解題］

① 　這一題要從全文的敘述來找出房間的樣貌，問題問的是「今」（現在），所以要注意時態。

② 　「わたしの部屋には窓が一つしかありません」，從這一句可以得知房間的窗戶只有一扇，所以選項2是錯的，「～しかありません」意思是「僅僅如此而已」，「しか」和「だけ」一樣表示範圍的限定，不過「しか」的後面一定接否定表現，而且強調的語氣比較強烈一點。

3 「窓の上には時計がかかっています」表示窗戶上方掛了一個時鐘，可見選項 1 是錯的，這邊的「～ています」前面接自動詞，表示眼前所見的狀態，也就是說時鐘就掛在那邊。

4 文章接下來又提到「テレビはありませんが、本棚の上にラジオがあります」，指出房間裡面沒有電視機，書櫃上面有台收音機。

5 最後作者又說「あした父とパソコンを買いに行きますのでパソコンは机の上に置きます」，指出明天才要去買電腦，買回來的電腦要擺在書桌上，所以現在房間裡並沒有電腦，選項 4 是錯的，正確答案是 3。

|答案：3

重要單字

□ 窓（まど）（窗戶）

□ ～しかない（只有…）

□ 時計（とけい）（時鐘）

□ かかる（垂掛）

□ テレビ（電視）

□ 本棚（ほんだな）（書架；書櫃）

□ ラジオ（收音機）

□ パソコン（電腦）

□ 置く（お）（放置）

▼ (3) ╱ **29**--

[翻譯]

山田小姐寫電子郵件給朋友。

> 星期六的卡拉 OK 我雖然也很想去，但是那天我要從中午工作到晚上。不過禮拜日我就休息了。要不要禮拜日再去呢？等一下請告訴我時間。

29 請問山田小姐工作的時間是什麼時候？

1 星期六的中午到晚上

2 到星期六的中午

3 從星期六晚上開始

4 星期日

［解題］

1 這一題問的是「いつ」（什麼時候），所以要注意文章裡面出現的時間表現。

2 解題關鍵在「土曜日のカラオケ、わたしも行きたいですが、その日は昼から夜まで仕事があります」這一句，問題問的是「いつ働いていますか」，「働く」可以對應到文章裡面的「仕事」，可見「その日は昼から夜まで仕事があります」（那天我要從中午工作到晚上）就是答案所在。

3 不過這個「その日」（那天）指的又是哪天呢？關鍵就在前一句的「土曜日」（禮拜六），所以山田先生工作時間應該是星期六的中午到晚上，正確答案是1。「AからBまでです」的意思是「從A到B」，「〜たいです」表示說話者個人的希望、心願。

4 「友だちにメールを書きました」（寫了封電子郵件給朋友）的「に」表示動作的對象，在這裡可以翻譯成「給…」，「日曜日に行きませんか」（要不要禮拜日再去呢）的「〜ませんか」用來客氣地邀約對方做某件事情，「あとで時間を教えてください」（等一下請告訴我時間）的「〜てください」用來請求、命令對方做某件事情。

答案：1

重要單字

□ カラオケ（卡拉OK）

□ 〜が（但是…）

□ 仕事（工作）

□ 日曜日（星期日）

□ あとで（…之後）

□ 時間（時間）

□ 教える（教導；告訴）

□ 働く（工作）

もんだい5

つぎの ぶんしょうを 読んで、しつもんに こたえて ください。こたえは、1・2・3・4から いちばん いい ものを 一つ えらんで ください。

　ことしの 夏休みに したいことを 考えました。

　7月は 家族で 外国に 旅行に 行きますが、その あとは 時間 が あるので、いろいろな ことを したいです。

　わたしは 音楽が 好きで、CDも たくさん 持って います。うち の 近くに ピアノを 教えて いる 先生が いるので、夏休みに 習いに 行きたいです。来週、先生の 教室を 見に 行きます。

　それから、料理も したいです。休みの 日には ときどき 料理を して いますが、学校が ある 日は 忙しいので できません。母は 料理が じょうずなので、母に 習いたいと 思います。

30

ことしの　夏休みに　何を　したいと　思って　いますか。

1　外国に　行って、ピアノを　習いたい

2　ピアノを　教えたい

3　ピアノと　料理を　習いたい

4　CDを　たくさん　買いたい

31

いつも　料理は　どのぐらい　しますか。

1　休みの　日に　ときどき　します。

2　しません。

3　毎日　します。

4　学校が　ある　日に　します。

もんだい5

請先閱讀下面的文章再回答問題。請從選項1・2・3・4當中選出一個最適當的答案。

[翻譯]

我思考了一下今年暑假想做什麼。

7月要和家人去國外旅行，回國後有空出的時間，所以我想做很多事情。

我喜歡音樂，也收藏很多CD。我家附近有在教鋼琴的老師，所以我暑假想去學。下禮拜要去參觀老師的教室。

接著，我想要下廚。假日我有時候會煮菜，不過要上學的日子很忙，沒辦法下廚。我媽媽燒得一手好菜，所以我想向她討教幾招。

▼ 30 --

30 請問今年夏天作者想做什麼呢？

1 想去國外學鋼琴　　　 2 想教授鋼琴
3 想學鋼琴和煮菜　　　 4 想買很多的CD

[解題]

1 這一題問題問的是作者今年暑假想做什麼，「～と思っていますか」是用來問第三人稱（＝作者）的希望、心願，這一句如果是問「ことしの夏休みに何をしたいと思いますか」，就變成在詢問作答的人今年暑假想做什麼了。

2 解題關鍵在第3段的「家の近くにピアノを教えている先生がいるので、夏休みに習いに行きたいです」（我家附近有在教鋼琴的老師，所以我暑假想去學），以及文章第4段的「それから、料理もしたいです」（接著，我想要下廚），「それから」的意思是「還有…」，表示作者除了學鋼琴還有其他想做的事情，也就是第3段提到的「下廚」，因此正確答案是3。「～に行きたいです」的意思是「為了…想去…」。

3 選項1「外国に行って、ピアノを習いたい」（想去國外學鋼琴）的「～て」表示行為的先後順序，意思是先去國外，然後在國外學鋼琴。

答案：3

□ 今年（今年）
□ 夏休み（暑假）
□ 考える（思考；考慮）
□ 家族（家族）
□ 外国（外國）
□ 旅行（旅行）
□ 音楽（音樂）

□ 好き（喜歡）
□ 持っている（擁有）
□ ピアノ（鋼琴）
□ 教える（教導）
□ 習う（學習）
□ 教室（教室）

▼ 31

31 請問作者多久下一次廚？

1 假日有時候會下廚
2 作者不煮菜
3 每天都下廚
4 有上學的日子才煮菜

[解題]

1 　　這一題問題關鍵在「どのぐらい」，可以用來詢問能力的程度，不過在這邊是詢問行為的頻率。

2 　　解題重點在第 4 段「休みの日にはときどき料理をしていますが、学校がある日は忙しいのでできません」，表示作者假日有時候會煮菜，不過要上學的日子就沒辦法下廚，因此正確答案是 1。「ときどき」是「有時」的意思，表示頻率的常見副詞按照頻率高低排序，依序是「よく（時常）＞ときどき（有時）＞たまに（偶爾）＞あまり（很少）＞ぜんぜん（完全不）」，要注意最後兩個的後面都接否定表現。

3 　　「母は料理がじょうずなので、母に習いたいです」（我媽媽燒得一手好菜，所以我想向她討教幾招），句型「AはBが〜」用來表示A具有B的能力，或是用來形容A的B特質，比如說「姉は髪が長いです」是表示姊姊的頭髮很長，「わたしは歌がへたです」是表示我歌唱得不好，「に」表示行為的對象，可以翻譯成「向…」。

| 答案：1

□ 休^{やす}み（休假）

□ 料理^{りょう り}をする（煮菜）

□ ときどき（有時候）

□ 忙^{いそが}しい（忙碌的）

□ できる（會⋯；辦得到）

□ 上手^{じょう ず}（拿手）

□ 思^{おも}う（想；覺得）

［讀解・第三回］

もんだい6

右の ページを 見て、下の しつもんに こたえて ください。こたえは、1・2・3・
4から いちばん いい ものを 一つ えらんで ください。

　　月曜日の 朝、うちの 近くの お店に 新聞を 買いに 行きま
す。いろいろな ニュースを 読みたいので、安くて ページが 多い
新聞を 買いたいです。

32

どの 新聞を 買いますか。

1　さくら新聞

2　新聞スピード

3　大空新聞

4　もも新聞

新聞の案内

新聞の名前	ページ	お金	売っている日
さくら新聞	30ページ	150円	毎日
新聞スピード	40ページ	150円	毎日
大空新聞	40ページ	120円	週末
もも新聞	28ページ	180円	毎日

もんだい6

請參照右頁並回答以下問題。請從選項 1・2・3・4 當中選出一個最適當的答案。

▼ 32 --

[翻譯]

　　星期一早上，我要去家裡附近的商店買報紙。我想閱讀各式各樣的新聞，所以想買既便宜頁數又多的報紙。

32 請問要買哪份報紙呢？

1 櫻花報
2 速度報
3 大空報
4 桃子報

報紙介紹

報紙名稱	頁數	價格	出刊日
櫻花報	30頁	150圓	每天
速度報	40頁	150圓	每天
大空報	40頁	120圓	週末
桃子報	28頁	180圓	每天

[解題]

❶ 「どの」（哪一個）用來在眾多選擇當中挑出其中一樣，從「月曜日の朝、うちの近くのお店に新聞を買いに行きます」這句話可以得知作者要在星期一早上去買報紙，所以只在週末販賣的「大空新聞」，也就是選項3是不適當的，「動詞ます形＋に行きます」表示為了某種目的前往。

2 接著作者表示自己的購買訴求是「安くてページが多い新聞を買いたいです」，所以要從剩下的3個選項挑出一個既便宜頁數又多的報紙，比較選項1、2、4可以發現選項2「しんぶんスピード」的頁數最多，售價也最低，因此正確答案是2。「～たいです」表示說話者個人的心願、希望。

答案：2

重要單字

□ 新聞（報紙）

□ いろいろ（各式各樣的）

□ ニュース（新聞）

□ 読む（閱讀）

□ ので（因為…）

□ 案内（介紹；説明）

□ ～ている（表狀態持續下去）

□ 週末（週末）

もんだい4

つぎの (1)から (3)の ぶんしょうを 読んで、しつもんに こたえて ください。こたえは、1・2・3・4から いちばん いい ものを 一つ えらんで ください。

(1)

　けさは いつもより 早く 新聞が 来ました。いつもは 朝 6時ぐらいですが、きょうは 30分 早かったです。わたしは 毎日、新聞が 来る 時間に 起きますが、きょう 起きたとき、新聞は もう 来て いました。

27

　けさは 何時 ごろに 新聞が 来ましたか。
　1　朝　6時　ごろ
　2　朝　6時半　ごろ
　3　朝　5時　ごろ
　4　朝　5時半　ごろ

(2)

　きょう、本屋で　買った　2さつの　本を　本棚に　入れました。大きくて
厚い　本は、下の　棚の　右の　ほうに　入れました。小さくて　うすい　本
は、上の　棚の　左の　ほうに　入れました。

28

　今の　本棚は　どれですか。

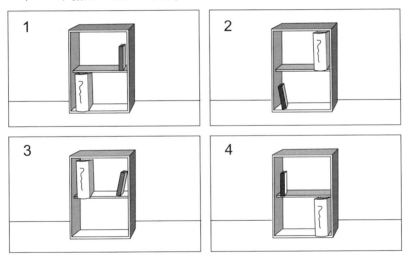

(3)

友_{とも}だちに　メールを　書_かきました。

　　土曜日_{どようび}に　パーティーを　します。30人_{にん}に　電話_{でんわ}を　しました
が、18人_{にん}は　その　日_ひは　時間_{じかん}が　ないと　言_いって　いました。全_{ぜん}
部_ぶで　20人_{にん}　ぐらい　集_{あつ}めたいので、ぜひ　来_きて　ください。

29

土曜日_{どようび}に　時間_{じかい}が　ある　人_{ひと}は　何人_{なんにん}　いますか。

1　8人_{にん}

2　12人_{にん}

3　20人_{にん}

4　30人_{にん}

もんだい４

請先閱讀下面的文章(1)～(3)再回答問題。請從選項１・２・３・４當中選出一個最適當的答案。

▼ **(1)** ／ **27** ---

[翻譯]

今早的報紙比平時都還早送來。平時是大約早上６點送來，今天卻早了 30 分鐘。我每天都在送報的時間起床，不過今天起床的時候，報紙已經送來了。

27 請問今早報紙大概是幾點送來的？

1 早上６點左右
2 早上６點半左右
3 早上５點左右
4 早上５點半左右

[解題]

1 　這一題問的是「けさ」，所以要把焦點放在今天早上。

2 　解題關鍵在「いつもは朝６時ぐらいですが、今日は30分早かったです」（平時是大約早上６點送來，今天卻早了30分鐘），比６點早30分鐘就是５點半。

3 　「今日起きたとき、新聞はもう来ていました」（今天起床的時候，報紙已經送來了），「～とき」（…的時候）表示某個時間點同時發生了後項的事情。「もう」後面接的如果是肯定表現，意思是「已經…」，如果後面接的是否定表現，意思是「已經不…」。「来ていました」的意思是說「（我沒看到報紙送來，等我看到的時候，報紙）已經來了一段時間」。

4 　「けさはいつもより早く新聞が来ました」（今早的報紙比平時都還早送來）的句型「AよりB～」用來做比較，意思是「B比A還…」。正確答案是４。

答案：4

▼ (2) ╱ 28

[翻譯]

　　今天我把在書店買的兩本書放進書櫃裡。又大又厚的書放在下層的右邊。又小又薄的書則是放在上層的左邊。

28 請問現在書櫃是哪一個？

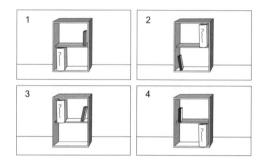

[解題]

1　這一題問的是「今」（現在），通常會強調時間點的題目都會經過一些變化，所以要特別注意時態。

2　解題重點在「大きくて厚い本は、下の棚の右のほうに入れました。小さくてうすい本は、上の棚の左のほうに入れました」這兩句話。

3　從過去式「入れました」就可以知道這個「放置」的動作已經發生、完成，所以現在的書櫃有兩本書，一本是又大又厚的書，放在下層書櫃的右邊，另一本是又小又薄的書，放在上層書櫃的左邊。

4　如果要用兩個形容詞來形容一件事物，接續方式是把第一個形容詞去掉語尾的「い」再加上「くて」，然後直接接上第二個形容詞。

5 「〜ほう」用來表示不明確的位置，「右のほう」只能用來表示右半邊那一帶，不能很明確地指出是最右邊的位置。正確答案是 4。

答案：4

重要單字

- □ 〜で（場所＋で，表動作進行的場所，譯作「在…」）
- □ 〜冊（〈數量詞〉…本）
- □ 入れる（放入）
- □ 厚い（厚重的）

- □ 下（下方）
- □ 薄い（薄的）
- □ 上（上面）

▼ **(3) ／ 29**--

[翻譯]

我寫了封電子郵件給朋友。

> 星期六要開派對。我打電話給 30 個人，其中有 18 個人說他們昨天沒有空。我一共想邀請 20 個人來參加，所以請你一定要到場。

29 請問星期六有空的有幾個人呢？

1 8 人
2 12 人
3 20 人
4 30 人

[解題]

1 這一題的解題關鍵在「何人」（幾人），通常這種問人數的題型都要配合算術才能得到正確答案，所以要特別注意題目所有出現的人數。

2 重點在「30人に電話をしましたが、18人はその日は時間がないと言っていました」（我打電話給30個人，其中有18個人說他們那天沒空），「その日」指的是哪一天呢？如果文章裡面有出現「そ」開頭的指示詞，通常都是在說前一句提到的人事物，也就是「土曜日にパーティーをします」的「土曜日」（星期六），既然30人當中有18個人表明星期六沒有空，「30－18＝12（人）」，所以星期六有空的人有12人。

3 「30人に電話をしました」的「に」表示動作的對象，和「友だちにメールを書きました」的「に」一樣，可以翻譯成「給…」，「～と言っていました」用來完整引述別人的話。

4 「ぜひ来てください」的「ぜひ」（務必…）表示強烈希望，「ぜひ～てほしい」、「ぜひ～てください」表示非常希望別人做某件事情，「ぜひ～たい」表示說話者非常希望做某件事情。正確答案是2。

答案：2

重要單字

□ 書く（寫）

□ パーティー（派對）

□ 電話（電話）

□ 全部（全部）

□ 集める（召集；收集）

□ ぜひ（一定；務必）

[讀解・第四回]

もんだい5

つぎの ぶんしょうを 読んで、しつもんに こたえて ください。こたえは、1・2・3・4から いちばん いい ものを 一つ えらんで ください。

　　同じ クラスの 田中さんは、毎日、違う 色の 服を 着て きます。きょう、田中さんに「何色の 服が いちばん 好きですか。」と 聞きました。田中さんは「赤が いちばん 好きです。赤い 色の 服を 着た 日は、いちばん うれしいです。」と 言いました。今週、田中さんは 2回 赤い 色の 服を 着て 学校に 来ました。白い 服と 黄色い 服と 緑の 服も 1回ずつ ありました。

　　わたしは、毎朝 学校に 着て いく 服の 色を、あまり 考えません。黒や 茶色の 服を よく 着ますが、これからは、もっと いろいろな 色の 服を 着たいと 思います。

30

今週、田中さんが いちばん よく 着た 服の 色は 何色ですか。

1　赤
2　白と 黄色
3　緑
4　黒と 茶色

31

「わたし」は、学校に　着て　いく　服の　色を、これから　どうしたいと　思って　いますか。

1　あまり　考えません。

2　赤い　色の　服を　着たいです。

3　これからも　黒や　茶色の　服を　着たいです。

4　いろいろな　色の　服を　着たいです。

もんだい5

請先閱讀下面的文章再回答問題。請從選項1・2・3・4當中選出一個最適當的答案。

［翻譯］

　　同班的田中同學每天都穿不同顏色的衣服。

　　今天我問田中同學：「妳最喜歡什麼顏色的衣服」，田中同學說：「我最喜歡紅色。穿紅色衣服的那一天最開心」。這禮拜田中同學穿了兩次紅色衣服來上學。白色衣服、黃色衣服和綠色衣服也各穿了一次。

　　我每天都沒有多想要穿什麼衣服上學。我常穿黑色或咖啡色的衣服，不過接下來我想多穿其他顏色的衣服。

▼ **30** ---

30 請問這禮拜田中同學最常穿的衣服顏色是什麼顏色？

1 紅色

2 白色和黃色

3 綠色

4 黑色和咖啡色

［解題］

❶　　這一題問的是「いちばんよく着た」（最常穿的），「いちばん」（最…）表示最高級，也就是程度或頻率最多、最高的。

❷　　問題問的是「田中さん」（田中同學）和「今週」（這個禮拜），所以解題關鍵在「今週、田中さんは2回赤い色の服を着て学校に来ました。しろい服と黄色い服と緑の服も1回ずつありました」，從這邊可以得知田中同學這個禮拜穿了2次紅衣服、1次白衣服、1次黃衣服、1次綠衣服，所以紅色是這個禮拜最常穿的顏色。

❸　　「ずつ」前面接表示數量、比例的語詞，意思是「各…」。正確答案是1。

|答案：**1**

□ 同^{おな}じ（相同的）

□ クラス（班級）

□ 違^{ちが}う（不同）

□ 着^きる（穿）

□ 何色^{なにいろ}（什麼顏色）

□ 赤^{あか}い（紅色的）

□ 嬉^{うれ}しい（開心的）

□ 黄色^{きいろ}い（黃色的）

□ 緑^{みどり}（綠色）

▼ 31

31 請問「我」對於接下來穿去上學的衣服顏色，是怎麼想的呢？

1 沒多加思考

2 想穿紅色的衣服

3 接下來也要穿黑色或咖啡色的衣服

4 想穿各種顏色的衣服

[解題]

1 問題裡面的「どうしたい」意思是「想怎麼做」，「どう」用來詢問狀態，「～と思っていますか」用來詢問第三人稱的心願、希望。

2 這一題解題重點在「くろや茶色の服をよく着ますが、これからは、もっといろいろな色の服を着たいと思います」，表示作者原本常常穿黑色或咖啡色的衣服，不過接下來想多穿其他顏色的衣服，「これから」意思是「接下來」，後面多加了一個對比的「は」，表示接下來的發展將會和過去不一樣。

3 「わたしは、毎朝学校に着ていく服の色を、あまり考えません」（我每天都沒有多想要穿什麼衣服上學）的句型「あまり～ません」，意思是「不怎麼…」，表示程度不怎麼高或數量不怎麼多，要注意「あまり」的後面一定要接否定表現。正確答案是4。

答案：4

□ 毎朝^{まいあさ}（每天早上）

□ あまり～ない（不怎麼）

□ 茶色^{ちゃいろ}（茶色）

□ よく（經常）

□ もっと（更）

讀解・第四回

もんだい6

下の ページを 見て、つぎの しつもんに こたえて ください。こたえは、1・2・3・4から いちばん いい ものを 一つ えらんで ください。

郵便局で、アメリカと イギリスに 荷物を 送ります。アメリカへ 送る 荷物は 急がないので、安い ほうが いいです。イギリスへ 送る 荷物は 急ぐので、速い ほうが いいです。荷物は どちらも 3キロぐらいです。

32

全部で いくら 払いますか。

1. 7,500円
2. 4,500円
3. 10,000円
4. 15,000円

外国への 荷物（アメリカと ヨーロッパ）

	～2キロ	2キロ～5キロ	5キロ～10キロ
飛行機 （1週間ぐらい）	3,000円	5,000円	10,000円
船 （2ヶ月ぐらい）	1,500円	2,500円	5,000円

もんだい6

請參照下頁並回答以下問題。請從選項1・2・3・4當中選出一個最適當的答案。

▼ 32

[翻譯]

　　我要在郵局寄送包裹到美國和英國。寄到美國的包裹不趕時間，所以用便宜的寄送方式就行了。至於寄到英國的包裹因為是急件，所以想用比較快的寄送方式。兩個包裹重量都是3公斤左右。

32 請問總共要付多少郵資呢？

1 7,500 圓

2 4,500 圓

3 10,000 圓

4 15,000 圓

國外包裹（美洲及歐洲）

	～2公斤	2公斤～5公斤	5公斤～10公斤
空運（大約一週）	3,000圓	5,000圓	10,000圓
船運（大約兩個月）	1,500圓	2,500圓	5,000圓

[解題]

1 這一題的解題關鍵在找出包裹的寄送條件，算出郵資的總和，「全部で」的「で」表示數量的總計，「いくら」用來詢問價格。

2 關於包裹的情報是「アメリカへ送る荷物は急がないので、安いほうがいいです。イギリスへ送る荷物は急ぐので、速いほうがいいです。荷物はどちらも3キロぐらいです」，從這裡可以得知包裹有兩個，兩個重量都大約3公斤，其中一個寄到美國的要用比較便宜的寄送方式（＝船運），另一個要寄到英國的要用比較快速的寄送方式（＝空運）。

3 　　從表格可以得知船運寄送 3 公斤的物品要花費2500圓，空運寄送 3 公斤的物品要花費5000圓，「2500＋5000＝7500」，所以總共要付7500圓。

4 　　「～ほうがいいです」表示說話者經過比較後做出的選擇，可以翻譯成「…比較好」或是「我想要…」，「どちらも」意思是「兩者都…」。

5 　　「ぐらい」表示大約的數量、範圍。「～に送ります」和「～へ送ります」都可以表達出把某件東西送到某個地方，不過語感有一點不同，「に」表示寄送地點很明確，可以翻譯成「送到…」，「へ」表示動作的方向，可以翻譯成「送往…」。正確答案是 1。

| 答案：**1**

重要單字

□ 郵便局（郵局）

□ アメリカ（美國）

□ イギリス（英國）

□ 荷物（貨物；行李）

□ 送る（寄；送）

□ へ（往…；去…）

□ 急ぐ（急於…；急忙）

□ キロ（公斤）

□ 飛行機（飛機）

□ 船（船）

もんだい4

つぎの（1）から（4）の文章を読んで、質問に答えてください。答えは、1・2・3・4
から、いちばんいいものを一つえらんでください。

（1）

　駅前にあるイタリア料理のレストランでは、誕生日に食事に来た人は飲み物がただになります。きのうは弟の誕生日でしたので、久しぶりに家族みんなで食事に行きました。ビールを全部で14杯注文しました。弟は2杯しか飲まなかったのに、父は一人で6杯も飲んでいました。

26

　きのう、全部でビール何杯分のお金を払いましたか。
1　14杯分
2　2杯分
3　12杯分
4　6杯分

(2)

　飛行機のチケットを安く買う方法をいくつか紹介しましょう。一つは２、３か月前に予約する方法です。でもこの場合、あとで予定を変えるのは難しいので、よく考えてから予約してください。もう一つは、旅行に行く２、３日前に買う方法です。まだ売れていないチケットが安く買えるかもしれませんが、席がなければ旅行に行けなくなるので、気をつけてください。

<u>27</u>

　８月10日ごろに旅行に行こうと思っています。いつチケットを買うと、安く買えますか。

1　５月ごろか、８月７、８日ごろ

2　７月18日から20日ごろ

3　７月になってから

4　２月か３月

(3)

これは、田中さんから林さんに届いたメールです。

林さん

　　お久しぶりです。お元気ですか。最近の大阪の天気はどうですか。

　　わたしは20日から、仕事で１週間、大阪に行くことになりました。

　　大阪駅の近くに、おいしいフランス料理のレストランがあるそうですね。いっしょに食事をしたいです。

　　わたしは23日の夜は、時間があります。

　　林さんはその日はどうですか。お返事ください。

田中

28

林さんは田中さんに何を知らせなければなりませんか。

1　最近の大阪の天気がいいかどうか。

2　大阪駅の近くのレストランがいいかどうか。

3　23日に時間があるかどうか。

4　20日に時間があるかどうか。

(4)

　野菜や果物は体にとてもいい食べ物ですが、食べ過ぎはよくありません。野菜は１日に350グラム、果物は１日に200グラムぐらいがいいそうです。

　けさ、わたしはいちごを七つ食べました。一つ14グラムぐらいですから、七つで約100グラムです。お昼は果物が食べられませんでしたので、その代わりにサラダをたくさん食べました。晩ごはんのあとで、りんごを食べようと思っていますが、食べ過ぎには気をつけなければいけません。

29

この人は、きょうの夜どれぐらい果物を食べるとちょうどいいですか。

1　できるだけたくさん

2　350グラム

3　200グラム

4　100グラム

もんだい4

請閱讀下列(1)～(4)的文章並回答問題。請從選項1・2・3・4當中選出一個最恰當的答案。

▼(1)／26 --

[翻譯]

　　車站前的義式餐廳，壽星在生日當天可以免費暢飲。昨天是弟弟的生日，所以我們全家人久違地一起外出用餐。大家一共點了14杯啤酒。弟弟只喝了2杯而已，爸爸卻一個人就喝了6杯。

26　請問昨天，一共付了幾杯啤酒的錢？

1　14杯

2　2杯

3　12杯

4　6杯

[解題]

❶　　像這種詢問數量的題型，題目中一定都有條件限制或陷阱，要多加留意。

❷　　這一題解題關鍵在「ビールを全部で14杯注文しました」，指出一共點了14杯啤酒。不過陷阱在「誕生日に食事に来た人は飲み物がただになります」，「ただ」是「免費」的意思，也就是說壽星喝的飲料不用錢。

❸　　「きのうは弟の誕生日でした」、「弟は2杯しか飲まなかったのに」這兩句說明弟弟是壽星，所以他喝的2杯不用付費，「14－2＝12」，只要付12杯的酒錢就好。正確答案是3。

❹　　「～になる」(變得…)表示事物的變化。「～しか～ない」(只…)用來表示限定，要注意「しか」的後面一定要接否定句。「～のに」(明明…)表示後項和前項無法相互對應或是邏輯不通，有「A是…，B卻是…」的含意，或是用來表示說話者惋惜、遺憾的心情。「數量詞＋も」用來強調數量很多、程度很高。

答案：3

▼ (2)／27

[翻譯]

　　我來介紹幾個可以買到便宜機票的方法吧。其中一個方法是在2、3個月前預訂，不過之後會不好變更行程，所以一定要仔細考量再訂購。另外一個方法是在旅行前2、3天購買機票，雖然可以便宜買到賣不出去的機票，可是如果沒有座位就不能去旅行了，請多加留意。

27 預計在8月10號左右出發去旅行，請問什麼時候買機票比較便宜呢？

1 5月左右或8月7號、8號左右
2 7月18號到20號左右
3 7月起
4 2月或3月

[解題]

1 　這一題問題關鍵在「いつ」，問的是「什麼時候」，要特別留意題目中出現的時間。另外，如果是在列舉介紹事物，「一つは〜」、「もう一つは〜」出現的地方就是重點。

2 　這篇文章是在說明買到便宜機票的方法，分別是「2、3か月前に予約する方法」和「旅行に行く2、3日前に買う方法」，所以8月10日如果要去旅行，可以提前2、3個月或是2、3天購買會比較便宜，也就是選項1「5月ごろか、8月7、8日ごろ」。

3 「いくつか」是從「疑問詞＋か」這個用法來的，「いくつ」(幾個)加上疑問的「か」表示數量不確定。「かもしれない」(或許…)表示說話者對於自己的發言、推測沒把握。「席がなければ」的「ば」表示滿足前項的條件就會發生後項的事情，意思是「如果…就…」。「行ける」(能去)和「買える」(能買)是「行く」、「買う」的可能形。

4 「～と思っている」用來表示某人有某種想法、念頭。「いつチケットを買うと」的「と」前面接動詞辞書形，表示前項動作一發生，後項事物就會立刻成立，常用在說明自然現象、路線、習慣、使用方法，可以翻譯成「一…就…」。

｜答案：1

重要單字

□ 飛行機（飛機）

□ チケット（機票；票券）

□ 方法（方法）

□ 紹介する（介紹）

□ 予約（預購；預約）

□ 場合（情形；狀況）

□ 予定（預定〈計畫〉）

□ 変える（改變）

□ 旅行 （旅行）

□ 席（位子）

［翻譯］

這是一封田中寫給林先生的電子郵件。

林先生

好久不見。近來可好？最近大阪的天氣如何呢？
我20日起要去大阪洽公１個禮拜。
聽說大阪車站的附近有很好吃的法式料理餐廳。我想和你一起吃頓飯。
我23日晚上有空。
你那天方便嗎？請回信給我。

田中

28 請問林先生必須要告訴田中什麼事情呢？

1 最近大阪的天氣好不好
2 大阪車站附近的餐廳好不好
3 23 日有沒有時間
4 20 日有沒有時間

［解題］

1 這一題問題關鍵在「何を知らせなければなりませんか」，「動詞未然形＋なければならない」(不得不…)表示基於某種規範，有義務、責任去做某件事情，這裡暗示了田中有要求林先生通知他某件事情，所以林先生才必須這樣做。

2 解題關鍵就在第９行「お返事ください」，表示田中希望林先生給他回覆，至於是什麼回覆呢？就是前面一句「林さんはその日はどうですか」，也就是林先生當天是否OK，這個「その日」指的又是哪一天呢？「そ」的指示詞指的都是不久前才提到的事物，答案就在第８行「わたしは23日の夜は、時間があります」這一句，也就是23日。所以林先生要告訴田中他23日有沒有空。

3 「～ことになる」表示一種客觀的安排，不是由說話者來決定這樣做的。「名詞＋だ＋そうだ」(聽說…)表示消息來源是從其他地方得來的，傳聞的「そうだ」前面還可以接動詞普通形、形容詞普通形、「形容動詞語幹＋だ」。「～かどうか」用在不確定的時候，「いいかどうか」的意思是「好或不好」，可以還原成「いいか悪いか」。

答案：3

重要單字

□ 届く（送達）

□ メール（電子郵件）

□ お久しぶりです（好久不見）

□ 大阪（大阪）

□ ～週間（…週）

□ ことになる（〈被〉決定…）

□ フランス料理（法國料理）

□ 夜（晚上）

□ 返事（答覆）

□ ～なければならない（必須）

▼ **(4)／29** --

［翻譯］

　　蔬菜和水果雖然對身體很好，但是如果吃太多就不好了。據說蔬菜一天攝取 350 公克，水果一天攝取 200 公克，這樣最理想。

　　今天早上我吃了 7 顆草莓。一顆重量是 14 公克左右，7 顆大約 100 公克。中午不能吃水果，所以取而代之地，我吃了很多沙拉。晚餐後我想吃蘋果，不過一定要小心過量。

29 請問這個人今晚要吃多少的水果才剛剛好呢？

1 吃越多越好

2 350 公克

3 200 公克

4 100 公克

[解題]

1 遇到詢問「どれぐらい」(多少)的題型，就要留意文章裡面提到的數字。

2 這一題問題把焦點放在「果物」，所以我們只要看果物的部分就好。文章第 2 行～第 3 行提到「果物は 1 日に200グラムぐらいがいいそうです」，表示水果一天的攝取量應該是200公克左右，所以選項 1、2 都是錯的。

3 作者在第二段表示「けさ、わたしはいちごを七つ食べました。一つ14グラムぐらいですから、七つで約100グラムです」，指出今天早上他已經吃掉了100公克的量，「200－100＝100」，所以今晚大約再吃100公克就好。

4 在本文第一段的文法應用中，「～にいい」意思是「對…很好」，相反的，如果要表達某項事物是有害的，可以用「～に悪い」。「動詞ます形＋過ぎ」是名詞用法，意思是「過於…」、「太…」，表示程度超出限度，帶有負面的語感。「形容詞普通形＋そうだ」(聽說…)表示消息來源是從其他地方得來的，傳聞的「そうだ」前面還可以接動詞普通形、「名詞＋だ」、「形容動詞語幹＋だ」。

5 在本文第二段的文法應用中，「その代わりに」意思是「取而代之地」，表示用後項來代替前項。「～ようと思っている」(打算…)用來表示說話者積極地想做某件事情。「動詞未然形＋なければいけない」(不能不…)用來說明在這個情況之下該怎麼做才是最理想的，雖然帶有「本來就該如此」的強制語感，但其實要做不做還是取決於個人。

答案：4

重要單字

□ 野菜（蔬菜）

□ 果物（水果）

□ 食べ物（食物）

□ ～過ぎ（…過頭；…超過）

□ グラム（公克）

□ 苺（草莓）

□ 約～（大約）

□ その代わりに（取而代之地）

□ サラダ（沙拉）

□ ～ようと思う（我想…）

もんだい 5

つぎの文章を読んで、質問に答えてください。答えは、1・2・3・4から、いちばん
いいものを一つえらんでください。

　　最近の日本では、お父さんやお母さんが仕事で忙しかったり、子どもが
勉強で忙しかったりで、家族ひとりひとりが違う時間に食事をする家庭が
増えています。特に、子どもが中学生や高校生になって自分の時間を持つ
ようになると、家族みんなで食事をするのが難しくなるようです。

　　一人で食べるのとだれかといっしょに食べるのは、違います。例え
ば、一人のときは、おはしの持ち方が正しくなかったり、ちゃんと座ら
ないで食べたりしても、だれも注意しません。でも、だれかといっしょ
のときには、食べ方や座り方にも気をつけなければいけません。

　　家族がいっしょに食事をするのはとても大切なことです。できれば、
テレビをつけないで、きょうどんなことがあったか話をしながら食事を
しましょう。そうすれば、きょうはお兄さんは元気があるなあ、お姉さ
んはよく笑うなあ、お父さんは疲れていそうだなあ、と家族の様子がよ
くわかります。上手に時間を作って、1週間に1回は、家族みんなでご
はんを食べるようにしてみませんか。

30

日本ではどのように食事をする人が増えていますか。

1 家族といっしょに食事をする人。

2 中学生や高校生の友だちと食事をする人。

3 お父さんやお母さんと食事をする人。

4 一人で食事をする人。

31

家族が違う時間に食事をするのはどうしてですか。

1 家族みんなが忙しいことが多いから。

2 一人で暮らしているから。

3 一人でいることが好きだから。

4 テレビを見ながら食べたいから。

32

一人で食べるのとだれかといっしょに食べるのは、違いますとありますが、どんなことが違いますか。

1 食べるものが違います。

2 好きなものが違います。

3 食べ方や座り方が違います。

4 使うお茶碗やお皿が違います。

33

家族といっしょに食事をすると、どんないいことがありますか。

1　テレビをつけなくなります。

2　元気になります。

3　家族のことがよくわかります。

4　話が上手になります。

もんだい5

請閱讀下列文章並回答問題。請從選項1・2・3・4當中選出一個最恰當的答案。

[翻譯]

最近在日本，父母忙於工作，小孩忙著唸書，家人吃飯的時間都不同，像這樣的家庭日漸增多。特別是當小孩上了國中或高中，有了自己的時間，全家一起吃頓飯也似乎越來越難了。

獨自吃飯和跟別人一起吃飯是不同的。比方說，一個人的時候，拿筷子的方式即使不正確，坐姿再怎麼不好看，也不會有人提醒你；不過，和別人在一起的時候，就不得不注意吃相或坐姿了吧。

和家人一起用餐是非常重要的。如果可以，吃飯時不要打開電視，一邊用餐一邊聊聊今天發生了什麼事吧！如此一來，就能好好地觀察家人的樣子，像是今天哥哥很有精神、姊姊常常大笑、爸爸看起來很累等等。要不要試試看找出時間，一週至少一次和全家人吃頓飯呢？

▼ 30

30 請問在日本日漸增多的是怎樣吃飯的人呢？

1 和家人一起吃飯的人
2 和國中或高中同學一起吃飯的人
3 和爸爸或媽媽吃飯的人
4 獨自吃飯的人

[解題]

這篇文章整體是在探討日本有越來越多的家庭沒辦法全家人齊聚用餐的現象。各段落的主旨如下表所示：

第一段	指出現在日本的用餐情況並說明原因。
第二段	說明獨自用餐和與他人用餐的不同。
第三段	點出全家一起吃飯的好處及重要性。

1 這一題問題關鍵在「どのように」，問的是吃飯時的狀態。

2 問題中的「増えていますか」剛好可以對應到第2行～第3行的「家族ひとりひとりが違う時間に食事をする家庭が増えています」，有越來越多的家庭都是家人各吃各的，也就是說大家都是獨自吃飯。

3 另外，這一題也可以運用刪去法作答。從「家族ひとりひとりが違う時間に食事をする家庭が増えています」可以得知選項1、3都是錯的，文章裡面也完全沒提到「和國中或高中同學一起吃飯」這個情況，所以只有選項4是對的。

4 「～ようになる」(變得…)表示能力、狀態或行為的改變。「～ようだ」(好像…)表示說話者依據種種情況來進行主觀的推測。

|答案： 4

▼ 31---

31 請問為什麼家人都各自在不同的時間吃飯呢？

1 因為家人各忙各的
2 因為自己一個人住
3 因為喜歡自己一個人
4 因為想邊看電視邊吃飯

[解題]

1 「どうして」和「なぜ」一樣，都是用來詢問原因、理由的疑問詞。

2 答案就在文章開頭第1句，「最近の日本では、お父さんお母さんが仕事で忙しかったり、子どもが勉強で忙しかったりで、家族ひとりひとりが違う時間に食事をする家庭が増えています」，這句話在解釋之所以會造成家人之間吃飯時間不同，是因為父母忙於工作，小孩忙著唸書，大家都有各自的事情要忙，所以答案是1「家族みんなが忙しいことが多いから」。

|答案： 1

32 文章中提到獨自吃飯和跟別人一起吃飯是不同的，請問是什麼不同呢？

1 食物不同

2 喜歡的東西不同

3 吃相和坐姿不同

4 使用的碗盤不同

[解題]

1　像這種劃底線的題型，通常都是用換句話說的方式詢問底線部分的意思，總之一定要掌握全文旨意，特別是從底線部分的上下文來幫助自己更進一步理解，因為底線部分很有可能是前文的總結，或是後文的破題引言。

2　這一題底線部分在第二段開頭，從「例えば」開始就一直在針對「一人で食べるのとだれかといっしょに食べるのは、違います」這句話進行解釋。「一人のときは、おはしの持ち方が正しくなかったり、ちゃんと座らないで食べたりしても、だれも注意しません。でも、だれかといっしょのときには、食べ方や座り方にも気をつけなければいけません」，這裡運用了兩個「は」和一個逆接的「でも」來點出「一人のとき」和「だれかといっしょのとき」兩者的對比，其中提到一個人吃飯的時候，拿筷子的方式或是坐姿都有可能不正確，不過和別人一起吃飯的時候就會去注意這些地方，所以正確答案是 3。

3　「例えば」(比方說)用在比喻說明的時候。「～に気をつける」意思是「留意…」，格助詞要用表示對象的「に」。「動詞未然形＋なければいけない」(不能不…)用來說明在這個情況之下該怎麼做才是最理想的，雖然帶有「本來就該如此」的強制語感，但其實要做不做還是取決於個人。

答案：3

33 請問和家人一起用餐有怎樣的好處呢？

1 不再打開電視

2 變得有精神

3 瞭解家人

4 講話變得有技巧

［解題］

1 　這一題問的是「どんな」(什麼樣的)，也就是說家人一起吃飯的好處，所以要找出文章裡指出的具體內容是什麼。

2 　答案就在最後一段的第3行～第5行，「きょうはお兄さんは元気があるなあ、お姉さんはよく笑うなあ、お父さんは疲れていそうだなあ、と家族の様子がよくわかります」，意思是說全家人一同吃飯可以觀察到每個人的樣子，讓自己更瞭解家人，所以正確答案是3。

3 　「できれば」(如果可以的話)用在委婉地給予建議，或是拜託對方做事的時候。「そうすれば」(如此一來)用來表示如果達成前項的動作，就能得到後項的結果。「そうだ」(看起來…)前面如果接動詞ます形、形容詞語幹或形容動詞語幹，表示說話者根據自己的所見所聞來進行判斷。「～ようにする」表示努力地達成某個目標或是把某件事變成習慣。

答案：3

重要單字

- □ 最近（最近）
- □ 忙しい（忙碌的）
- □ 勉強（唸書）
- □ ひとりひとり（每一個人）
- □ 違う（不同）
- □ 家庭（家庭）
- □ 増える（增多）
- □ 中学生（國中生）
- □ 高校生（高中生）
- □ ～ようになる（變得…）
- □ 難しい（困難的）
- □ ～ようだ（似乎…）
- □ 例えば（比方說）
- □ おはし（筷子）
- □ 持ち方（(筷子的)拿法）

- □ 正しい（正確的）
- □ ちゃんと（好好地）
- □ 注意する（提醒；注意）
- □ 食べ方（吃相；吃法）
- □ 座り方（坐姿）
- □ ～なければいけない（不得不…）
- □ お兄さん（哥哥）
- □ 元気（有精神；活力）
- □ お姉さん（姊姊）
- □ 疲れる（疲累）
- □ 様子（樣子）
- □ 上手（高明；巧妙；擅長）
- □ 暮らす（生活）
- □ お茶碗（碗）
- □ お皿（盤）

もんだい6

つぎのA「コンサートのスケジュール表」とB「週末の予定」を見て、質問に答えてください。答えは、1・2・3・4からいちばんいいものを一つえらんでください。

34

つよし君の家族が3人で行くことができるコンサートはどれですか。
1　子どもの歌
2　演歌人気20曲
3　アニメの歌
4　カラオケ人気20曲

35

つよし君のパパは、外国の音楽を聴くのが趣味です。パパが行くことができるコンサートで、パパの趣味にいちばん合うのはどれですか。
1　世界の歌
2　カラオケ人気20曲
3　アニメの歌
4　アメリカの歌

A　コンサートのスケジュール表

日時	コンサート
5月12日	
10：00～11：30	子どもの歌
13：00～14：30	アメリカの歌
15：30～17：30	演歌人気20曲
5月13日	
10：00～11：30	アニメの歌
13：00～14：30	カラオケ人気20曲
15：30～17：30	世界の歌

B　週末の予定

	11日（金）	12日（土）	13日（日）
パパ	夜：お食事会	午前：なし 午後：なし	午前：なし 午後：ゴルフ
ママ	夜：なし	午前：なし 午後：なし	午前：テニス 午後：買い物
つよし君	夜：塾	午前：なし 午後：サッカー	午前：なし 午後：なし

もんだい6

請閱讀下列的A「演唱會場次表」和B「週末行程」並回答問題。請從選項1・2・3・4
當中選出一個最恰當的答案。

[翻譯]

A 演唱會場次

日期時間	演唱會
5月12日	
10：00～11：30	兒歌
13：00～14：30	美國歌謠
15：30～17：30	演歌20首排行榜金曲
5月13日	
10：00～11：30	卡通歌
13：00～14：30	KTV人氣20曲
15：30～17：30	世界金曲

B 週末行程

	11日（五）	12日（六）	13日（日）
爸爸	晚上：聚餐	上午：無 下午：無	上午：無 下午：高爾夫
媽媽	晚上：無	上午：無 下午：無	上午：網球 下午：購物
小剛	晚上：補習	上午：無 下午：足球	上午：無 下午：無

[34] 請問小剛一家三口都能去的演唱會是哪一場呢？

1 兒歌
2 演歌 20 首排行榜金曲
3 卡通歌
4 KTV 人氣 20 曲

[解題]

① 這一題題目用「どれ」來提問，意思是要請考生在一群答案中選出一個最正確的。作答方式是先從表 B 找出全家人都有空的時段，再來對應表 A 的時間。另外，從表 A 可以發現演唱會只有週六和週日兩天，所以可以直接略過表 B 的週五行程。

② 從表 B 可以得知週六、週日的行程當中只有週六上午是爸爸、媽媽和小剛三人都有空的時段，從表 A 可以得知週六上午的演唱會是兒歌，所以正確答案是 1。

③ 「～ことができる」(能夠…)用來表示有能力、有辦法去完成某件事情。

|答案：1

[35] 小剛的爸爸興趣是聽外國音樂。在爸爸能去的演唱會當中，請問最符合他興趣的是哪一場呢？

1 世界金曲
2 KTV 人氣 20 曲
3 卡通歌
4 美國歌謠

[解題]

① 這一題有條件限制，作答方式是先從表 B 找出小剛的爸爸有空的時間，再從表 A 找出外國音樂。

2 從表 B 可以得知小剛爸爸有空的時間是 12 日(六)上午、下午，以及 13 日(日)的上午，這三個時段分別對應到表 A 的「子どもの歌」、「アメリカの歌」、「演歌人気20曲」、「アニメの歌」這四場演唱會，其中是「外國音樂」的只有「アメリカの歌」，所以正確答案是 4。

3 「趣味に合う」的意思是「符合興趣」、「符合胃口」。

答案：4

重要單字

- □ コンサート（演唱會）
- □ 演歌（演歌）
- □ 人気（人氣；受歡迎）
- □ カラオケ（KTV）
- □ パパ（爸爸）
- □ 趣味（興趣）
- □ 合う（符合）
- □ 市民ホール（市民中心）
- □ スケジュール表（場次表）

- □ 始まる（開始）
- □ 会場（會場）
- □ 食事会（餐會）
- □ なし（無）
- □ ゴルフ（高爾夫球）
- □ ママ（媽媽）
- □ テニス（網球）
- □ 塾（補習班）

[讀解・第二回]

もんだい4

つぎの(1)から(4)の文章を読んで、質問に答えてください。答えは、1・2・3・4から、いちばんいいものを一つえらんでください。

(1)

　きょう、日本語のクラスを決めるためのテストがありました。取った点数で、入るクラスが決まります。80点以上の人はクラスA、79点～60点はクラスB、59点～30点はクラスC、29点以下はクラスDです。わたしはもう1年も日本語を勉強しているので、クラスBに入りたかったのですが、3点足りなくて入ることができませんでした。2か月後のテストで、また頑張りたいと思います。

26

　この人はきょうのテストで何点取りましたか。

1　77点
2　57点
3　27点
4　3点

(2)

　わたしの母は掃除が好きで、毎日どこかを掃除しています。でも、毎日、家中全部を掃除するのではなくて、月・水・金は玄関と台所、火・土はトイレ、木・日はおふろと庭、というように、何曜日にどこを掃除するか決まっています。わたしも時々手伝います。父は、家の掃除はあまり手伝ってくれませんが、月に２回ぐらい車を洗います。そのときは、わたしもいっしょに自分の自転車を洗います。

27

　この人のお母さんがいちばんよく掃除するところはどこですか。

1　家中全部

2　玄関と台所

3　トイレ

4　車と自転車

(3)

これは、林さんから楊さんに届いたメールです。

楊さん

　あしたの夕方、黄さんといっしょに、カラオケに行きます。池袋の店に行こうと思っていますが、もしかしたら、新宿のほうにするかもしれません。
　カラオケの店では部屋を借ります。中では、飲んだり、食べたりもできます。前に行ったことがある黄さんの話では、外国の歌のカラオケもあるそうですよ。
　楊さんもいっしょに行きませんか。
　このメールを読んだら、返事をください。

林

28

あした、林さんが行くカラオケの店はどんな店ですか。

1　カラオケの店は池袋にしかありません。
2　外国の歌のカラオケもあるかもしれません。
3　部屋の中では歌うことしかできません。
4　外国の歌を歌うこともできます。

(4)

　もしもし、伊藤さんですか。田中です。あした、仕事のあと、会う約束でしたよね。わたしが伊藤さんを迎えに行こうと思ったんですが、伊藤さんの会社の場所がよくわかりません。すみませんが、駅前のデパートまで出て来てもらえますか。わたしはあしたは早く仕事が終わるので、先に買い物するつもりです。そのあとは、デパートの喫茶店で本でも読んで待っていますので、仕事が遅くなるようでしたら、6時ごろに一度お電話ください。よろしくお願いします。

29
田中さんはあした、伊藤さんとどこで会おうと思っていますか。
1　駅前のデパート
2　伊藤さんの会社
3　駅
4　田中さんの会社

もんだい４

請閱讀下列(1)〜(4)的文章並回答問題。請從選項１・２・３・４當中選出一個最恰當的答案。

▼ **(1)** ／ **26**--

[翻譯]

　　今天有個考試是為了決定日文分班才舉行的。依照分數，決定分到哪一班。拿到80分以上的人是Ａ班，79〜60分是Ｂ班，59〜30分是Ｃ班，29分以下是Ｄ班。我已經唸了１年的日語，所以想進去Ｂ班，可是差３分，沒有辦法進去。２個月後的考試，我想再接再厲。

26 請問這個人今天的考試拿了幾分呢？

1 77分

2 57分

3 27分

4 3分

[解題]

❶ 從第２行〜第３行可以得知分班的分數條件如下：

班級	A	B	C	D
分數	80以上	79〜60	59〜30	29以下

❷ 　　這一題解題關鍵在「クラスＢに入りたかったのですが、３点足りなくて入ることができませんでした」，從這邊可以得知這個人差３分就可以進入Ｂ班，至於分到Ｂ班的條件是幾分呢？答案就在第２行〜第３行「79点〜60点はクラスＢ」，也就是說，至少要拿到60分才可以進到Ｂ班，「60−3＝57」，所以這個人今天考了57分。正確答案是２。

❸ 　　「ため」(為了…)前面接動詞辞書形或是「名詞＋の」，表示目的。「時間／數量＋も」用來強調數量很多、程度很高。「〜たいと思う」(我想…)表示說話者有某個想法、念頭，想去做某件事情，比起「〜(よ)うと思う」(我打算…)，態度比較不積極。

|答案：**2**

☐ クラス（班級）	☐ 以上（以上）
☐ 決める（做決定）	☐ 以下（以下）
☐ 取る（考取；拿）	☐ ～のだ（有強調自己（主張的含意））
☐ 点数（分數）	☐ 足りる（足夠）
☐ 決まる（決定）	☐ 頑張る（加油；努力）
☐ ～点　（…分）	

▼ (2)／27

[翻譯]

　　我的媽媽很喜歡打掃，她每天都在打掃某個地方。不過，她不是天天都在打掃家裡每個角落，像是一、三、五打掃玄關和廚房，二、六是廁所，四、日是浴室和庭院，固定每個禮拜幾就打掃哪裡。我有時也會幫忙。爸爸雖然不太幫忙打掃家裡，但他一個月大概會洗兩次車，這時候我也會清洗自己的腳踏車。

27 請問這個人的母親最常打掃的地方是哪裡？

1 家裡全部	**2** 玄關和廚房
3 廁所	**4** 汽車和腳踏車

[解題]

1 　　這一題題目問的是「この人のお母さん」，所以只要注意針對「わたしの母」的敘述就好(第1行～第4行)。此外，問題還特別限定是「いちばんよく掃除するところ」，所以要統計出打掃頻率最高的地方。

2 　　從第2行和第3行可以得知這個人的母親一週打掃區域的分配是：

星期	月・水・金	火・土	木・日
地點	玄関と台所	トイレ	おふろと庭

3 　　從上表可以看出媽媽一個禮拜有3天打掃「玄関と台所」，其餘地方一個禮拜都只有2天，所以正確答案是2。

④

「どこかを」(某地方)是「疑問詞+か」的用法，表示不明確、不特定。「という ように」(像這樣…)的前面是舉例、條列說明，後面做出結論或歸納。「決まってい る」是指「有這樣的規則定律」。

⑤

表示頻率的常見副詞按照頻率高低排序，依序是「よく(時常)＞時々(有時)＞たま に(偶爾)＞あまり(很少)＞全然(完全不)」，要注意最後兩個的後面都接否定表現。 「〜てくれる」表示某人為己方做某件事，有感謝的語意。

|答案： 2

重要單字

- □ 掃除（打掃）
- □ 家中（家裡全部）
- □ 玄関（玄關）
- □ 台所（廚房）
- □ おふろ（浴室）

- □ 庭（庭院）
- □ 手伝う（幫忙）
- □ 〜てくれる（〈為我們〉做…）
- □ 自転車（腳踏車）

▼ **(3) ／ 28**--

[翻譯]

這是一封林同學寫給楊同學的電子郵件。

> 楊同學
>
> 　明天傍晚，我要和黃同學一起去唱KTV。我打算去池袋 店，不過也有可能會去新宿那邊。
>
> 　我們要在KTV租包廂，在裡面可以吃吃喝喝。黃同學有去 過，據他表示，裡面也有外國的歌曲。
>
> 　楊同學你要不要一起去呢？
>
> 　看到這封電子郵件，請給我回覆。
>
> 　　　　　　　　　　　　　　　　　　　　　　　　　　林

28 請問明天林同學要去的 KTV 是什麼樣的店呢？

1 KTV 只有池袋才有
2 可能也有外國歌曲
3 在包廂中只能唱歌
4 也可以唱外國歌曲

[解題]

「どんな」用來詢問性質、狀態、樣式，所以要掌握題目當中對KTV的敘述。這一題先將KTV的特色整理如下，再配合刪去法作答：

①

行數	描述	情報
3～4	池袋の店に行こうと思っていますが、もしかしたら、新宿のほうにするかもしれません。	池袋和新宿都有分店。
5～6	中では、飲んだり、食べたりもできます。	包廂內也可以飲食。
7	外国の歌のカラオケもあるそうですよ。	也有外國歌曲。

② 從上面的表格來看，選項當中符合原文的只有 4。在這邊要小心選項 2，「かもしれない」(也許…)表示不確切的推測，有某種可能性，但機率偏低。不過黃同學有去過KTV，根據他的發言，我們可以知道KTV裡面也有外國歌曲，所以這邊用表示不確定的「かもしれない」就不對了。

③ 「～(よ)うと思う」(打算…)表示說話者積極地想採取某種行動。「もしかしたら」(可能…)用在語氣不確定的時候，表示有某種可能。「～にする」表示做出決定或是選擇某項事物。「～たことがある」(…過)表示過去曾經有某種經驗。「～たら」(如果…就…)表示條件，如果前項發生就可採取後項行為，「たら」遇上「読む」會起音便變成「だら」。

答案：4

重要單字

□ 池袋（池袋）

□ もしかしたら（或許；該不會）

□ 新宿（新宿）

□ ほう（那裡；那一帶）

□ ～にする（決定…）

□ かもしれない（也許；可能）

□ 借りる（借〈入〉）

□ 読む（看；讀）

[翻譯]

　　喂？請問是伊藤先生嗎？我是田中。我們約了明天下班後要見面對吧？我想去接伊藤先生您，不過，我不太清楚貴公司的位置，所以不好意思，可以請您到車站前的百貨公司嗎？我明天工作會提早結束，打算先去買東西，之後我想在百貨公司的咖啡廳看看書等您，所以如果您可能會晚下班的話，請先在6點左右給我一通電話。麻煩您了。

29 請問田中先生明天打算要在哪裡和伊藤先生碰面呢？

1 車站前的百貨公司
2 伊藤先生的公司
3 車站
4 田中先生的公司

[解題]

1 　　這一題問的是「どこ」(哪裡)，要特別留意場所位置，像這一題就出現「伊藤さんの会社」、「駅前のデパート」、「デパートの喫茶店」等地點，正確答案只有一個，要小心陷阱。

2 　　解題關鍵在第2行～第4行，「わたしが伊藤さんを迎えに行こうと思ったんですが、伊藤さんの会社の場所がよくわかりません。すみませんが、駅前のデパートまで出て来てもらえますか」，從這裡可以得知田中打算去接伊藤，可是他不清楚伊藤的公司在哪裡，所以請對方到車站前的百貨公司一趟，暗示他要去「駅前のデパート」接伊藤，正確答案是1。

3 　　「会う約束でしたよね」的「よね」放在句尾表示確認。「～(よ)うと思う」(打算…)表示說話者積極地想採取某種行動。「～てもらえるか」(可否請你…)是從「～てもらう」(請…)變來的，用來詢問對方能不能做某件事情。

4 　　「～つもりだ」(打算…)表示說話者預定要做某件事情，和「～(よ)うと思う」不同的是，「つもり」帶有計畫性。「～ようだ」(似乎…)在這邊表示推測，帶有「依據觀察到的情形，覺得…」的意思。

|答案：1

□ もしもし（〈電話裡的應答聲〉喂？）　　□ 終わる（結束）

□ 約束（約會；約定）　　□ 先に（先…）

□ 迎える（〈迎〉接）　　□ デパート（百貨公司）

□ 仕事（工作）　　□ ～つもりだ（我打算…）

もんだい5

つぎの文章を読んで、質問に答えてください。答えは、1・2・3・4から、いちばんいいものを一つえらんでください。

　夜おふろに入る人と朝おふろに入る人と、どちらが多いでしょうか。最近見たある雑誌には、80％の人が夜おふろに入っていると書いてありました。

　夜おふろに入る理由は、疲れた体をゆっくり休めることができるからと答えた人がほとんどでした。おふろで本を読んだり音楽を聴いたりするという人もいますし、最近では、テレビを見ながらおふろに入るという人も増えているそうです。中には何時間もおふろに入るという人もいて、驚きました。

　外国では、朝シャワーを浴びる人が多いですが、日本でもだいたい20％の人が朝おふろに入っています。女性より男性のほうが、朝おふろに入る人が多いそうで、これはとてもおもしろいことだと思いました。夜おふろに入っている人の中にも、もし時間があれば、朝おふろに入りたいという人もいました。

　このように、生活習慣はひとりひとり違います。結婚してから、おふろのことでけんかしたという人もいます。体をきれいにして、ゆっくり休めることが大切ですから、自分に合った方法でおふろを楽しむのがいいでしょう。

30

日本では、いつおふろに入る人が多いですか。

1 夜

2 朝

3 朝と夜

4 テレビを見るとき

31

夜おふろに入る理由は、どれが多いですか。

1 疲れた体をゆっくり休めたいから。

2 本を読んだり、音楽を聴いたりしたいから。

3 テレビを見たいから。

4 シャワーを浴びるのは大変だから。

32

作者はどんなことがおもしろいことだと思いましたか。

1 外国では、シャワーを浴びる人が少ないこと。

2 日本でも20％ぐらいの人が、朝シャワーを浴びていること。

3 女性より男性のほうが、朝おふろに入る人が多かったこと。

4 男性より女性のほうが、朝おふろに入る人が多かったこと。

33

この文では、どのようにおふろを楽しむのがいいと言っていますか。

1　結婚してから楽しむほうがいいです。

2　楽しむのではなく、体をきれいにしたり、休めたりしなければい

　　けません。

3　時間があれば、できるだけおふろに入って楽しむほうがいいです。

4　自分に合ったやり方で楽しむのがいいです。

もんだい 5

請閱讀下列文章並回答問題。請從選項 1・2・3・4 當中選出一個最恰當的答案。

[翻譯]

晚上泡澡的人和早上泡澡的人，哪種人比較多呢？最近我看一本雜誌，上面寫說80%的人是在晚上泡澡。

關於在晚上泡澡的理由，大多數的人都回答「因為可以讓疲憊的身體獲得充分的休息」。有人會在泡澡的時候看書或聽音樂，而最近也越來越多人會邊看電視邊泡澡，其中有些人甚至可以一泡就泡好幾個鐘頭，真讓人大吃一驚。

在國外，早上沖澡的人很多，日本也有大概 20% 的人會在早上泡澡。比起女性，聽說比較多的男性會在早上泡澡，我覺得這是個非常有趣的現象。習慣晚上泡澡的人當中，如果時間充足，也有人會想在早上泡澡。

像這樣每個人的生活習慣都不一樣。也有人結婚後因為洗澡的事情吵架。洗淨身體和充分休息是很重要的，不妨用適合自己的方法來享受泡澡吧。

▼ 30

30 請問在日本，什麼時候泡澡的人比較多呢？

1 晚上
2 早上
3 早上和晚上
4 看電視時

[解題]

這篇文章有四個段落，運用典型的「起承轉合」手法，介紹各種洗澡的習慣。各段落的主旨如下表所示：

第一段	開門見山點出晚上洗澡的人比較多。
第二段	承接上一段說明原因，並介紹各種洗澡習慣。
第三段	話題轉到早上洗澡的人的情況。
第四段	結論：每個人的洗澡習慣都不同，可以找出適合自己的方法。

1 　這一題問題重點放在人數較多的洗澡時段，答案就在第一段，從第1句可以得知這個段落在比較晚上洗澡和早上洗澡的人數多寡，解題關鍵在第2行的「80%の人が夜おふろに入っている」，指出80%的人是在晚上洗澡，可見「夜」佔多數，正確答案是1。

2 　「AとB(と)、どちらが～か」(A和B，哪個比較…?)是二選一的疑問句型，用來比較A、B兩者。

|答案： 1

▼ **31**--

31 請問晚上泡澡最多的理由是什麼？

1 因為想讓疲累的身體充分休息
2 因為想看書或聽音樂
3 因為想看電視
4 因為沖澡很麻煩

［解題］

1 　這一題問的是「夜おふろに入る理由」，答案就在第二段的第一句，「夜おふろに入る理由は、疲れた体をゆっくりと休めることができるからと答えた人がほとんどでした」。解題關鍵在「ほとんど」這個單字，這是「大部分」、「幾乎」的意思，正好對應到問題中的「多い」(多的)，從這邊可以得知「疲れた体をゆっくりと休めたいから」就是正確答案，也就是選項1。

2 　「～ことができる」(能夠…)用來表示有能力、有辦法去完成某件事情。「～という」用來引用別人的說話內容，或是可以解釋成「像這樣的…」。「～そうだ」(聽說…)表示消息來源是從其他地方得來的，傳聞的「そうだ」前面要接動詞普通形、「名詞＋だ」、形容詞普通形、「形容動詞語幹＋だ」。

|答案： 1

32 請問作者覺得什麼是有趣的現象呢？

1 在國外沖澡的人很少
2 在日本也約有 20%的人會在早上沖澡
3 早上泡澡的男性比女性多
4 早上泡澡的女性比男性多

[解題]

1 　　這一題考的是劃線部分的具體內容，不妨回到文章中找出劃線部分，解題線索通常就藏在上下文當中。

2 　　有劃線部分是「これはとてもおもしろいことだと思いました」這句話，意思是「我覺得這是個非常有趣的現象」，可見「これ」＝「おもしろいこと」，也就是我們要的答案。

3 　　在文章當中，如果出現指示詞「これ」，就一定是指前文所說的東西，而且是不久前才提過的，也就是距離「これ」出現的地方最近的事物。依據這個解題原則，我們可以發現這一題「これ」就是指第10行～第11行：「女性より男性のほうが、朝おふろに入る人が多いそうで」這個現象，也就是說早上洗澡的人當中，男性比女性還多，正確答案是 3。

4 　　「～と思う」表示說話者個人的想法、感受。「～ば」(假如⋯)帶有假設語氣，表示如果滿足前項條件，說話者就希望或準備採取後項行為，「～ば」的前面有時候也會加個「もし」(如果)。

|答案：3

33 請問這篇文章說要如何享受泡澡呢？

1 結了婚再來享受比較好
2 不是享受，而是一定要把身體洗乾淨並休息
3 有時間的話，盡可能地泡澡享受比較好
4 用適合自己的方法來享受比較好

1 　這一題問的是「どのように」(如何)，在這邊是指方法，也可以用「どう」來代替。

2 　問題當中的「おふろを楽しむ」剛好可以在文章最後一句找到：「体をきれいにして、ゆっくり休めることが大切ですから、自分に合った方法でおふろを楽しむのがいいでしょう」，問的既然是方法，那麼解題關鍵就在「自分に合った方法で」，這個「で」表示方法或手段；「方法」是「やり方」的同義詞，所以正確答案是4。

3 　「このように」(誠如以上所述)經常用來做總結，作用是承接上面所說的內容，進行歸納或分析。「動詞ます形＋方」(「方」唸成「かた」)，表示做某個動作的方法。

答案：4

重要單字

□ おふろに入る（洗澡；泡澡）

□ ある（某個）

□ ～てある（表行為結果的狀態）

□ 理由（理由）

□ ゆっくり（悠閒地）

□ 休める（能休息）

□ ～ことができる（能夠…）

□ 答える（回答）

□ ～そうだ（聽説…）

□ 驚く（令人吃驚）

□ 外国（國外）

□ シャワーを浴びる（沖澡）

□ ～でも（也…；即使是…）

□ おもしろい（有趣的）

□ もし（如果）

□ ～たい（想要…）

□ 生活（生活）

□ 習慣（習慣）

□ 結婚する（結婚）

□ けんか（吵架）

□ きれい（乾淨；漂亮）

□ 大切（重要）

□ 自分（自己）

□ 楽しむ（享受）

□ 大変（辛苦；糟糕）

□ 作者（作者）

□ 女性（女性）

□ 男性（男性）

□ やり方（做法）

□ できるだけ（盡可能…）

[讀解・第二回]

もんだい6

つぎのA「今月の星座占い」とB「今月の血液型占い」を見て、質問に答えてください。答えは、1・2・3・4からいちばんいいものを一つえらんでください。

34

今月、旅行へ行くといいのはどんな人ですか。

1　みずがめ座でB型の人

2　しし座でO型の人

3　おひつじ座でAB型の人

4　おうし座でA型の人

35

今月、健康に気をつけたほうがいいのはどんな人ですか。

1　うお座でB型の人

2　てんびん座でAB型の人

3　かに座でO型の人

4　さそり座でA型の人

A 【今月の星座占い】

順位	星座	アドバイス
1位	おひつじ座	チャンスがいっぱいあります。
2位	ふたご座	学校の勉強や仕事を頑張るといいです。
3位	やぎ座	なくしたものが見つかるかもしれません。
4位	みずがめ座	新しい友だちができそうです。
5位	しし座	一人でどこか遠くへ出かけてみましょう。
6位	うお座	嫌いな人とも話してみましょう。
7位	おうし座	失敗しても、早く忘れて、次に進みましょう。
8位	てんびん座	困ったことがあったら、友だちや家族に相談しましょう。
9位	かに座	小さいことを考え過ぎないようにしましょう。
10位	おとめ座	お金を使い過ぎる月になりそうです。
11位	いて座	わからないことがあったら、人に聞きましょう。
12位	さそり座	風邪をひきやすいですから、気をつけましょう。

B 【今月の血液型占い】

順位	型	アドバイス
1位	B型	元気いっぱいに過ごすことができそうです。
2位	O型	遠くに住んでいる友だちに会いに行くと、うれしいことがあるでしょう。
3位	A型	おなかが痛かったり、頭が痛かったりすることが多くなりそうですから、健康に気をつけましょう。
4位	AB型	忘れものが多くなりそうなので、注意しましょう。

もんだい6

請閱讀下列的Ａ「本月星座運勢」和Ｂ「本月血型占卜」並回答問題。請從選項１・２・３・４當中選出一個最恰當的答案。

[翻譯]

Ａ【本月星座運勢】

排名	星座	建議
第1名	牡羊座	機會很多。
第2名	雙子座	學校課業或工作可以努力看看。
第3名	摩羯座	或許能找回失物。
第4名	水瓶座	能結交到新朋友。
第5名	獅子座	獨自去哪裡晃晃吧。
第6名	雙魚座	也和討厭的人說說話吧。
第7名	金牛座	就算失敗也趕快忘掉，繼續前進吧。
第8名	天秤座	有煩惱就找朋友或家人商量吧。
第9名	巨蟹座	別太過在意小事。
第10名	處女座	這個月支出似乎會超過許多。
第11名	射手座	有不明白的事物就請教他人吧。
第12名	天蠍座	容易感冒，請小心。

Ｂ【本月血型占卜】

1位	Ｂ型	可以精神奕奕地度過這個月。
2位	Ｏ型	去探望遠方的友人，會有好事發生。
3位	Ａ型	這個月常常會肚子痛或是頭痛，所以請多注意健康。
4位	ＡＢ型	這個月常常忘東忘西，要小心。

34 請問這個月適合去旅行的是哪種人？

1 水瓶座 B 型的人
2 獅子座 O 型的人
3 牡羊座 AB 型的人
4 金牛座 A 型的人

[解題]

① 　這一題問的是適合旅行的星座和血型，為了節省時間，可以用刪去法來作答。 4 個選項的敘述分別如下(括號裡面的○╳表示和旅行有無關聯)：

選項	星座血型	星座運勢	血型運勢
1	みずがめ座B型	新しい友だちができそうです(╳)	元気いっぱいに過ごすことができそうです(╳)
2	しし座O型	一人でどこか遠くへ出かけてみましょう(○)	遠くに住んでいる友だちに会いに行くと、うれしいことがあるでしょう(○)
3	おひつじ座ＡＢ型	チャンスがいっぱいあります(╳)	忘れものが多くなりそうなので、注意しましょう(╳)
4	おうし座O型	失敗しても、早く忘れて、次に進みましょう(╳)	おなかがいたかったり、あたまがいたかったりすることが多くなりそうですから、健康に気をつけましょう(╳)

② 　綜合以上結果來看，只有獅子座 O 型的人是星座和血型運勢都說適合出遠門(＝旅行)，所以正確答案是 2。

③ 　「～そうだ」(似乎…)前面如果接動詞ます形，表示說話者依據所見所聞做出的個人判斷。「～ても」是假設語氣，可以翻譯成「就算…」、「即使…」，表示後項的成立與否並不受前項限制。

4 值得注意的是，在占卜或天氣預報中常常可以看到「～でしょう」(…吧)、「～そうだ」(似乎…)這些含有推測語氣的句型，乍聽之下會覺得每一句話都很不明確，不過這也反映出日語一大特色：委婉客觀，盡量不把話說死。

答案： 2

▼ **35** --

35 請問這個月最好要注意健康的是怎樣的人？

1 雙魚座 B 型的人　　　　**2** 天秤座 AB 型的人
3 巨蟹座 O 型的人　　　　**4** 天蠍座 A 型的人

[解題]

這一題問的是要注意身體健康的星座和血型，同樣可以利用刪去法來作答，4 個選項的敘述分別如下(括號裡面的○×表示和健康出問題有無關聯)：

1

選項	星座血型	星座運勢	血型運勢
1	うお座B型	嫌いな人とも話してみましょう(✕)	元気いっぱいに過ごすことができそうです(✕)
2	てんびん座AB型	困ったことがあったら、友だちや家族に相談しましょう(✕)	忘れものが多くなりそうなので、注意しましょう(✕)
3	かに座O型	小さいことを考え過ぎないようにしましょう(✕)	遠くに住んでいる友だちに会いに行くと、うれしいことがあるでしょう(✕)
4	さそり座A型	風邪をひきやすいですから、気をつけましょう(○)	おなかがいたかったり、頭がいたかったりすることが多くなりそうですから、健康に気をつけましょう(○)

2 綜合以上結果來看，只有天蠍座 A 型的人得到兩個○，這禮拜容易感冒、肚子痛、頭痛，表格裡也說要「健康に気をつけましょう」，所以正確答案是 4。

3 「～たら」(要是…就…)表示條件，如果前項發生就可以採取後項行為。「動詞ます形＋過ぎる」(過於…)，表示程度超出限度，帶有負面的語感。「動詞ます形＋やすい」(容易…)，表示某個行為很好達成，或是某件事情很容易發生。

4 「～ようにする」(設法…)表示努力地達成某個目標或是把某件事變成習慣，這個句型和「急にうまくいくようになるでしょう」的「～ようになる」(變得…)很容易搞混，要記得「する」的語感是積極地去做、去改變，「なる」則是用在自然的變化。

|**答案：4**

┌───
│ **重要單字**

☐ みずがめ座（水瓶座）　　　　☐ 占い（占卜）

☐ しし座（獅子座）　　　　　　☐ 順位（排名）

☐ おうし座（金牛座）　　　　　☐ チャンス（機會）

☐ 健康（健康）　　　　　　　　☐ ふたご座（雙子座）

☐ うお座（雙魚座）　　　　　　☐ やぎ座（摩羯座）

☐ てんびん座（天秤座）　　　　☐ 失敗（失敗）

☐ かに座（巨蟹座）　　　　　　☐ 相談（商量；溝通）

☐ さそり座（天蠍座）　　　　　☐ おとめ座（處女座）

☐ おひつじ座（牡羊座）　　　　☐ いて座（射手座）

☐ 星座（星座）　　　　　　　　☐ 血液型（血型）

もんだい4

つぎの(1)から(4)の文章を読んで、質問に答えてください。答えは、1・2・3・4から、いちばんいいものを一つえらんでください。

(1)

　ホテルの部屋から電話をかける場合、ホテルがある京都市内とそれ以外とでは、料金が違います。京都市内にかける場合は、3分10円です。京都市以外のところにかける場合は、3分80円です。外国へかける場合は、1分200円かかります。部屋の電話を使った方は、チェックアウトのときに、フロントで電話代を払ってください。電話のかけ方など、わからないことがあったら、いつでもフロントに聞いてください。

26

　ホテルの部屋から、大阪市にいる妹に3分、アメリカの友だちにも3分、電話をかけました。いくら電話代を払いますか。

1　10円

2　80円

3　280円

4　680円

(2)

　英語に「ジューンブライド」ということばがあります。「6月の花
嫁」という意味で、西洋では、6月に結婚した女性は幸せになると言わ
れています。しかし、6月に雨の多い日本では、6月の結婚はあまり多
くなく、下から5番目だそうです。日本で結婚する人がいちばん多いの
は3月で、次に11月、10月となっています。反対に少ないのは1月、8
月、9月で、天気のいい春や秋に結婚する人が多く、寒い冬や暑い夏は
少ないことがわかります。

27

日本で、結婚する人が3番目に多いのは何月ですか。

1　11月
2　10月
3　3月
4　1月、8月、9月

（3）

市民プールの入り口に、このお知らせがあります。

市民プールのご利用について

・プールの利用時間は午前 9 時から午後 5 時までです。

・毎週月曜日は休みです。

・料金は 1 回 2 時間までで400円です。

・11回ご利用できる回数券を4000円で買うことができます。

・先に準備運動をしてから入りましょう。

・先にシャワーを浴びてから入りましょう。

・お酒を飲んだあとや、体の具合がよくないときは、入ってはいけません。

28

このお知らせから、市民プールについてわかることは何ですか。

1　学校が休みの日は、市民プールは使えません。

2　12回利用したい場合、回数券を買うとお金は全部で4,800円かかります。

3　400円で何時間でも泳ぐことができます。

4　酔っている人や病気の人は入ってはいけません。

(4)

　このお店では、100円の買い物をすると、ポイントが1点もらえます。ポイントを集めると、プレゼントをもらうことができます。5点集めるとコップ、10点ならお皿、20点ならお弁当箱を入れる袋、25点ならお弁当箱がもらえます。今、いちばん人気があるのはお弁当箱で、特に幼稚園や小学生の子どもはみんなこれをほしがります。

29

　今、ポイントが18点あります。娘のためにお弁当箱をもらいたいと思います。あといくらの買い物をしないといけませんか。

1　100円

2　200円

3　500円

4　700円

もんだい4

請閱讀下列(1)～(4)的文章並回答問題。請從選項1・2・3・4當中選出一個最恰當的答案。

▼(1)／26

[翻譯]

　　若從飯店撥電話出去，撥給飯店所在的京都市區的費用和其他地方是不同的。撥給京都市區是3分鐘10圓。撥給京都市以外的地區，3分鐘80圓。國際電話1分鐘的花費是200圓。使用電話的客人請在退房時至櫃台繳交電話費。如果有不明白的地方，例如電話撥打方式等等，敬請隨時詢問櫃台。

26 從飯店分別打給住在大阪市的妹妹以及人在美國的朋友，各講了3分鐘的電話。請問電話費要付多少錢？

1 10圓

2 80圓

3 280圓

4 680圓

[解題]

① 　這是一則說明電話費的短文。問題是在問「いくら」，所以我們只要把焦點放在和金額相關的資訊就好。

② 　從第2行～第4行可以整理出以下的電話計費方式：

地區	京都市	京都市以外	外国
計費方式	3分10圓	3分80圓	1分200圓

③ 　問題設了兩個條件：打到大阪市(＝京都市以外的地區)3分鐘，以及打到美國(＝國外)3分鐘，利用上面的表格可以算出「80＋200×3＝680」，總共要付680圓，正確答案是4。

4 「場合」(…時)用在說明遇到某種情況的時候，會發生什麼事情，或是該採取什麼行動。「動詞ます形＋方」(「方」唸成「かた」)，表示做某個動作的方法。「など」(…等等)用在舉例的時候。「～たら」(要是…就…)表示條件，如果前項發生就可以採取後項行為。

| **答案：4**

重要單字

□ 電話をかける（打電話）　　　　□ 料金（費用）

□ ホテル（飯店）　　　　　　　　□ チェックアウト（退房）

□ 京都（京都）　　　　　　　　　□ フロント（櫃台）

□ 市内（市區）　　　　　　　　　□ 電話代（電話費）

□ 以外（以外）　　　　　　　　　□ 妹（妹妹）

▼ (2)／27

[翻譯]

英文裡面有個字叫「June bride」，意思是「6月新娘」，西洋人傳說6月結婚的女性會獲得幸福。可是，日本6月多雨，很少人選在6月結婚，6月聽説是舉辦婚禮月份排名中的倒數第5名。在日本最多人結婚的月份是3月，再來是11月、10月，反之，比較少人結婚的是1月、8月、9月，可以得知選在天氣較好的春天、秋天結婚的人較多，在寒冬或炎夏結婚的人則為少數。

27 在日本，請問結婚人數第三多的月份是幾月？

1 11月
2 10月
3 3月
4 1月、8月、9月

[解題]

1 這一題問的是「日本で3番目に多い」，所以要留意日本方面排序的順序，特別是一些常見的排序說法，像是「いちばん～」(最…)、「上から～番目」(從上面數來第…個)、「下から～番目」(從下面數來第…個)、「次に」(其次)…等等。

② 從第 3 行～第 6 行可以得知日本人結婚的月份依人數多寡的排序是：

排名	1	2	3	4～7	8	9	10～12
月份	3月	11月	10月	不詳	6月	不詳	1月、8月、9月

③ 從表格可以看出第 3 多的是10月，原文是「日本で結婚する人がいちばん多いのは 3 月で、次に11月、10月となっています」，說明最多的是 3 月，再來是11月、10 月，所以10月排行第 3。正確答案是 2。

④ 「～と言われている」(據說…)表示很多人都這樣說。「しかし」和「でも」一樣 都是逆接的接續詞，用來表示接下來的內容和前面提到的不同，只是「しかし」的語 感比較生硬，是文章體。

⑤ 「名詞＋だ＋そうだ」(聽說…)表示消息來源是從其他地方得來的，傳聞的「そう だ」前面還可以接動詞普通形、形容詞普通形、「形容動詞語幹＋だ」。「～となっ ている」(像這樣)經常用在排順序的時候，含有「經過一番排列比較後變成了這樣」 的意思。「反対に」(相對地)用來說明和前項相反的事情。

|答案：2

重要單字

□ 英語（英文）

□ ジューンブライド（六月新娘）

□ ことば（語詞）

□ 花嫁（新娘）

□ 西洋（西洋）

□ 幸せ（幸福）

□ ～番目（第…個）

□ 反対に（相對地）

[翻譯]

市民游泳池的入口有這張公告。

市民游泳池的使用注意事項

· 游泳池開放時間是上午 9 點到下午 5 點。

· 每週一公休。

· 費用是 1 次 2 小時，400圓。

· 可以購買回數票，11次4000圓。

· 請先做好暖身運動再下水。

· 請先沖澡再下水。

· 飲酒後或身體不適時，請勿下水。

---

28 根據這張公告，請問可以知道什麼有關市民游泳池的事情呢？

1 學校放假時，不能使用市民游泳池

2 如果想游 12 次，買回數票一共要付 4800 圓

3 花 400 圓可以游好幾個鐘頭

4 酒醉或生病的人不能下水

[解題]

這一題必須用刪去法作答。從公告的 7 點當中可以得知以下的事項規定：

事項	規則
開放時間	午前 9 時から午後 5 時まで 休み：毎週月曜日
收費方式	1 回：400 円（2 時間まで） 回数券：4000 円（11 回）
下水規定	先にシャワーを浴びて、準備運動をする入ってはいけない：お酒を飲んだあと、体の具合がよくないとき

將 4 個選項對照事項規定，可以得到下面的結果。正確答案是 4：

選項	關鍵處	對應句	解說	正確與否
1	学校が休みの日	第 3 行：毎週月曜日は休みです。	「学校が休みの日」指的是星期六、日，可是公告第 2 點提到游泳池每週一沒營業	×
2	4,800円	第 4 行：料金は 1 回 2 時間までで 400 円です。 第 5 行：11 回ご利用できる回数券を 4000 円で買うことができます。	花 4000 圓買回數票可以游 11 次，如果想游 12 次就是買一本回數票再單買一張門票 (400 圓)，「4000＋400＝4400」(圓)	×
3	何時間でも泳ぐことができます	第 4 行：料金は 1 回 2 時間までで 400 円です。	有時間限制 2 小時	×
4	酔っている人や病気の人	第 8 行～第 9 行：お酒を飲んだあとや、体の具合がよくないときは、入ってはいけません。	「酔っている」＝「お酒を飲んだ」，「病気」＝「体の具合がよくない」，選項有對應到原文	○

「～ことができる」(可以…) 用來表示有能力、有辦法去完成某件事情。「～てはいけない」(不可以…) 表示強烈禁止。

答案：4

重要單字

- □ ～回（…次）
- □ 回数券（回數票）
- □ 準備運動（暖身運動）
- □ 休みの日（休假日）
- □ 泳ぐ（游泳）
- □ 酔う（酒醉）
- □ 病気（生病）

[翻譯]

　　本店消費 100 圓可以得到 1 點。收集點數可以兌換贈品。5 點可以換杯子，10 點可以換盤子，20 點可以換便當袋，25 點可以換便當盒。現在最受歡迎的是便當盒，特別是幼稚園和國小的孩童，大家都很想要這個。

29　我到目前為止收集了 18 點。我想換便當盒給我的女兒，請問還要消費多少錢才行呢？

1 100 圓
2 200 圓
3 500 圓
4 700 圓

[解題]

①　　這是一篇介紹消費集點、兌換贈品的短文。這一題問題設了點數條件並詢問還差多少錢才能集滿點數，所以要同時留意點數和金額的資訊。

②　　先來看看集點規則，從第 1 行的「100円の買い物をすると、ポイントが 1 点もらえます」可以得知消費滿100圓可以獲得 1 點。

③　　接下來是點數與贈品的部分，第 2 行～第 4 行可以整理出以下的表格：

點數	5	10	20	25
贈品	コップ	お皿	お弁当箱を入れる袋	お弁当箱

④　　現在有18點，想換便當盒，兌換便當盒需要25點，「25－18＝7」，所以還差 7 點。每100圓才能換得 1 點，「7×100＝700」，所以還要再買700圓的東西才能集到25點換便當盒。正確答案是 4。

⑤　　「動詞辞書形＋と」(一…就…)表示前項動作一發生，後項事物就會立刻成立，常用在說明自然現象、路線、習慣、使用方法。「ほしがる」(想要…)用在第三人稱表示欲望，也可以說「ほしがっている」，第一人稱則是用「ほしい」。

⑥　　「ため」(為了…)前面接動詞辞書形或是「名詞＋の」，表示目的。「あと」不是「後面」的意思，這裡副詞使用，意思是「還要…」。「～ないといけない」(必須…)表示受某個規範或義務限制所以不得不做某件事情。

答案：4

重要單字

□ ポイント（點數）

□ もらう（得到）

□ 集^{あつ}める（收集）

□ プレゼント（禮物）

□ 弁当箱^{べんとうばこ}（便當盒）

□ 幼稚園^{ようちえん}（幼稚園）

□ 小学生^{しょうがくせい}（小學生）

□ 娘^{むすめ}（女兒）

□ ～ため（為了…）

□ ほしがる（想要）

讀解・第三回

もんだい5

つぎの文章を読んで、質問に答えてください。答えは、1・2・3・4から、いちばんいいものを一つえらんでください。

　日本人は日記が好きだと言われています。日本では、日記に使うノートだけを作っている会社もあります。

　小学生のときには、夏休みの宿題に日記がありました。日記には、その日どんなことをしたか、どこへ行ったか、何を思ったかなどを書きました。何かしたことがある日はいいのですが、夏休みは長いですから、したことが何もない日もあります。そんな日は書くことがないので、とても困ったことを覚えています。

　最近は、インターネットを使って日記を書く人が増えてきました。インターネットに何かを書くのは、前は難しかったのですが、今では簡単な方法があって、これを「ブログ」といいます。日本語で書かれたブログは英語で書かれたものよりも多く、世界でいちばん多いそうです。日本人は、ほかの国の人よりも、書くことが好きだと言えるでしょう。

　日記を書くことに、どのようないい点があるか考えてみました。例えば、その日のよかったこと、悪かったことを思い出して、次はどうすればいいか考えることができます。また、子どもがいる人は、子どもが大きくなる様子を書いておけば、将来大きくなったときに見せてあげることもできます。いろいろな使い方がありますね。

30

この人は、夏休みの日記にどんなことを書きましたか。

1 おもしろいこと

2 思い出したこと

3 困ったこと

4 したこと、行ったところ、思ったこと

31

この人は、夏休みに日記を書くとき、どんなことに困りましたか。

1 何をしたかすぐに忘れてしまうこと。

2 書くことがたくさんあって、全部は書けないこと。

3 何もしなかった日に、書くことがないこと。

4 日記を書くのに、時間がかかること。

32

日本語で書かれた「ブログ」は世界でいちばん多いとありますが、こ
こからどんなことがわかりますか。

1 日本人はインターネットが好きだということ。

2 日本人は書くことが好きだということ。

3 日本人は日記に使うノートが好きだということ。

4 日本人は書いたものを子どもに見せるのが好きだということ。

33

　ここではどのような日記の使い方が紹介されていますか。

1　自分や子どものための日記の使い方。

2　夏休みを楽しく過ごすための日記の使い方。

3　外国の人と仲よくなるための日記の使い方。

4　英語が上手になるための日記の使い方。

もんだい 5

請閱讀下列文章並回答問題。請從選項 1．2．3．4 當中選出一個最恰當的答案。

［翻譯］

　很多人説日本人喜歡日記，在日本甚至有只製作日記本的公司。

　小學時期的暑假作業要寫日記。日記裡面寫説那天做了什麼、去了哪裡、在想什麼等等。有事情做的日子倒還好，不過暑假很漫長，所以有的時候沒有事情可以做。這種日子沒有什麼好寫，我還記得我因此感到十分困擾。

　最近有越來越多人利用網路寫日記。以前要在網路上寫東西是件難事，不過現在有了簡單的方法，就叫作「部落格」。用日語寫的部落格比用英語寫的部落格還多，據説是全世界最多的。日本人可以説是比其他國家的人還喜歡寫東西吧？

　我試著想想寫日記這個行為有什麼樣的好處。比方説可以回想當天的好事、壞事，思考下次該如何應對。還有，有小孩的人也可以寫寫小孩的成長史，等到長大後再拿給他看。有各式各樣的使用方法呢。

▼ 30

30 請問這個人在暑假的日記裡寫了什麼呢？

1 有趣的事物
2 回想起來的事物
3 困擾的事情
4 做過的事、去過的地方、想法

［解題］

　這篇文章有四個段落，通篇環繞「日記」這個主題。各段落的主旨如下表所示：

第一段	破題點出日本人喜愛日記。
第二段	作者回憶起小學時期暑假寫日記的情形。
第三段	話題轉到網路部落格，再次證明日本人喜歡寫日記。
第四段	說明日記的好處、用法。

1 這一題重點放在「夏休み」，我們可以從第二段找出答案。問題中的「書きましたか」剛好可以對應到第3行～第5行的內容：「日記には、その日どんなことをしたか、どこへ行ったか、何を思ったかなどを書きました」，可見暑假的日記裡面寫的是做了哪些事、去了哪裡、在想什麼…等等。正確答案是4。

2 「～と言われている」(據說…)表示很多人都這樣說。

| 答案： 4

▼ 31--

31 請問這個人暑假寫日記的時候，對什麼感到很困擾呢？

1 很快地就忘記自己做過什麼
2 要寫的東西太多了，寫不下全部
3 沒做什麼的時候沒東西好寫
4 寫日記很花時間

[解題]

1 這一題問的同樣是「夏休み」，我們也可以從第二段找出答案。問題中的「困りましたか」剛好可以對應到第6行～第7行的「そんな日は書くことがないので、とても困ったことを覚えています」，表示像這樣的日子沒什麼好寫，所以當時很困擾。「像這樣的日子」指的是什麼呢？答案就是前面一句「したことが何もない日」(什麼也沒做的日子)。「そ」開頭的指示詞如果出現在文章當中，指的就是前面幾句所提過的人事物。這句話也可以還原成選項裡的「何もしなかった日」。正確答案是3。

2 「～に困る」表示為了某件事物感到困擾，格助詞要用「に」(為了…)，有時也可以用「で」(因為…)。「～を覚えている」意思是「還記得…」，表示有某段記憶，要用「～ている」，「～を覚える」是「學習…」的意思。

| 答案： 3

32 文章裡面提到用日語寫的部落格是全世界最多，請問從這邊可以得知什麼事情？

1 日本人很喜歡上網
2 日本人喜歡寫東西
3 日本人很喜歡日記本
4 日本人喜歡把寫下的東西給小孩看

［解題］

① 　文章當中有講到「ブログ」的部分是在第三段。這一題考的是劃線部分的具體內容，不妨回到文章中找出劃線部分，解題線索通常就藏在上下文當中。

② 　問題是問說「ここからどんなことがわかりますか」(請問從這邊可以得知什麼事情)，依照一般的撰寫習慣，應該都先描述情況再詳細地說明，所以這一題的答案很有可能是劃線部分之後的語句。

③ 　劃線部分是第10行～第11行：「日本語で書かれたブログは英語で書かれたものよりも多く、世界でいちばん多いそうです」，這句話指出「日語部落格數量居世界之冠」這個情形。它的下一句剛好為了這個現象下了註解：「日本人は、ほかの国の人よりも、書くことが好きだと言えるでしょう」，也就是說，日本人比外國人還喜歡寫東西。正確答案是2。

④ 　「～てくる」在這邊的語意是「從過去至今」，表示變化持續到現在。「～という」(稱為…)用在介紹的時候，意思是「叫做…」。「～だと言える」意思是「可以說是…」。

答案：**2**

▼ 33--

33 請問這篇介紹了什麼樣的日記使用方法呢？

1 為了自己或小孩的日記使用方法
2 為了快樂過暑假的日記使用方法
3 為了和外國人相處融洽的日記使用方法
4 為了增進英文能力的日記使用方法

［解題］

1 　　這一題問題是在問「使い方」，剛好可以對應到第四段的最後一句：「いろいろな使い方がありますね」，所以我們可以從這裡找答案。

2 　　第四段分成兩個部分，前兩句都是在說寫日記的好處，第15行的「また」(此外)是一個承接前面所述並做補充的接續詞，從這裡開始，話題就從「日記的好處」變成了「日記用法」。

3 　　解題關鍵在第15行～第17行：「また、子どもがいる人は、子どもが大きくなる様子を書いておけば、将来大きくなったときに見せてあげることもできます」，也就是說，這裡介紹的日記用法是記錄小孩的成長，將來再給小孩看。正確答案是1。

4 　　「例えば」(例如)用在舉例說明的時候。「～ことができる」(可以…)用來表示有能力、有辦法去完成某件事情。「～おけば」(先…的話)是「～ておく」(先…)加上表示假設的「ば」(如果)，「～ておく」在這邊表示為了將來做準備，事先採取某種行動。「～てあげる」(…為…做)表示替對方做某件事情。

答案：1

重要單字

□ 日本人（日本人）
□ 日記（日記）
□ ～と言われる（被説…）
□ 会社（公司）
□ ノート（筆記本）
□ 夏休み（暑假）
□ 宿題（作業）
□ 困る（困擾）
□ 覚える（記得）
□ インターネット（網路）
□ 使う（利用；使用）
□ ～てくる（表動作從過去到現在的推移，可譯作「…起來」）
□ 前（以前）
□ 簡単（簡單）
□ ブログ（部落格）

□ 世界（世界）
□ ～と言える（可以説是…）
□ 思い出す（想起）
□ どうすればいい（該如何是好）
□ 子ども（小孩）
□ 将来（將來）
□ ～てあげる（〈為他人〉做…）
□ いろいろ（各式各樣）
□ 使い方（使用方法）
□ ～てしまう（表説話者遺憾或後悔的語氣）
□ ～せる（表使某人做某事，可譯作「讓…；叫…」）
□ 過ごす（度過）
□ 仲よい（感情融洽）

[讀解・第三回]

もんだい6

つぎのA「朝の特別メニュー」とB「500円ランチ」を見て、質問に答えてください。
答えは、1・2・3・4からいちばんいいものを一つえらんでください。

34

　朝、会社に行く前はあまり時間がありません。そんなとき、どれを注文するといいですか。

1　お子さまコース

2　お急ぎコース

3　ゆっくりコース

4　サンドイッチ

35

　日曜日のお昼に、家族3人でさくら喫茶で食事をしました。わたしと家内は500円ランチに紅茶を追加しましたが、子どもは甘いものも食べたいと言ったので、少し多くお金がかかりました。3人でいくら払いましたか。

1　400円

2　1750円

3　1900円

4　2000円

さくら喫茶

A　朝の特別メニュー　（8：00〜11：30）

1　お子さまコース【パン、卵、サラダ、ジュース】350円

2　お急ぎコース【パン、卵、フルーツ、コーヒーか紅茶】
　　400円　（急いでいるお客様は、こちらをどうぞ）

3　ゆっくりコース【パン、卵、サラダ、フルーツ、コーヒーか紅茶（おかわり自由）】500円　（ゆっくりお食事できるお客様は、こちらをどうぞ）

さくら喫茶

B　500円ランチ　（11：30〜14：00）

月曜日	火曜日	水曜日	木曜日	金曜日	土曜日	日曜日
カレー	牛どん	サンドイッチ	焼き魚	ハンバーグ	うどん	ステーキ

500円ランチをご注文のお客様には、お飲み物とサラダと
ケーキを次の料金でサービスいたします。
＋100円　お飲み物（コーヒーか紅茶）
＋150円　お飲み物（コーヒーか紅茶）、サラダ
＋200円　お飲み物（コーヒーか紅茶）、ケーキ

もんだい6

請閱讀下列的A「早餐特餐」和B「500圓午餐」並回答問題。請從選項1・2・3・4當中選出一個最恰當的答案。

[翻譯]

櫻花咖啡廳

A 早餐特餐（08：00～11：30）

・兒童餐【麵包、蛋、沙拉、果汁】 350圓

・匆忙套餐【麵包、蛋、水果、咖啡或紅茶】 400圓（推薦給趕時間的客人選用）

・悠閒套餐【麵包、蛋、沙拉、水果、咖啡或紅茶（可續杯）】 500圓（歡迎可以悠閒用餐的客人選用）

櫻花咖啡廳

B 500圓午餐（11：30～14：00）

星期一	星期二	星期三	星期四	星期五	星期六	星期日
咖哩	牛肉蓋飯	三明治	烤魚	漢堡排	烏龍麵	牛排

點500圓午餐的客人，可以享有下列的飲料、沙拉、蛋糕加點優惠。

＋100圓 飲料（咖啡或紅茶）

＋150圓 飲料（咖啡或紅茶）、沙拉

＋200圓 飲料（咖啡或紅茶）、蛋糕

34 早上上班前沒什麼時間。請問像這種時候，應該要點哪個套餐好呢？

1 兒童餐
2 匆忙套餐
3 悠閒套餐
4 三明治

[解題]

1 這一大題有兩張菜單介紹，A是早餐，B是午餐。考生必須因應題目的條件設定找出解題所需要的表格來作答。

2 這一題問題限定在「朝」，所以要看A菜單。題目問的是「そんなとき、どれを注文するといいですか」，這個「そんなとき」運用「そ」開頭的指示詞，指的是前面提到的「会社に行く前はあまり時間がありません」這個情況，解題關鍵就在這一句，上班前沒什麼時間，意思就是說很匆忙，A裡面剛好有提到「急いでいるお客様は、こちらをどうぞ」，建議趕時間的客人點「お急ぎコース」。正確答案是2。

3 「おかわり」是「再來一份」的意思，「おかわり自由」是「免費再續」的意思。

|**答案：2**

35 星期日中午，一家三口一起在櫻花咖啡廳吃飯。我和太太都點了 500 圓午餐，再加點紅茶，小孩因為想吃甜食，所以多付了點錢。請問 3 人總共付了多少錢呢？

1 400 圓
2 1750 圓
3 1900 圓
4 2000 圓

[解題]

1 這一題將時間限定在「お昼」，所以要看 B 菜單，並掌握人數和點餐的內容，由於問題問的是「いくら」，所以還要計算付帳金額。

2 用餐人數是 3 人，也就是說點了 3 份餐，每份都是500圓；另外，從「わたしと家内は500円ランチに紅茶を追加しました」這一句還知道有加點 2 杯紅茶，1 杯飲料是100圓，最後因為「子どもは甘いものも食べたいと言った」，還加點一份甜食，也就是一份含有蛋糕的200圓附餐。把以上的點餐內容整理成表格如下：

項目	單價	份數	小計
主餐	500	3	1500
附餐	100	2	200
	200	1	200

「1500＋200＋200＝1900」，所以 3 個人總共付了1900圓。正確答案是 3。

3 「いたす」是敬語表現，是「する」的謙讓語，透過降低自己的姿態來提高對方的地位。「家内」(內人)用來在外人面前稱呼自己的太太。

答案：3

重要單字

□ 特別（特別）
□ メニュー（菜單）
□ ランチ（午餐）
□ コース（套餐）
□ 急ぎ（匆忙）
□ フルーツ（水果）
□ カレー（咖哩）
□ 牛どん（牛肉蓋飯）

□ サンドイッチ（三明治）
□ 焼き魚（烤魚）
□ ハンバーグ（漢堡）
□ うどん（烏龍麵）
□ ステーキ（牛排）
□ サービス（服務）
□ 家内（內人）
□ 追加（追加）

讀解・第四回

もんだい4

つぎの(1)から(4)の文章を読んで、質問に答えてください。答えは、1・2・3・4から、いちばんいいものを一つえらんでください。

(1)

陳さんの家の玄関に、郵便局からのメモが貼ってありました。

陳 永輝 様

　きょう、小包をお届けに来ましたが、家にだれもいらっしゃいませんでしたので、局に持ち帰りました。

　あしたの夕方、もう一度お届けします。

　もし、あしたも、家にいらっしゃらない場合は、局で預かることになりますので、お電話ください。

9月12日　さくら郵便局　　電話　03-1234-3456

26

陳さんはあしたも朝から出かけます。きょう、何をしたほうがいいですか。

1　家に早く帰ります。

2　家に電話します。

3　郵便局に行きます。

4　郵便局に電話します。

(2)

レストランの入り口に、このお知らせがあります。

レストラン・ケラケラ

★ イタリア料理のレストランです。おいしいピザやスパ
　 ゲッティをどうぞ。

★ 昼は午前11時から午後２時まで、夜は午後６時から午後
　 ９時までです。（土・日は午後11時まで）

★ お酒は夜だけあります。

★ 駐車場はありません。電車やバスをご利用ください。

27

このレストランについて、正しい文はどれですか。

1　このレストランではおすしも食べられます。
2　午後はずっと店に入れません。
3　お昼にお酒を飲むことはできません。
4　自分の車で行ってもいいです。

(3)

　これは最近よく売れているコーヒーです。ミルクと砂糖が入っているので、お湯を入れればすぐに飲めます。あまり甘くなくて、わたしにはちょうどいいのですが、甘いコーヒーが好きな人は、砂糖をスプーン1杯ぐらい入れるといいかもしれません。コンビニでも買うことができますので、コーヒーが好きな人は一度飲んでみてください。

28

　このコーヒーは、どうすれば飲むことができますか。
　1　ミルクと砂糖を入れるだけで飲めます。
　2　お湯を入れるだけで飲めます。
　3　砂糖をスプーン1杯入れるだけで飲めます。
　4　何も入れなくても飲めます。

(4)

　木下さんは、さくら町にある○○銀行で働いています。でも、営業が仕事なので、あまり銀行の中にはいません。いつも朝から自転車で、さくら町の工場やお店をひとつひとつ訪ねて、そこの人たちから、お金についての相談を受けます。そして、夕方ごろ、銀行に戻ります。

29

　木下さんの仕事について、正しい文はどれですか。
1　銀行の中で、工場や店の人と相談します。
2　いつも車で工場や店を見に行きます。
3　よくお金についての試験を受けます。
4　朝から夕方までさくら町のあちらこちらに行きます。

もんだい4

請閱讀下列(1)～(4)的文章並回答問題。請從選項１・２・３・４當中選出一個最恰當的答案。

▼ **(1)／26**--

［翻譯］

陳先生家的玄關貼了張郵局的通知單。

陳 永輝 先生

今天前來投遞您的包裹，不過由於無人在家，所以先拿回局裡。
明天傍晚會再投遞一次。
如果明天也不在家，我們將會把包裹寄放在局裡，請來電洽詢。

9 月12日 櫻花郵局 電話 03-1234-3456

---

[26] 陳先生明天也是一大早就外出，請問今天他應該要做什麼才好呢？

1 早點回家
2 打電話給家裡
3 去郵局
4 打電話給郵局

［解題］

① 這是一張郵局通知單。既然是問要採取什麼樣的行動，可見題目裡面應該有指示，要特別注意「～ください」這種表示請求的句型。

2 　問題關鍵在「陳さんはあしたも朝から出かけます」，指出陳先生明天也不能在家等包裹；這句話對應到第5行「もし、あしたも、家にいらっしゃらない場合」，「場合」(…時)，用在說明遇到某種狀態、情況的時候，會發生什麼事情，或是該採取什麼行動，所以後面的「局で預かることになりますので、お電話ください」就是我們要的答案了，特別是「お電話ください」這句請陳先生打電話的指示。正確答案是4。

3 　「お＋動詞ます形＋する」是謙讓的敬語表現，透過降低自己的姿態來提高對方地位。「～ことになる」表示一種客觀的安排，不是由說話者來決定這樣做的。

|答案：4

重要單字

- □ メモ（通知單；備忘錄）
- □ 貼る（張貼）
- □ 様（表對他人的敬意，可譯作「…先生」、「…女士」）
- □ 小包（包裹）
- □ お届けする（送達）
- □ 局（此指郵局的略稱）
- □ 持ち帰る（帶回去）
- □ 夕方（傍晚）
- □ 預かる（保管）
- □ お～ください（為表示敬意而抬高對方行為的表現方式，「請…」之意）

▼ **(2) ／27**--

[翻譯]

　餐廳入口有一張公告。

哈 哈 餐 廳

★ 本店是義式料理餐廳。請享用美味的披薩或義大利麵。

★ 上午從11點營業至下午2點，晚上從6點營業到9點。（六、日營業至晚上11點）

★ 酒類只在晚上提供。

★ 無附設停車場。敬請搭乘電車或公車。

---

27 針對這間餐廳，請問下列敘述何者正確？

1 這間餐廳可以吃得到壽司
2 下午無法進入餐廳
3 白天不能喝酒
4 可以開自己的車前往

［解題］

1 這一題是有關餐廳的說明。裡面提到了料理種類、營業時間、供酒時段和交通方式。

2 遇到「正しい文はどれですか」這種題型，一定要先把文章看熟，再用刪去法作答。

3 選項1是錯的，從第1點「イタリア料理のレストランです」可以得知這家餐廳提供的是義式料理，「おすし」是日本料理，在這裡吃不到。

4 從第2點可以得知餐廳的營業時間是「11：00～14：00」、「18：00～21：00」(週末到23：00)，所以下午時段並非完全不能進去，選項2也是錯的。

5 第3點提到「お酒は夜だけあります」，所以白天沒有供酒，選項3是正確的。

6 最後一點提到「駐車場はありません」，並請客人利用大眾運輸工具前往(電車やバスをご利用ください)，所以選項4也不正確。

7 「(ら)れる」是動詞的可能形，表示環境允許，或是本身有能力做某件事情。「～てもいい」(也行…)表示雖然有其他做法，不過某行為也獲得許可。

答案：3

重要單字

- □ 入り口（入口）
- □ お知らせ（公告）
- □ ピザ（披薩）
- □ スパゲッティ（義大利麵）
- □ どうぞ（請享用）
- □ 駐車場（停車場）

- □ 電車（電車）
- □ ご～ください（為表示敬意而抬高對方行為的表現方式，「請…」之意）
- □ おすし（壽司）
- □ ずっと（長時間；一直）

[翻譯]

　這是最近很暢銷的咖啡。裡面已經含有奶精和砂糖，所以只要加入熱水，馬上就能飲用。喝起來不會太甜，很適合我的口味，不過喜歡甜一點的人，或許可以加1茶匙左右的砂糖。這款咖啡在超商也能買到，喜歡咖啡的人請買來喝喝看。

28 請問這款咖啡要怎樣才能飲用呢？

1 只放奶精和砂糖就能飲用
2 只放熱開水就能飲用
3 只放一茶匙的砂糖就能飲用
4 什麼都不放就能飲用

[解題]

1 　這是一篇介紹某品牌咖啡喝法的短文。「どうすれば」(如何)用來詢問方法，也可以說「どのようにすれば」。

2 　解題關鍵在第1行～第2行：「ミルクと砂糖が入っているので、お湯を入れればすぐに飲めます」這一句，說明咖啡只要用熱水沖泡，馬上就能喝。

3 　值得注意的是，「～が入っている」是從自動詞「入る」變來的，意思是「內含…」，他動詞「～を入れる」才是「放入」的意思，可別被騙了。此外，其他選項都沒有提到熱水，所以都是錯的。

4 　「売れている」意思是「(目前)熱賣」。「わたしには」的「に」表示「對…來說…」。「～ことができる」(能夠…)用來表示有能力、有辦法去完成某件事情。

5 　「飲んでみてください」的「～てみる」意思是「嘗試看看」，表示試探性地進行某個行為。「入れなくても」的「ても」是假設語氣，可以翻譯成「就算…」、「即使…」，表示後項的成立與否並不受前項限制。

|答案：2

重要單字

| よく売れる（熱賣） | 砂糖（糖） |
| ミルク（奶精；牛奶） | お湯（熱水） |

〜ば（…的話）	スプーン（茶匙；湯匙）
すぐに（馬上）	コンビニ（便利商店）
ちょうど（剛剛好）	〜なくても（即使不…也…）

▼ **(4)／29**---

［翻譯］

　　木下先生在櫻花鎮的○○銀行工作。不過由於他是業務，所以經常不在銀行裡。他總是一大早就騎著腳踏車，一一拜訪櫻花鎮的工廠或店家，替那裡的人們進行有關金融的諮詢。到了傍晚左右他便回到銀行。

29　關於木下先生的工作，請問下列敘述何者正確？

1 他在銀行裡面和工廠、店家的人商量事情
2 他總是開車去工廠或店家拜訪客戶
3 他常常報考金融方面的考試
4 他從早到傍晚都到櫻花鎮的各個地方

［解題］

1　　這是一則說明木下先生工作內容的短文。這一題同樣要用刪去法作答。

2　　提到「相談」的部分在第 2 行〜第 4 行「いつも朝から自転車で、さくら町の工場やお店をひとつひとつ訪ねて、そこの人たちから、お金についての相談を受けます」，可見木下先生進行諮詢的地點應該是工廠或店家，不是在銀行裡面，所以選項 1 是錯的。

3　　同樣地，從「相談」的部分也可以得知木下先生都是騎腳踏車去拜訪客戶，不是開車，所以選項 2 也是錯的。

4　　文章裡面完全沒有提到「お金についての試験」，所以選項 3 是錯的。

5　　正確答案是 4。第 2 行〜第 4 行：「いつも朝から自転車で、さくら町の工場やお店をひとつひとつ訪ねて」說明木下先生一大早就四處去拜訪客戶，第 5 行「そして、夕方ごろ、銀行に戻ります」，指出他到傍晚就結束拜訪客戶的行程。

6 「〜について」(針對…)用在要對於某件事物進行敘述或說明的時候。

答案： 4

□ 銀行（銀行）
ぎんこう

□ 働く（工作）
はたら

□ 営業（業務）
えいぎょう

□ 工場（工廠）
こうじょう

□ ひとつひとつ（一一地）

□ 訪ねる（拜訪）
たず

□ 〜について（有關…；針對…）

□ 受ける（接受）
う

□ 戻る（回到）
もど

□ 試験（考試）
しけん

もんだい5

つぎの文章を読んで、質問に答えてください。答えは、1・2・3・4から、いちばんいいものを一つえらんでください。

　　わたしの母はことし60歳になったので、30年間働いた会社をやめました。これまでは、毎朝5時に起きてお弁当を作ってから、会社に行っていました。家に帰ってからも、ちょっと休むだけで、すぐに晩ごはんを作ったり、洗たくしたりしなければならないので、いつもとても忙しそうでした。母はよく1日が24時間では時間が足りないと言っていました。わたしもたまには家のことを手伝いましたが、たいていはお皿を洗うだけでした。今では、あのころもっと母の手伝いをしてあげればよかったと、申し訳ない気持ちでいっぱいです。

　　母は会社をやめてやっと自分の時間ができたと言っています。最近は健康のために運動を始めたようですし、ほかにも、新しい趣味がいろいろできたようです。例えば、タオルで人形を作って、近所の子どもにあげたり、踊りを習いに行ったりしています。今の母は、働いていたころよりも、元気そうです。さっきは友だちからぶどうジャムの作り方を教えてもらったから、自分でもやってみると言って、スーパーに材料を買いに出かけました。こんな母を見るとわたしもうれしくなります。

30

この人のお母さんは、仕事をやめる前はどんな様子でしたか。

1 「わたし」がよく手伝ったので、家ではゆっくりしていました。

2 忙しくてゆっくり休む時間もあまりありませんでした。

3 昔のほうが今よりも元気でした。

4 毎日忙しかったですが、自分の時間も十分にありました。

31

この人のお母さんは最近どのように過ごしていますか。

1 前からやっている運動を続けています。

2 毎日ぶどうジャムを作っています。

3 人形を作ったり、踊りを習ったりしています。

4 仕事が忙しいので、自分の時間がありません。

32

こんな母とありますが、どんな様子ですか。

1 毎日会社で一生懸命働いている様子。

2 毎日仕事で忙しくて、休む時間もあまりない様子。

3 毎日趣味や運動で元気そうに過ごしている様子。

4 毎日スーパーにジャムの材料を買いに行く様子。

このあと、この人のお母さんはどこにいるはずですか。

1　会社にいるはずです。

2　スーパーにいるはずです。

3　踊りの教室にいるはずです。

4　近所の子どもの家にいるはずです。

もんだい5

請閱讀下列文章並回答問題。請從選項1・2・3・4當中選出一個最恰當的答案。

[翻譯]

　　我的母親今年滿 60 歲，離開了她工作 30 年的公司。在此之前，她每天早上 5 點起來做便當，接著再去上班。回到家後她也只能休息一下，馬上就要去煮晚餐、洗衣服，看起來總是很忙碌。她以前常說 1 天 24 個小時不夠用。我有時也會幫忙做家事，可是大概都僅只於洗碗而已。現在回想起來，都覺得當時應該要多幫母親做家事才對，覺得很愧疚。

　　母親現在說她離職後終於有了自己的時間。最近為了健康她似乎開始運動，而且還培養許多新的興趣。比如說，利用毛巾做娃娃送給住附近的小孩，或是去學跳舞。比起上班時期，母親現在看起來有精神多了。剛剛她還向朋友學了葡萄果醬的製作方式，說自己也要來試試看，就出門去超市買材料了。看到<u>像這樣的母親</u>我也跟著開心起來。

▼ 30---

30 請問這個人的母親在辭掉工作前過得如何呢？

1「我」常常幫她的忙，所以母親在家裡都很悠閒
2 忙得連好好休息的時間都很少
3 以前比現在還有精神
4 雖然每天都很忙，但很有自己的時間

[解題]

　　這篇文章只有兩個段落，敘述作者母親離職前和離職後的改變。各段落的主旨如下表所示：

第一段	敘述母親離職前的忙碌生活。
第二段	說明母親離職後的改變。

1 　這一題問的是還沒離職的生活形態，所以重點在第一段。從第2行「これまでは」(「これ」指的是前一句提到的「離開公司」)開始，一直到第4行，可以得知作者母親離職前的生活是這樣的：

> 毎朝5時に起きる → お弁当を作る → 会社に行く → 家に帰る → ちょっと休む → 晩ごはんを作る／洗たくする

2 　作者說這樣的母親是「いつもとても忙しそうでした」，在第7行～第8行還說「今では、あのころもっと母の手伝いをしてあげればよかったと、申し訳ない気持ちでいっぱいです」，表示母親那時很忙，自己很後悔沒幫母親做什麼家事，所以選項1是錯的。

3 　就連母親自己也說「会社をやめてやっと自分の時間ができた」(第9行)，所以選項4是錯的。正確答案是2。

4 　「動詞未然形＋なければならない」(不得不…)表示基於某種規範，有義務、責任去做某件事情。「そうだ」(看起來…)前面如果接動詞ます形、形容詞語幹或形容動詞語幹，表示說話者根據自己的所見所聞來進行判斷。

5 　「～てあげる」(…為…做)表示替對方做某件事情。「～ば」表示滿足前項的條件就會發生後項的事情，意思是「如果…就…」。

|答案：2

▼ 31 --

[31] 請問這個人的母親最近過得如何呢？

1 持續做之前一直有在做的運動
2 每天都在做葡萄果醬
3 製作娃娃或是去學跳舞
4 忙於工作，沒自己的時間

[解題]

1 　這一題問的是「最近」的情況，也就是作者母親離職後的生活，答案在第二段。為了節省時間，可以用刪去法作答。

2 第9～10行提到「最近は健康のために運動を始めたようです」，這個「最近～をはじめた」表示運動是最近才開始的，以前都沒什麼在運動，所以選項1是錯的。

3 從第13行～第14行「さっきは友だちからぶどうジャムの作り方を教えてもらったから、自分でもやってみると言って」可以知道選項2是錯的，因為「さっき」意思是「剛才」，再加上後面的「自分でもやってみる」，表示作者母親今天才要第一次嘗試自製果醬。

4 選項3可以對應到第11行～第12行：「例えば、タオルで人形を作って、近所の子どもにあげたり、踊りを習いに行ったりしています」，所以是正確的。

5 由於作者母親現在沒有工作了，所以選項4是錯的。

6 「ため」(為了…)前面接動詞辭書形或是「名詞+の」，表示目的。「～ようだ」(好像…)表示說話者依據種種情況來進行主觀的推測。「ほかにも」(除此之外)用在列舉事物、做補充說明的時候。

｜答案：3

32--

32 文章提到像這樣的母親，請問是指什麼樣子的呢？

1 每天在公司拚命工作的樣子
2 每天都忙於工作，沒什麼時間休息的樣子
3 每天都因為興趣或運動而精神奕奕的樣子
4 每天都去超市買果醬材料的樣子

［解題］

1 這一題劃線部分在第二段的最後一句「こんな母を見るとわたしもうれしくなります」，問題問的是「こんな」(這樣的)是「どんな」（怎樣的）。「こ」開頭的指示詞一定是指前文所說的東西，而且是不久前才提過的，也就是距離「こんな」最近的事物。

2 這裡的「こんな母」指的就是第二段提到的「離職後的母親」，所以選項1是錯的，因為第1行～第2行就已經提到「30年間働いた会社をやめました」，表示她現在沒上班了。

3 從第9行「母は会社をやめてやっと自分の時間ができたと言っています」也可以判斷選項2是錯的。「毎日仕事で忙しくて、休む時間もあまりない」說的是她離職前的生活。

4 第10行～第12行可以得知作者母親離職後培養了許多新的興趣，比起上班時期更有精神。正確答案是3。

5 選項4之所以是錯的，就像上一題說的，製作果醬是今天才要第一次嘗試的事情，不是每天的慣例。

6 「動詞辞書形＋と」(一…就…)表示前項動作一發生，後項事物就會立刻成立，常用在說明自然現象、路線、習慣、使用方法。

|答案：3

▼ **33** --

33 請問之後這個人的母親應該人在哪裡呢？

1 應該在公司
2 應該在超市
3 應該在舞蹈教室
4 應該在附近的小朋友的家

[解題]

1 這一題問題關鍵在「このあと」和「どこ」，詢問作者的母親等一下人會在哪裡，要掌握時間點和場所位置。

2 解題關鍵在第13行～第15行：「さっきは友だちからぶどうジャムの作り方を教えてもらったから、自分でもやってみると言って、スーパーに材料を買いに出かけました」，指出作者的母親現在外出一趟，目的是到超市買果醬的材料，所以她等一下應該就會抵達超市才對。正確答案是2。

3 「～てもらう」(請…)表示要求對方替自己做某件事情。「～てみる」意思是「嘗試看看」，表示試探性地進行某個行為。「～はずだ」(應該…)表示說話者依據常識、事實先進行主觀的推測再下的判斷，可能性很高。

|答案：2

- [ ] やめる（辭去〈工作〉）
- [ ] ちょっと（稍微；…一下）
- [ ] 休む（休息）
- [ ] たまに（偶爾）
- [ ] たいてい（大概）
- [ ] 申し訳ない（抱歉）
- [ ] やっと（終於）
- [ ] 運動（運動）
- [ ] できる（培養〈興趣〉）
- [ ] タオル（毛巾）
- [ ] 人形（娃娃）
- [ ] 近所（附近）
- [ ] 踊り（舞蹈）
- [ ] 習う（學習）

- [ ] ぶどう（葡萄）
- [ ] ジャム（果醬）
- [ ] 作り方（製作方式）
- [ ] 教える（教導）
- [ ] 〜てみる（…看看）
- [ ] 材料（材料）
- [ ] 嬉しい（開心）
- [ ] 昔（以前）
- [ ] 十分（十足；非常）
- [ ] 続ける（持續；繼續）
- [ ] 一生懸命（拚命）
- [ ] 教室（教室）
- [ ] 〜はずだ（應該…）

讀解・第四回

もんだい6

つぎのA「林さんから陳さんへのメール」とBのパンフレットを見て、質問に答えてください。答えは、1・2・3・4からいちばんいいものを一つえらんでください。

34

あしたの授業のあと、二人が遊びに行くことができる場所はどこですか。

1　陳さんの家

2　さくら美術館

3　ひまわり公園

4　コスモスデパート

35

陳さんは、今度の土曜日か日曜日に、さくら美術館に行きたいと思っています。陳さんはいちばん遅くて何時までに美術館に着かなければいけませんか。

1　午後5時半

2　午後6時

3　午後7時半

4　午後8時

A 林さんから陳さんへのメール

陳さんへ
あしたは水曜日なので、授業は5時半までですね。
家に帰る前に、どこかへ遊びに行きませんか。

林

B パンフレット

さくら美術館
火曜日～金曜日：午前9時半～午後6時（中に入れるのは30分前まで）
土曜日・日曜日：午前9時半～午後8時（中に入れるのは30分前まで）
休み：毎週月曜日
★いろいろな絵を見ることができます。

ひまわり公園
月曜日・火曜日・木曜日：午前8時～午後8時
金曜日～日曜日：午前8時～午後11時
休み：毎週水曜日
★今週の金曜日からプールが始まります。

コスモスデパート
月曜日～木曜日：午前10時～午後8時
金曜日～日曜日：午前10時～午後9時
休みはありません。
★今週の水曜日から土曜日まで、洋服が安いです。

もんだい6

請閱讀下列的Ａ「林同學寄給陳同學的電子郵件」和Ｂ的導覽手冊並回答問題。請從選項１・２・３・４當中選出一個最恰當的答案。

[翻譯]

Ａ　林同學寄給陳同學的電子郵件

> 陳同學：
>
> 　　明天是星期三，課只上到５點半吧？
> 　　回家之前要不要去哪裡玩玩呢？
>
> 　　　　　　　　　　　　　　　　　　林

Ｂ　導覽手冊

櫻花美術館

週二～週五：上午９點半～下午６點（最後入場時間是閉館前30分鐘）
週六～週日：上午９點半～晚上８點（最後入場時間是閉館前30分鐘）
休館日：每週一

★可以參觀許多畫作。

向日葵公園

週一、週二、週四：上午８點～晚上８點
週五～週日：上午８點～晚上11點
休園日：每週三

★自本週五開始開放游泳池。

波斯菊百貨

週一～週四：上午10點～晚上８點
週五～週日：上午10點～晚上９點
全年無休。

★本週三至週六服裝有特價。

34 請問明天下課後，這兩人能去哪裡玩呢？

1 陳同學家
2 櫻花美術館
3 向日葵公園
4 波斯菊百貨

[解題]

1 　　這一題設了一個條件：「あしたの授業のあと」，所以必須知道下課的時間才能從B部分找出答案。

2 　　從A可以得知３件事：「明天是禮拜三」、「明天的課上到５點半」、「林同學提議回家前要去其他地方玩」，所以選項１「陳さんの家」是錯的。另外，在對照B部分的時候要看週三下午５點半可以入場的是哪一個地方。

3 　　「さくら美術館」週三的營業時間是9：30～18：00，不過最後入場時間是30分鐘前(17：30)，這時兩人才剛下課，勢必趕不上，所以選項２是錯的。

4 　　「ひまわり公園」禮拜三正好沒開放，所以也不能去。

5 　　「コスモスデパート」週三的營業時間是10：00～20：00，正確答案是４。

6 　　「～ことができる」（能夠…）用來表示有能力、有辦法去完成某件事情。

答案：4

35 陳同學這個禮拜六或禮拜日想去櫻花美術館。請問他最晚必須幾點到美術館呢？

1 下午５點半
2 晚上６點
3 晚上７點半
4 晚上８點

［解題］

1 　這一題設了兩個條件，有關時間的是「土曜日か日曜日」，有關地點的是「さくら美術館」，所以只要看さくら美術館週六和週日的時間就好。

2 　從B可以得知美術館週末開放時間是9：30～20：00，問題問說「いちばん遅くて何時までに美術館に着かなければいけませんか」，最晚要幾點抵達？這句話對應到「中に入れるのは30分前まで」，也就是說最晚要提前半小時(19：30)入場，正確答案是3。

3 　「動詞未然形＋なければならない」(不得不…)表示基於某種規範，有義務、責任去做某件事情。

｜答案：3

重要單字

- □ 授業（上課）
- □ 遊ぶ（遊玩）
- □ 場所（地方）
- □ 公園（公園）
- □ 美術館（美術館）
- □ 土曜日（星期六）
- □ 日曜日（星期日）
- □ 着く（到達）
- □ 水曜日（星期三）

- □ パンフレット（導覽手冊）
- □ 火曜日（星期二）
- □ 金曜日（星期五）
- □ 毎週（每週）
- □ 月曜日（星期一）
- □ 木曜日（星期四）
- □ 今週（本週）
- □ プール（游泳池）
- □ 洋服（服裝；西裝）

讀解・第一回

問題4

つぎの(1)から(4)の文章を読んで、質問に答えなさい。答えは、1・2・3・4から最もよいものを一つえらびなさい。

(1)

　川村さんはインターネットでホテルを予約したところ、次のメールを受け取った。

あて先	ubpomu356@groups.co.jp
件　名	ご予約の確認（予約番号：tr5723）
送信日時	2012年11月23日　15：21

　大林ホテルをご予約くださいまして、ありがとうございます。ご予約の内容は、以下の通りです。ご確認ください。当日は、お気をつけてお越しくださいませ。

予約番号：tr5723
お名前：川村次郎　様
ご宿泊日：2012年12月2日　1泊
お部屋の種類：シングル
ご予約の部屋数：1部屋
宿泊料金：5,000円（朝食代を含みます）

※チェックイン時刻は15：00からです。

※キャンセルのご連絡はご宿泊の前日までにお願いいたします。ご宿泊当日のキャンセルは、キャンセル料をいただきますので、ご注意ください。

大林ホテル
〇〇県××市△△１－４－２

00-0000-0000
交通案内・地図は<u>こちら</u>

---

24 上のメールの内容から、分かることはどれか。

1 ホテルで朝食を食べるには、宿泊料金のほかに5,000円を払わなければならない。

2 川村さんはホテルに着いたら、まずキャンセル料を払わなければならない。

3 午後３時まではホテルの部屋に入ることはできない。

4 川村さんは、奥さんと二人でホテルに泊まるつもりだ。

(2)

スミスさんは次の通知を受け取った。

ビジネス日本語会話能力検定
1次試験の結果通知と面接のご案内

受験番号　　12345
氏　　名　　ジョン・スミス
生年月日　　1984年2月6日

　　2級1次試験結果：　**合格**

下記の通り、2次の面接試験を行います。

1　日　　時　　7月21日（日）　午前10時30分より20分程度面接開
　　　　　　　　始時刻は多少変更になる場合がありますので、会場
　　　　　　　　には予定時刻の30分前までにお越しください。

2　会　　場　　平成日本語学院
　　　　　　　　交通案内・地図は裏面をご覧ください。

3　持ち物　　本通知書、写真付きの身分証明書

25

スミスさんは面接の日に、どうしなければならないか。

1　10時まで会場にいなければならない。

2　10時50分までに会場へ行かなければならない。

3　10時までに会場へ着かなければならない。

4　10時までに会場に引っ越さなければならない。

(3)

　気象庁の3か月予報では、6～8月の気温は全国的に「平年（注1）より高い」という予測である。予報通りなら、去年に続いて今年の夏も暑くなりそうだ。

　コンビニの売り上げは天気ととても深い関係があり、夏は暑ければ暑いほど、ビールやアイスクリーム、冷やし中華（注2）など、夏に関係する商品がよく売れるらしい。気温が1、2度違うと、売り上げが大きく変わると聞いたことがある。

（注1）平年：ここでは、気温が他の年と比べて高くも低くもない年のこと
（注2）冷やし中華：ゆでて冷やしためんの上にきゅうりやハム、卵焼きなどを細く切った物を乗せ、冷たいスープをかけた食べ物

26

この文章の内容から、分かることはどれか。
1　今年の夏は涼しくなるので、ビールやアイスクリームはあまり売れないだろう。
2　今年の夏は暑くなるので、ビールやアイスクリームがよく売れるだろう。
3　去年の夏は涼しかったが、今年の夏は暑くなるだろう。
4　気温が1、2度違うと、コンビニの商品も他の物に変わる。

(4)

　大地震のとき、家族があわてず行動できるように、家の中でどこが一番安全か、どこに避難するかなどについて、ふだんから家族で話し合っておきましょう。

　強い地震が起きたとき、または弱い地震でも長い時間ゆっくりと揺れたときは、津波が発生する恐れがあります。海のそばにいる人は、ただちに岸から離れて高い所などの安全な場所へ避難しましょう。

　避難場所での生活に必要な物や、けがをしたときのための薬なども事前にそろえておきましょう。

27

　上の文章の内容について、正しいものはどれか。

1　いつ地震が起きても大丈夫なように、いつも家の中の一番安全な所にいるほうがよい。

2　弱い地震であれば、長い時間揺れても心配する必要はない。

3　ふだんから地震が起きたときのために準備をしておいたほうがいい。

4　避難場所での生活に必要な物は、地震が起きたあとに買いに行くほうがよい。

問題4

請閱讀下列（1）～（4）的文章並回答問題。請從選項1・2・3・4當中選出一個最恰當的答案。

▼ **(1)／24** ---

[翻譯]

川村先生在網路上訂飯店，收到了下面這封電子郵件。

收件者	ubpomu356@groups.co.jp
標題	訂房確認（訂房編號：tr5723）
寄件時間	2012年11月23日 15：21

感謝您在大林飯店訂房。您訂房的詳細內容如下，敬請確認。入住當天敬請路上小心。

訂房編號：tr5723
姓名：川村次郎　先生
入住日期：2012年12月 2 日 一晚
房間種類：單人房
訂房數：一間
住宿費：5,000圓（含早餐費用）

※辦理入住時間為15：00過後。
※如欲取消訂房，請於入住前一天告知。若為入住當天取消，則須酌收手續費，敬請留意。

大林飯店
○○縣××市△△ 1 － 4 － 2
00-0000-0000
交通指南、地圖<u>在此</u>

24 從上面這封電子郵件，可以知道什麼事情呢？

1 如果要在飯店享用早餐，除了住宿費，必須再另外支付 5,000 圓
2 川村先生抵達飯店後，首先必須要支付取消訂房的費用
3 下午 3 點前不能進入飯店房間
4 川村先生打算和太太一起下榻飯店

[解題]

1 　　這一題要用刪去法來作答。為了節省時間，可以抓出四個選項的重點，再回到原文一一對照。

2 　　選項 1 的關鍵在於「朝食」，信件裡提到早餐的部分是在「宿泊料金：5,000円（朝食代を含みます）」這一行，說明了住宿費是5,000圓，其中包含了早餐費用，不用再多付錢，所以選項 1 是錯的。「動詞辞書形＋には」表示為了做某件事情，要採取後項的行動。「～のほかに」意思是「…之外」。

3 　　選項 2 的關鍵在於「キャンセル料」，信件裡提到取消訂房的費用是在「ご宿泊当日のキャンセルは、キャンセル料をいただきますので、ご注意ください」這一句，說明如果是在住宿當天才取消訂房，要酌收手續費。不過川村先生人都到飯店了，自然不會取消訂房，所以選項 2 是錯的。

4 　　選項 3 的關鍵在「ホテルの部屋に入る」，這一句對應到「チェックイン」的部分，也就是「チェックイン時刻は15：00からです」這一行。這一句說明了辦理入住的時間是從15：00開始，也就是說下午 3 點之後才能進到房間。所以選項 3 是正確的。

5 　　選項 4 的關鍵在「二人でホテルに泊まる」，從「お部屋の種類：シングル」這邊我們可以得知川村先生住的是單人房，所以只有他一個人要入住，也就是說他沒有要和妻子同行。所以選項 4 是錯的。

6 　　「動詞た形＋ところ」表示在做某件事情的同時發生了其他事情，或是做了某件事情之後的結果，中文可以翻譯成「…結果」、「…時」。「名詞＋の通り」意思是「如同…所示」。「くださいませ」是「くださいます」的命令形，但是是語氣比較客氣的命令，「～ませ」通常會用在店家招呼客人時，像是「いらっしゃいませ」（歡迎光臨）也是大家耳熟能詳的一句。

7 　　除此之外，這封電子郵件當中運用了許多「お」、「ご」接在名詞前面，像是「お名前」、「ご宿泊日」，這屬於「美化語」，廣義來說也是一種敬語，作用是讓名詞聽起來好聽也較有禮貌。

答案：3

□ インターネット（網路）
□ 予約（預約）
□ 受け取る（領，接收）
□ あて先（收件人〈信箱〉地址）
□ 件名（標題）
□ 確認（確認；証實）
□ 日時（日期與時間）

□ 内容（內容）
□ 当日（當天）
□ 宿泊（過夜）
□ いただく（給…；拜領…〈「もらう」的謙讓語〉）
□ （動詞普通形／名詞＋の＋）通り（如同…所示）

▼(2)／25

[翻譯]

史密斯同學收到了下面這張通知單。

商務日語會話能力檢定
初試結果通知暨口試說明

准考證號碼：12345

姓　　　名：約翰・史密斯

出生年月日：1984年2月6日

2級初試結果：**合格**

複試注意事項如下。

1　日期時間　7月21日（日）　上午10時30分，大約20分鐘
　　　　　　　口試時間可能有些變動，請提早30分鐘抵達會場。

2　會　　場　平成日本語學院
　　　　　　　交通指南、地圖請參照背面。

3　攜帶物品　本通知單、附照片的身分證

---

25 史密斯同學在面試當天，必須做什麼事情呢？

1 必須在會場待到 10 點

2 必須在 10 點 50 分以前前往會場

3 必須在 10 點以前抵達會場

4 必須在 10 點以前搬家到會場

[解題]

1 　這一題問題重點在「面接の日」，通知單當中和口試有關的部分在最下面的「1」、「2」、「3」這三點。從四個選項當中可以發現題目主要是要問時間，和時間有關的是「1　日時」，可以從這裡找出答案。

2 　解題關鍵在「会場には予定時刻の30分前までにお越しください」，「お越しになってください」的省略說法，「お越しになる」是「来る」的敬語表現，意思是要提早30分鐘來到會場。而口試的時間是「午前10時30分より」，也就是從上午10點30分開始，所以史密斯同學必須要在10點到場才行。正確答案是3。

3 　選項1和選項4是陷阱，雖然都有提到10點，可是選項1是指「必須在會場待到10點」，選項4的「引っ越す」是「搬家」的意思。從這邊也可以稍微看出「まで」和「までに」的不同。「まで」意思是「直到…」，「までに」是「…之前」。

4 　「～程度」（大概是…）直接接在名詞下面，表示差不多就是這樣的程度或時間長短。「～場合がある」意思是「有…的可能性」。「～付き」直接接在名詞下面，表示「附有…」。

答案：3

重要單字

□ 通知（通知，告知）

□ 検定（檢定；鑑定）

□ 面接（面試，口試）

□ 氏名（姓名）

□ 生年月日（出生年月日）

□ 合格（合格，考上）

□ 下記（下列）

□ 時刻（時間，時刻）

□ 変更（更改，變動）

□ 持ち物（攜帶物品）

□ 本（此〈份〉，這〈張〉）

□ 身分証明書（身分證）

[翻譯]

　　根據氣象局未來三個月的氣象預測，6～8月全國各地氣溫「將比平年（注1）還高」。如果預測準確，那麼今年的夏天似乎也會延續去年的炎熱。

　　聽說超商的營業額和天氣有著很密切的關係，夏天越是炎熱，啤酒、冰淇淋、中華涼麵（注2）等和夏天有關的商品就會賣得很好。我也聽說過，氣溫差了1、2度，營業額就有著劇烈變動的事情。

（注1）平年：在此指該年氣溫比起其他年份不高也不低

（注2）中華涼麵：將切細的小黃瓜、火腿、煎蛋等食材放在煮過冰鎮的麵條上，再淋上冰涼醬汁食用的食物。

26 從這篇文章內容，可以知道什麼事情呢？

1 今年夏天將變涼爽，看來啤酒和冰淇淋會賣得不太好

2 今年夏天將會變熱，看來啤酒和冰淇淋會賣得很好

3 去年夏天雖然涼爽，不過今年夏天會變熱

4 氣溫差個1、2度，超商商品也會跟著更換

[解題]

1　　這一題要用刪去法來作答。為了節省時間，可以抓出四個選項的重點，再回到原文一一對照。

2　　選項1的重點在「今年の夏は涼しくなる」，還說「ビールやアイスクリームはあまり売れない」。可是從第2～3行「去年に続いて今年の夏も暑くなりそうだ」可以得知，今年的夏天會很熱。而且從第4行～6行「夏は暑ければ暑いほど、ビールやアイスクリーム、冷やし中華など、夏に関係する商品がよく売れるらしい」可以得知，夏天越熱，啤酒等商品應該會熱銷才對。所以選項1是錯的。

3　　選項2和選項1恰恰相反，所以從上面這些推斷來看，選項2是正確的。

4　　選項3錯誤的部分在「去年の夏は涼しかった」，從第2～3行「去年に続いて今年の夏も暑くなりそうだ」可以得知，去年也是炎夏才對。「〜に続く」意思是「繼…之後」。

5 選項4提到「気温が1、2度違う」，對應到第6行～7行「気温が1、2度違うと、売り上げが大きく変わる」，表示氣溫的變化會影響到的是營業額，和商品項目的改變沒有關係。所以選項4是錯的。

6 「AはBと関係がある」表示A和B有著關聯性。「～ば～ほど、～」（越…越…），「ば」和「ほど」前面接的都是同一個語詞，表示隨著前項的程度加深，「ほど」後面的事物也會跟著改變。「～らしい」（似乎…）表示傳聞、聽說，含有一種「我看（聽）到的就是這樣」的意思。

答案：2

重要單字

□ 気象庁（氣象局）

□ 予報（預報）

□ 気温（氣溫）

□ ～的（〈前接名詞〉關於，對於；…的）

□ 予測（預測）

□ 続く（繼續，持續）

□ 売り上げ（〈一定期間內的〉營業額）

□ 関係（關係，關聯）

□ 商品（商品，貨品）

□ 変わる（改變）

□ 卵焼き（日式煎蛋）

□ （名詞＋）通り（正如…那樣）

□ ば～ほど（越…越…）

▼ **(4)／27** --

[翻譯]

為了讓家人在發生大地震時能保持冷靜行動，平時就可以全家人一起討論家中哪裡最安全、應該去哪裡避難…等等。

發生強震或是長時間緩慢搖晃的微震時，海嘯很有可能會襲來。在海邊附近的人，應該要立刻離開岸邊到高處等安全場所避難。

在避難場所的生活必需品，以及受傷時所需的藥品，也應該要事先準備好。

針對上面這篇文章，正確的選項為何？

1 為了能因應突來的地震，要一直待在家中最安全的地方
2 如果是微震，即使長時間搖晃也不用擔心
3 平時最好能做好因應地震發生時所需的準備
4 最好是地震發生之後才去購買在避難場所的生活必需品

[解題]

1 　遇到「正しいものはどれか」這種題型就要用刪去法來作答。為了節省時間，可以抓出四個選項的重點，再回到原文一一對照。

2 　選項1錯誤的地方在「いつも家の中の一番安全な所にいるほうがよい」，文章當中並沒有提到要一直待在家，而是說「家の中でどこが一番安全か、どこに避難するかなどについて、ふだんから家族で話し合っておきましょう」，表示平時可以和家人討論家中哪裡最安全，或是要去哪裡避難比較好。

3 　選項2重點在「弱い地震」，從第4〜5行「弱い地震でも長い時間ゆっくりと揺れたときは、津波が発生する恐れがあります」可以得知即使是微震，也有可能會發生海嘯，所以有擔心的必要。所以選項2是錯的。

4 　選項3的「ふだんから」和「準備しておいた」可以對應到第一段的「家の中でどこが一番安全か、どこに避難するかなどについて、ふだんから家族で話し合っておきましょう」，以及最後一段的「事前にそろえておきましょう」。「そろえる」和「準備」都是「準備」的意思。所以選項3是正確的。

5 　從最後一段來看，「避難場所での生活に必要な物や、けがをしたときのための薬なども事前にそろえておきましょう」可以得知選項4是錯的，所需物資應該要平時就備妥，等到地震發生再買就來不及了。

6 　在第一段的文法應用中，「〜について」（針對…）表示提出某個話題，並就這個話題進行說明。「または」是「或者」的意思。

7 　在第二段的文法應用中，「〜恐れがある」（恐怕會…）表示有某種疑慮，是不好的可能性。「ただちに」意思是「立即」。

8 　在第三段的文法應用中，「〜ため」（為了…）表示因為某種目的而存在、採取某種行動，這種目的通常是正向的，有時也有造福別人的意思。「〜ための薬」指的就是「用來…的藥」。「名詞＋であれば」意思是「只要…」、「如果…」。「〜必要はない」表示「沒有…的必要」。

|**答案：3**

重要單字

□ あわてる（慌張，驚慌）

□ 行動（行動）

□ 避難（避難）

□ 話し合う（交談；溝通）

□ 揺れる（搖動，晃動）

□ 津波（海嘯）

□ 発生（發生；〈生物等〉出現）

□ ただちに（立刻，馬上）

□ 離れる（離開）

□ 揃える（備齊，準備）

□ ～ように（為了…而…）

□ ～恐れがある（恐怕會…）

［讀解・第一回］

問題5

つぎの（1）と（2）の文章を読んで、質問に答えなさい。答えは、1・2・3・4から最もよいものを一つえらびなさい。

（1）

　　最近、日本では、子どもによる恐ろしい犯罪が増える一方だといわれているが、本当だろうか。日本政府が毎年出している『犯罪白書』『子ども・若者白書』（注1）などの資料からいうと、一般的な見方に反して、子どもが起こす事件は決して増えてはいない。恐ろしい犯罪は、反対に減っている。子どもの数自体が減っているのだから、事件の数を比べても意味がないという人もいるかもしれないが、数ではなく割合で考えても、増えているとは言えない。

　　このように、実際には子どもによる犯罪は増えていないのに、私たちがそう感じてしまうのは、単にマスコミが以前に比べてそのような事件を詳しく報道する（注2）ことが多くなったためではないかと思う。繰り返し見せられているうちに、それが印象に残ってしまい、子どもが恐ろしい事件を起こすことが増えたような気がしてしまうのではないだろうか。印象だけによらず、正しい情報と知識にもとづいて判断することが重要である。

（注1）白書：政府が行政の現状や対策などを国民に知らせるために発表する
　　　　報告書

（注2）報道する：新聞、テレビ、ラジオなどを通して、社会の出来事を一般
　　　　に知らせること

28

子どもによる恐ろしい犯罪の数について、実際にはどうだと言っているか。

1　増えている。

2　事件の数は減っているが、割合で考えると増えている。

3　増えていない。

4　増えたり減ったりしている。

29

そう感じてしまうとあるが、どういうことか。

1　子どもによる犯罪が増えていると感じてしまう。

2　子どもによる犯罪が増えていないと感じてしまう。

3　マスコミが子どもによる犯罪を多く報道するようになったと感じてしまう。

4　子どもが起こす事件の数を比べても意味がないと感じてしまう。

30

この文章を書いた人の意見として、正しいのはどれか。

1　マスコミは、子どもによる恐ろしい犯罪をもっと詳しく報道する方がよい。

2　マスコミの報道だけにもとづいて判断することが大切だ。

3　子どもによる恐ろしい事件が増えたのはマスコミの責任だ。

4　印象だけで物事を判断しないことが大切だ。

(2)

　わたしはずっと、スポーツ選手はしゃべるのが苦手な人が多いと思っていた。彼らは口ではなくて体を動かすのが仕事だからだ。しかし最近、①中には言葉の表現力が非常に高い人もいることを知った。先日ＮＨＫの番組で、野球選手のイチローさんが、コピーライター（注）の糸井重里さんと対談しているのを見た。わたしは、イチロー選手の言葉の表現力の豊かさに驚かされた。彼は、誰もが使うような安易な言葉を用いないで、「自分の言葉」で話していた。彼の表現力は、言葉のプロである糸井さんに全く負けていなかった。わたしは思わず夢中になって聞き入ってしまった。

　イチロー選手のように、自分が②言いたいことを、「自分の言葉」で表現できるようになるためにはどうすればいいのだろう。たくさん本を読んだり人と話したりして知識を増やすことも、もちろん大切だ。だが、まず何よりも、いつも自分の言葉で話したいという意識を持っていることがいちばん重要なのではないか。イチロー選手は、きっとそういう人なのだと思う。

　（注）コピーライター：商品や企業を宣伝するため、広告などに使用する言葉を作る人

31

①中にはとあるが、「中」は何を指しているか。

1　NHKの番組

2　コピーライター

3　しゃべるのが苦手な人

4　スポーツ選手

32

この文章を書いた人は、イチロー選手の言葉の表現力についてどう考
えているか。

1　言葉のプロと同じくらい高い表現力がある。

2　人の話を夢中になって聞き入るところがすばらしい。

3　「自分の言葉」で話すので、よく聞かないと何を言っているのか
　　分かりにくい。

4　言葉のプロよりもずっと優れている。

33

②言いたいことを、「自分の言葉」で表現できるようになるために
は、何が最も重要だといっているか。

1　ぴったりの言葉を辞書で調べること

2　本を読んだり、人と話したりして、知識を増やすこと

3　誰もが使うような安易な言葉をたくさん覚えること

4　自分の言葉で伝えたいという気持ちを常に持っていること

問題5

請閱讀下列（1）和（2）的文章並回答問題。請從選項1・2・3・4當中選出一個最恰當
的答案。

▼ (1)--

[翻譯]

　　最近在日本，有很多人説由未成年所犯下的重大犯罪一直在增加，這究竟是真是
假？從日本政府每年公布的『犯罪白皮書』、『孩童、青少年白皮書』（注1）等資
料來看，結果正好與一般民眾的看法相反，未成年所犯下的事件並沒有增加。窮凶
惡極的犯罪甚至還減少了。或許有人認為那是因為小孩越來越少，拿事件數量來做
比較也沒意義；不過即使不用數字，而是用比例來思考，也不能表示數據是增加的。

　　就像這樣，未成年犯罪明明實際上並無增加，但是我們卻<u>有這樣的感覺</u>，我在想，
也許只是因為比起以往，媒體經常性且更詳細地報導（注2）這類事件罷了。是不是
透過反覆觀看而留下印象，讓我們覺得未成年犯下的重大罪行越來越多呢？不光憑
印象，而是根據正確的資訊及知識來判斷事物，這點是很重要的。

（注1）白皮書：政府為了告知國民行政現況或對策而發布的報告書

（注2）報導：透過報紙、電視、廣播等，傳達社會上所發生的事情

▼ (1) ／ 28--

28　孩子的重大犯罪件數，實際情況是如何呢？

1 有所增加

2 事件數量雖然減少，但是就比例而言是增加的

3 沒有增加

4 有時增加有時減少

［解題］

　　這篇文章整體是在探討孩童犯罪之所以看似增加的原因。各段落的主旨如下表所示：

第一段	作者強調其實未成年犯罪並無增加的趨勢。
第二段	作者認為未成年犯罪之所以看似增加，可能是因為媒體過度渲染。

❶ 　　這一題問的是孩子所犯下的重大罪行實際情況，可以從第一段找出答案。解題關鍵在「日本政府が毎年出している『犯罪白書』『子ども・若者白書』などの資料からいうと、一般的な見方に反して、子どもが起こす事件は決して増えてはいない。恐ろしい犯罪は、反対に減っている」，說明根據官方資料，可以發現這樣的事件不但沒有增加，反而還減少。所以正確答案是3。

❷ 　　在文章第一段的文法應用中，「名詞＋による」（由…引起的）表示造成後項事態的原因，在這邊指的是肇事者。「～一方だ」表示某種狀況越演越烈、持續下去，可以翻譯成「一直…」、「越來越…」。「名詞＋からいうと」（從…來說）表示判斷或比較的依據。「～に反して」（與…相反）表示後項和前項不同，有意料之外的感覺。「反対に」意思是「相反地」。「～とは言えない」表示無法如此斷言，是語氣比較委婉的否定用法。

❸ 　　在文章第二段的文法應用中，「～ために」（為了…）表示為了達到某種目的而積極地採取後項行動。

|答案：**3**

▼ **(1) ／29**--

29 文中提到有這樣的感覺，這是指什麼呢？

1 覺得未成年犯罪增加了
2 覺得未成年犯罪並無增加
3 覺得媒體變得經常報導未成年犯罪
4 覺得比較未成年犯罪件數也沒有意義

［解題］

1 這一題考的是劃線部分的具體內容，不妨回到文章中找出劃線部分，解題線索通常就藏在上下文當中。

2 劃線部分在第二段的第 2 行。在這邊要特別注意「そう」這個指示詞，通常「そ」開頭的指示詞一出現，就要留意前面所提到的人事物。陷阱在「実際には子どもによる犯罪は増えていないのに」這一句，如果不知道「のに」是逆接用法，很有可能會以為「そう」指的就是「未成年犯罪實際上並無增加」，要小心別被騙了。

3 解題關鍵在第二段一開頭的「このように」（就像這樣），作用是承上啟下，暗示了這邊的「そう」指的是第一段提到的一般民眾觀感，特別是第 1 句：「最近、日本では、子どもによる恐ろしい犯罪が増える一方だといわれている」，也就是有很多人覺得未成年所犯下的重大犯罪一直在增加。正確答案是 1。

4 接續詞「のに」表示前項和後項不相應或是不合邏輯，有時還帶有一種惋惜或責備的語氣，可以翻譯成「明明…」、「卻…」。「～を通して」（透過…）表示方法、道具、手段。「～ため」（因為…）在這裡表示原因理由。「～うちに」（在…之間）表示在某一個狀態持續的期間發生了後項的事情。

5 「印象に残る」意思是「留下印象」。「～気がする」前面常接「～ような」（類似…），表示有某種感覺。「動詞未然形＋ず」相當於「～ないで」，是比較書面用語的用法，表示在不做某個動作的狀態下做後項的動作。「～にもとづいて」（根據…）表示依據前項來做出後項的行為、判斷。

答案：1

▼ (1)／30---

30 下列敘述當中，哪一個是作者的意見呢？

1 媒體最好是要更詳盡地報導未成年犯下的重大案件
2 只憑媒體的報導來判斷事物是很重要的
3 越來越多未成年犯下重大罪行，這是媒體應負的責任
4 不光憑印象來判斷事物是重要的

［解題］

1 這一題要用刪去法來作答，從選項當中選出一個正確答案。要注意題目問的是「この文章を書いた人の意見」，所以要站在作者的立場來回答。

② 選項1的重點在「もっと詳しく報道するべきだ」，「辞書形＋べきだ」是「應該要…」的意思。不過第二段當中作者提出了批判，覺得媒體的過度報導會對民眾洗腦，可見作者並不支持這種詳盡的報導方式。所以選項1是錯的。

③ 選項2是錯的。「マスコミの報道だけにもとづいて」是「只憑媒體的報導」的意思，和文章最後一句「印象だけによらず、正しい情報と知識にもとづいて判断することが重要である」正好相反。

④ 文章中只有說「繰り返し見せられているうちに、それが印象に残ってしまい、子どもが恐ろしい事件を起こすことが増えたような気がしてしまうのではないだろうか」（第10行～13行），表示作者覺得是媒體讓我們有「越來越多未成年犯下重大罪行」的錯覺，並不代表之所以會有這樣的事件是媒體害的。所以選項3是錯的。

⑤ 選項4是正確的。它對應到文章最後一句「印象だけによらず、正しい情報と知識にもとづいて判断することが重要である」，作者提醒大家不能光憑印象來判斷事物。像這種換句話說的寫法，常常是解題的關鍵。

⑥ 「名詞＋として」表示立場、身分、地位、資格…等等，最常翻譯成「作為…」、「關於…」。「動詞辞書形＋べきだ」（應該要…）表示依照常理、規則來說，必須採取某種行為。要注意的是如果前面接「する」，則可以說成「すべきだ」或「するべきだ」。

|答案：4

重要單字

□ 恐ろしい（驚人的，嚴重的；可怕的）
□ 犯罪（犯罪）
□ 増える（增加）
□ 政府（政府；內閣）
□ 若者（年輕人）
□ 資料（資料）
□ 一般的（一般的，普遍的）
□ 見方（看法，見解）
□ 起こす（引起；發生）
□ 事件（事件）
□ 決して（絕對〈不〉…〈後面接否定〉）

□ 反対に（相對地）
□ 減る（減少）
□ 自体（本身，自身）
□ 割合（比例）
□ マスコミ（媒體）
□ 繰り返す（反覆，重複）
□ 気がする（覺得〈好像，似乎…〉）
□ 印象（印象）
□ 情報（資訊，消息）
□ ～による（因…造成的…）

▼ (2)--

[翻譯]

　　我一直覺得有很多運動選手都不擅言詞。因為他們的工作不是動口，而是動身體。不過，最近我發現①其中有些人的言語表達能力卻非常地好。前幾天我在 NHK 的節目上看到棒球選手鈴木一朗和文案寫手（注）糸井重里的對談。對於鈴木一朗選手豐富的表達能力我不由得感到驚訝。他不使用大家都在用的常見詞彙，而是用「自己的詞彙」。他的表達能力，完全不輸給文字專家糸井先生。我不禁聽得入迷。

　　到底要怎麼做才能像鈴木一朗選手一樣，②能把想講的事情，用「自己的詞彙」表達出來呢？當然，看很多的書、和很多人交談以增加自己的知識也是十分重要的。不過比起其他事物，最重要的應該是要先隨時提醒自己用自己的語彙說話吧？我覺得鈴木一朗選手一定是這樣的人。

（注）文案寫手：以寫廣告詞來宣傳商品或企業為職業的人

▼ (2)／31--

[31] 文中提到①其中，「其」指的是什麼呢？

1 NHK 的節目
2 文案寫手
3 不擅言詞的人
4 運動選手

[解題]

　　這篇文章整體是在探討鈴木一朗選手的說話技巧。各段落的主旨如下表所示：

| 第一段 | 作者發現鈴木一朗雖然是運動選手，但是表達能力不輸給專家。 |
| 第二段 | 要用自己的詞彙來進行表達，最重要的是要時時存有這樣的意識。 |

❶　　這一題問的是「中には」是指什麼的當中？劃線部分的原句是第 3 行：「中には言葉の表現力が非常に高い人もいることを知った」。其實這個「中」前面省略了「その」，就和「そ」開頭的指示詞一樣，指的一定是前面所提到的人事物。既然這句話後面提到「～人もいる」，可見「中」指的一定是前面提到的人，而且是指某個團體、族群這樣的特定範圍。

❷　　答案就在第 1～2 行：「わたしはずっと、スポーツ選手はしゃべるのが苦手な人が多いと思っていた」。這個「中」指的就是「スポーツ選手」。

❸　　這一題要小心選項 3 這個陷阱。有的人可能會以為「しゃべるのが苦手な人」也是人物，這個「中」指的就是這群人。可是，「中」這句說的是「言葉の表現力が非常に高い人」，也就是言語表達能力很好的人，既然都說這群人不擅言詞了，又怎麼會說其中有人表達能力很好呢？看穿這點矛盾，就能知道正確答案不是 3。

❹　　「～からだ」放在句末，表示原因理由。前面可以直接接動詞或形容詞，不過遇到名詞或形容動詞，必須加個「だ」再接上「～からだ」。「～と思っていた」意思是「過去有段時間都這麼想」，不過現在已經沒有這種想法了。

|答案：4

▼ **(2)／32**--

32　作者對於鈴木一朗選手的表達能力有什麼看法呢？

1 他和文字專家有著相同的高度表達能力
2 他能入迷地傾聽別人講話，這點很棒
3 他用「自己的詞彙」說話，不認真聽會不知道他在講什麼
4 他比文字專家還優秀許多

［解題］

　文章當中提到「イチロー選手の言葉の表現力」的地方在第一段，第5行～8行寫說：「わたしは、イチロー選手の言葉の表現力の豊かさに驚かされた。彼は、誰もが使うような安易な言葉を用いないで、『自分の言葉』で話していた。彼の表現力は、言葉のプロである糸井さんに全く負けていなかった」。從這幾行可以看出鈴木一朗：

①

　1. 言葉の表現力の豊かさ → 有豐富的言語表達能力。
　2.「自分の言葉」で話していた → 用自己的詞彙說話。
　3. 言葉のプロである糸井さんに全く負けていなかった → 不輸給言語專家。

②　選項1正好對應到第3點。「全く負けていなかった」表示鈴木一朗不輸給糸井重里（＝不相上下），既然糸井重里是「プロ」（專家），可見他是很厲害的，所以鈴木一朗的能力也不錯。正確答案是1。

③　另一方面，從第3點來看也可以知道選項4是錯的。雖然文章當中有稱讚鈴木一朗的表達能力令人驚艷，但是他的程度和專家是差不多的，並沒有比專家還出色。

④　這一題還要小心選項2。文章第8～9行是說「わたしは思わず夢中になって聞き入ってしまった」，主詞是「わたし」，不是「イチロー選手」，所以聽話聽得入迷的是作者，不是鈴木一朗。選項2是錯的。

⑤　「～に負ける」（輸給…）要用格助詞「に」表示對象，「に」的前面要放贏家；反之，如果是「～に勝つ」（打敗…），「に」的前面要放輸家。「言葉のプロである糸井さん」的「である」是文章寫法，也可以用「の」取代。「である」在這邊的作用是連接兩個屬性相同的名詞，「AであるB」表示「B是A」。副詞「思わず」的意思是「不禁地」，後面常接「～てしまう」。「夢中になる」意思是「著迷」。

|答案：1

33 ②能把想講的事情，用「自己的詞彙」表達出來，作者認為最重要的是什麼呢？

1 查字典找出最恰當的語詞
2 看看書、和人交談來增加知識
3 大量地記住大家都在使用的簡單詞彙
4 隨時謹記著用自己的詞彙來表達

［解題］

① 　　這一題問題剛好對應到第二段的開頭：「自分が言いたいことを、『自分の言葉』で表現できるようになるためにはどうすればいいのだろう」，所以我們可以從第二段找出答案。特別要注意的是，問題問的是「何が最も重要」，所以要抓出最重要的部分才行。

② 　　解題關鍵在第13～14行：「まず何よりも、いつも自分の言葉で話したいという意識を持っていることがいちばん重要なのではないか」。不僅是「いちばん重要」對應到「何が最も重要」，這個「まず何よりも」（首先，比起其他事物…）也強調出優先性、程度之高。所以「いつも自分の言葉で話したいという意識を持っていること」就是我們要的答案了，也就是選項4的「自分の言葉で伝えたいという気持ちを常に持っていること」。「いつも」≒「常に」，「話したい」≒「伝えたい」，「意識」≒「気持ち」。

③ 　　像這樣語詞和句型的相互對應、換句話說是閱讀解題的重要手法，平時在背單字時不妨找出同義語、類義語、反義語一起記憶，可以迅速擴充字量。

④ 　　「名詞＋の＋ように」（和…一樣地）表示前項是後項動作、行為的目標、目的。「～ようになる」（變得…）表示某種能力、習慣、狀態在時間的推移之下發生改變。「～ために」（為了…）表示為了達到某個目的而積極地採取後項的行動。「用言假定形＋ば」（如果…）表示一種假設條件，滿足前項條件就能得到後項的結果。

⑤ 　　「もちろん」（當然）的後面有時會接表示逆接的「が」（不過），表示先肯定某項事物，再進行部份否定或是做其餘補充；類似用法是「確かに」（的確），後面也常接逆接的「が」。「きっと」（一定是…）常和「だろう」、「～と思う」等推測表現合用。

|**答案：4**

□ ずっと（一直以來）

□ 選手（選手）

□ しゃべる（説話；講話）

□ 苦手（不擅長）

□ 動かす（使…活動）

□ 表現力（表達能力）

□ 先日（日前，幾天前）

□ 対談（交談，對話）

□ 豊かさ（豐富）

□ 安易（常有；簡單）

□ プロ（專家）

□ 全く（完全，絕對）

□ 負ける（輸；失敗）

□ 夢中（熱中，著迷）

□ 増やす（增加）

□ 意識（自覺；意識）

□ きっと（一定）

□ ～（ら）れる（自發用法，表示「不由得…」）

□ ～ようになる（表能力、狀態、行為的變化，可譯作「會…」）

讀解・第一回

問題6

つぎの文章を読んで、質問に答えなさい。答えは、1・2・3・4から最もよいものを一つえらびなさい。

先月、父が病気で入院した。私にとってはとてもショック（注1）な出来事だった。私はこれまで重い病気をしたことが一度もなく、家族もみんな丈夫だった、健康でいられることを、ずっと当たり前のように思っていた。だが、青白い顔をして病院のベッドに横になっている父を見て、決して①そうではなかったのだと、初めて気がついた。幸い、父は順調に回復し、今では元気に元通りの生活をしている。

父の入院という初めての経験をして、私が健康について真剣に考え始めたころ、あるテレビ番組で、100歳の元気なおばあさんを紹介しているのを見た。おばあさんによると、早寝早起きをして体をよく動かすことが長生きの秘訣（注2）だそうだ。なんと毎朝5時に起きて、庭の草花の世話をしたり、家の掃除をしたりするという。その一方で、自分が100歳になっても元気でいられるのは、何よりも②まわりの人のおかげだとも言っていた。明るい笑顔で答えるこのおばあさんを見て、私は、感謝の気持ちを忘れず、腹を立てたり、つまらないことで悩んだりしないことも、健康の秘訣なのではないかと思った。

私も最近、健康のために、なるべく体を動かすようにしている。まずは会社からの帰り、一駅分歩くことから始めてみた。まだ始めたばかりで、効果は特に感じないが、しばらく続けてみようと思う。そして、あ

のおばあさんのように、感謝の気持ちと明るい心を忘れずに生活しよう
と思う。

（注1）ショック：予想しなかったことに出あって、おどろくこと
（注2）秘訣：あることを行うのにもっとも良い方法

34

①そうではなかったのだとあるが、「そう」は何を指しているか。
1　父が入院したこと
2　父が病院のベッドに横になっていたこと
3　健康なことが当然であること
4　自分がこれまで一度も病気をしなかったこと

35

②まわりの人のおかげだとあるが、どういうことか。
1　暑いときに他の人が自分のまわりに立ってかげを作ってくれること
2　家族や近所の人が助けてくれること
3　おまわりさんが助けてくれること
4　近所の人がいつも自分の家のまわりを歩き回ってくれること

36

この人は、健康のためにどんなことを始めたか。
1　電車が来るまでのあいだ、駅の中を歩いて待っている。
2　電車が駅に着くまでのあいだ、電車の中でずっと歩いている。
3　自分の家からいちばん近い駅のひとつ前で降りて、家まで歩く。
4　会社から家まで歩いて帰る。

この文章全体のテーマは、何か。

1 100歳の元気なおばあさん

2 父の入院

3 テレビ番組

4 健康のためにできること

問題6

請閱讀下列文章並回答問題。請從選項1・2・3・4當中選出一個最恰當的答案。

[翻譯]

　　上個月我的父親因病入院。這對我來說是一件打擊（注1）很大的事。到目前為止我一次也沒有生過重病，家人也都很健康，所以一直以來，我把身體健康當成是理所當然的事。可是，看到臉色發青躺在醫院病床上的父親，我第一次發現到①事情並非如此。幸好父親順利康復，現在生活作息也都恢復往常一樣正常、健康。

　　有了父親住院的初次體驗，我開始認真地思考健康這件事。這時剛好看到某個電視節目在介紹一位 100 歲的健康老奶奶。老奶奶表示，她長壽的祕訣（注2）就是早睡早起活動身體，沒想到她每天都早上 5 點起床，照料庭院的花草，打掃家裡。另一方面，她也說自己長命百歲都是②託眾人之福。看到老奶奶用開朗的笑容回答問題，我想，也許健康的秘訣還有不忘感謝、不生氣、不為了小事煩惱吧？

　　最近為了健康，我也盡可能地活動筋骨。首先從下班回家時，走一個車站的距離開始。雖然我才剛開始進行，沒特別感受到什麼效果，但我想再持續一陣子。還有，就像那位老奶奶一樣，謹記著感謝的心情及開朗的一顆心過活。

（注 1）受到打擊：碰到預料之外的事情而驚嚇

（注 2）秘訣：進行某件事情時最好的方法

▼ **34** -

34 文中提到①事情並非如此，「如此」指的是什麼？

1 父親住院
2 父親躺在醫院病床上
3 健康是理所當然的
4 自己到目前為止都沒生病過

［解題］

　　這篇文章整體是在描述作者在德國隨著語言能力的進步，周圍對他的觀感也跟著不同。各段落的主旨如下表所示：

第一段	作者表示父親生病一事讓他第一次知道原來健康不是理所當然的。
第二段	作者在電視上看到某位老奶奶，發現健康秘訣不只是早睡早起多活動，還有不忘感謝、不生氣和不為小事煩惱。
第三段	作者為了健康也開始培養運動的習慣，並打算懷著感謝與開朗的心過日子。

❶　　這一題問的是「そうではなかったのだ」（事情並非如此），這是一種推翻原先說詞的用法，只要找出原先說詞，就能破解這道題目。先前也提過了，「そう」這種「そ」開頭的指示詞一出現，就要從前文去找出答案。另外，通常「そう」指的是一個狀況或想法，所以必須弄清楚前文整體的概念。

❷　　劃線部分的原句是第4～5行：「だが、青白い顔をして病院のベッドに横になっている父を見て、決して①そうではなかったのだと、初めて気がついた」。這裡的「だが」是逆接用法，暗示這一句和前面所說的事物相反，所以這一句前面的句子就是我們要的答案，裡面勢必藏了原先的說詞。

❸　　解題關鍵在第3～4行：「健康でいられることを、ずっと当たり前のように思っていた」，表示作者原本認為健康是很理所當然的事情。這個「思っていた」暗示了作者有好一段時間都抱持這種想法。所以這個想法就是原先說詞，也就是「そう」的具體內容。正確答案是3，「当然」和「当たり前」意思相同。

❹　　「～にとって」意思是「對…而言」，表示站在前項的立場來進行後面的判斷或評價，或是描述對於某件事物的感受。「横になる」意思是「橫躺」或「睡覺」。「～と気がつく」表示發現、注意到某件事物。

答案：3

▼ 35

35 文中提到②託眾人之福，這是什麼意思？

1 炎熱的時候，其他人站在自己的四周幫忙擋太陽

2 受到家人或鄰居的幫助

3 受到警察的幫助

4 鄰居總是幫忙在自家附近走來走去

[解題]

1 　這一題劃線部分的原句是第11～13行：「その一方で、自分が100歳になっても元気でいられるのは、何よりも②まわりの人のおかげだとも言っていた」。這個「～のは」意思是「之所以…」，下面進行解釋，說明前項的理由原因。所以劃線部分就是老奶奶健康活到100歲的理由。

2 　劃線部分就考驗考生們的單字、文法實力了。「まわりの人」，指的是「週遭的人」。「～おかげだ」表示蒙受外來的幫助、恩惠、影響，可以翻譯成「託…的福」、「多虧了…」，通常用在正面的事物，用在負面的事物表示諷刺，故意說反話。「まわりの人のおかげだ」也就是「託眾人之福」。

3 　四個選項當中最接近劃線部分的只有選項２。要小心選項３這個陷阱，「おまわりさん」雖然也有「まわり」，但指的其實是「警察」。

4 　「～について」（針對…）表示提出某個話題，並就這個話題進行說明。「～によると」（根據…）表示消息的來源或判斷的依據。「動詞辞書形＋のに」（為了…）表示在做某件事情時的手段、所需物品、花費。「なんと」（居然）用來傳達出驚訝、佩服或失望的語氣。「その一方で」（另一方面）用來承接前言並轉移話題。「動詞未然形＋ず」相當於「～ないで」，是比較書面用語的用法，表示在不做某個動作的狀態下做後項的動作。

5 　「父の入院という初めての経験をして」的「～という」（…這樣的），和「～家の掃除をしたりするという」的「～という」（據說…）不一樣。前者的作用是連接Ａ、Ｂ兩個名詞，Ａ是Ｂ的內容性質也可以是Ｂ的名字。後者是文章寫法，放在句末表示傳聞、引用，而這消息是間接得知的。

6 　「～ではないかと思う」（我在想是不是…）表示說話者自己的推測、判斷、想法，帶有不確定的語氣。

| 答案：**2**

36 這個人為了健康開始進行什麼事情呢？

1 在等電車的這段時間，在車站中邊走動邊等
2 在電車抵達車站的這段時間，不停地在電車裡走動
3 提前在離自己家最近的一站下車走回家
4 從公司走回家

［解題］

1 　問題問的是「健康のためにどんなことを始めたか」，答案就在第三段，剛好可以對應到第16～17行：「私も最近、健康のために、なるべく体を動かすようにしている。まずは会社からの帰り、一駅分歩くことから始めてみた」。

2 　「会社からの帰り、一駅分歩く」是什麼意思呢？重點就在「一駅分」，「一駅」是「一個車站」的意思，「分」接在名詞下面，表示相當於該名詞的事物、數量，從後面的「歩く」可以推知這裡指的是走「一個車站的距離」。「会社からの帰り」意思是「下班回家」，所以整句就是說下班時，走一站的路程回家。正確答案是3。

3 　「動詞た形＋ばかりで」表示某個動作才剛做完不久而已，這個舉動是導致後項的原因。「名詞＋の＋ように」（和…一樣地）表示前項是後項動作、行為的目標、目的。「動詞未然形＋ずに」相當於「～ないで」，是比較書面用語的用法，表示在不做某個動作的狀態下做後項的動作。「～ようと思う」（打算…）表示說話者積極地想做某件事情。

|答案：3

37 這篇文章整體的主旨是什麼呢？

1 100 歲的健康老奶奶
2 父親住院
3 電視節目
4 為了健康著想所能做的事

［解題］

1 　這一題問的是整篇文章的主旨。回答這種題目時，都要把整篇文章看熟並融會貫通。

2 不過也是有「偷呷步」的作答方式。通常一篇文章的構成，最重要的部分會放在最後一段的結論。另外也可以從反覆出現的關鍵字來抓出要點，尤其是在每一段都會出現的單字。

3 這篇文章當中，最常出現的單字是「私」（５次），其次是「健康」和「おばあさん」，各出現４次，不過比起「おばあさん」，「健康」平均出現在各段落裡面，可以說這整篇文章都圍繞著這個主題在打轉。再加上第二段提到了健康的秘訣，第三段總結時又寫到健康的實踐行動。所以答案應該是「健康のためにできること」沒錯。

4 「～ために」（為了…）表示為了達到某種目的而積極地採取後項行動。

答案：4

重要單字

- □ 出来事（偶發事件，變故）
- □ 健康（健康）
- □ 当たり前（理所當然）
- □ 青白い（〈臉色〉慘白的；青白色的）
- □ 横になる（橫躺；睡覺）
- □ 気がつく（注意到，意識到）
- □ 幸い（幸虧，好在）
- □ 順調（〈病情等〉良好；順利）
- □ 回復（復原，康復）
- □ 元通り（原樣，以前的樣子）
- □ 真剣（認真，正經）
- □ 世話（照顧）

- □ 笑顔（笑臉，笑容）
- □ 感謝（感謝）
- □ 腹を立てる（生氣，憤怒）
- □ 悩む（煩惱）
- □ 効果（效果，功效）
- □ 分（表事物的單位）
- □ しばらく（暫且，暫時）
- □ 予想（預想）
- □ 出あう（碰到，遇見）
- □ ～にとっては（對…來說）
- □ ～について（關於…）
- □ ～おかげだ（多虧…；由於…的緣故）

［讀解・第一回］

問題7

右のページは、「宝くじ」の案内である。これを読んで、下の質問に答えなさい。答えは、1・2・3・4から最もよいものを一つえらびなさい。

38

宝くじ50はいつ買うことができるか。

1　毎日

2　毎週 金曜日

3　毎週 抽せんの日

4　抽せんの日の翌日

39

私は今週、01、07、12、22、32、40を申し込んだ。抽せんで決まった数は02、17、38、12、41、22だった。結果はどうだったか。

1　4等で、100,000円もらえる。

2　5等で、1,000円もらえる。

3　2等で、50,000,000円もらえる。

4　一つも当たらなかった。

<ruby>宝<rt>たから</rt></ruby>くじ50

　<ruby>宝<rt>たから</rt></ruby>くじ50は、１から50までの<ruby>中<rt>なか</rt></ruby>からお<ruby>客様<rt>きゃくさま</rt></ruby>が<ruby>選<rt>えら</rt></ruby>んだ<ruby>六<rt>むっ</rt></ruby>つの<ruby>数<rt>かず</rt></ruby>と、<ruby>毎週一回抽<rt>まいしゅういっかいちゅう</rt></ruby>せん（<ruby>注<rt>ちゅう</rt></ruby>）で<ruby>決<rt>き</rt></ruby>められる<ruby>六<rt>むっ</rt></ruby>つの<ruby>数<rt>かず</rt></ruby>が、いくつ<ruby>一致<rt>いっち</rt></ruby>しているかによって<ruby>当選金額<rt>とうせんきんがく</rt></ruby>が<ruby>決<rt>き</rt></ruby>まる<ruby>宝<rt>たから</rt></ruby>くじです。<ruby>全国<rt>ぜんこく</rt></ruby>の<ruby>宝<rt>たから</rt></ruby>くじ<ruby>売場<rt>うりば</rt></ruby>で<ruby>毎日販売<rt>まいにちはんばい</rt></ruby>されています。

<ruby>申<rt>もう</rt></ruby>し<ruby>込<rt>こ</rt></ruby>み<ruby>方法<rt>ほうほう</rt></ruby>

　<ruby>宝<rt>たから</rt></ruby>くじ50の<ruby>申<rt>もう</rt></ruby>し<ruby>込<rt>こ</rt></ruby>みカードに、１から50までの<ruby>中<rt>なか</rt></ruby>から<ruby>好<rt>す</rt></ruby>きな<ruby>数<rt>かず</rt></ruby>を<ruby>六<rt>むっ</rt></ruby>つ（05、13、28、37、42、49など）<ruby>選<rt>えら</rt></ruby>んで<ruby>記入<rt>きにゅう</rt></ruby>し、<ruby>売場<rt>うりば</rt></ruby>で<ruby>申<rt>もう</rt></ruby>し<ruby>込<rt>こ</rt></ruby>んでください。<ruby>数<rt>かず</rt></ruby>の<ruby>並<rt>なら</rt></ruby>ぶ<ruby>順番<rt>じゅんばん</rt></ruby>はばらばらでもかまいません。

<ruby>名称<rt>めいしょう</rt></ruby>	<ruby>宝<rt>たから</rt></ruby>くじ50
<ruby>販売場所<rt>はんばいばしょ</rt></ruby>	<ruby>全国<rt>ぜんこく</rt></ruby>の<ruby>宝<rt>たから</rt></ruby>くじ<ruby>売場<rt>うりば</rt></ruby>
<ruby>販売日<rt>はんばいび</rt></ruby>	<ruby>毎日<rt>まいにち</rt></ruby>
<ruby>販売単価<rt>はんばいたんか</rt></ruby>	<ruby>申<rt>もう</rt></ruby>し<ruby>込<rt>こ</rt></ruby>みカード<ruby>一枚<rt>いちまい</rt></ruby>200<ruby>円<rt>えん</rt></ruby>
<ruby>抽<rt>ちゅう</rt></ruby>せん<ruby>日<rt>び</rt></ruby>	<ruby>毎週金曜日<rt>まいしゅうきんようび</rt></ruby>（19：00～）
<ruby>賞金<rt>しょうきん</rt></ruby>の<ruby>支払<rt>しはら</rt></ruby>い<ruby>期間<rt>きかん</rt></ruby>	<ruby>抽<rt>ちゅう</rt></ruby>せん<ruby>日<rt>び</rt></ruby>の<ruby>翌日<rt>よくじつ</rt></ruby>から１<ruby>年間<rt>ねんかん</rt></ruby>。
<ruby>抽<rt>ちゅう</rt></ruby>せん<ruby>結果案内<rt>けっかあんない</rt></ruby>	<ruby>結果<rt>けっか</rt></ruby>はホームページまたは<ruby>携帯電話<rt>けいたいでんわ</rt></ruby>で！ <ruby>抽<rt>ちゅう</rt></ruby>せん<ruby>日当日<rt>びとうじつ</rt></ruby>に<ruby>結果<rt>けっか</rt></ruby>が<ruby>分<rt>わ</rt></ruby>かります。

<ruby>等級<rt>とうきゅう</rt></ruby>	<ruby>当選条件<rt>とうせんじょうけん</rt></ruby>	<ruby>金額<rt>きんがく</rt></ruby>
１<ruby>等<rt>とう</rt></ruby>	<ruby>申<rt>もう</rt></ruby>し<ruby>込<rt>こ</rt></ruby>んだ<ruby>数<rt>かず</rt></ruby>が<ruby>抽<rt>ちゅう</rt></ruby>せんで<ruby>出<rt>で</rt></ruby>た<ruby>数<rt>かず</rt></ruby>6<ruby>個<rt>こ</rt></ruby>と<ruby>全<rt>すべ</rt></ruby>て<ruby>同<rt>おな</rt></ruby>じ	100,000,000<ruby>円<rt>えん</rt></ruby>
２<ruby>等<rt>とう</rt></ruby>	<ruby>申<rt>もう</rt></ruby>し<ruby>込<rt>こ</rt></ruby>んだ<ruby>数<rt>かず</rt></ruby>が<ruby>抽<rt>ちゅう</rt></ruby>せんで<ruby>出<rt>で</rt></ruby>た<ruby>数<rt>かず</rt></ruby>5<ruby>個<rt>こ</rt></ruby>と<ruby>同<rt>おな</rt></ruby>じ	50,000,000<ruby>円<rt>えん</rt></ruby>
３<ruby>等<rt>とう</rt></ruby>	<ruby>申<rt>もう</rt></ruby>し<ruby>込<rt>こ</rt></ruby>んだ<ruby>数<rt>かず</rt></ruby>が<ruby>抽<rt>ちゅう</rt></ruby>せんで<ruby>出<rt>で</rt></ruby>た<ruby>数<rt>かず</rt></ruby>4<ruby>個<rt>こ</rt></ruby>と<ruby>同<rt>おな</rt></ruby>じ	500,000<ruby>円<rt>えん</rt></ruby>
４<ruby>等<rt>とう</rt></ruby>	<ruby>申<rt>もう</rt></ruby>し<ruby>込<rt>こ</rt></ruby>んだ<ruby>数<rt>かず</rt></ruby>が<ruby>抽<rt>ちゅう</rt></ruby>せんで<ruby>出<rt>で</rt></ruby>た<ruby>数<rt>かず</rt></ruby>3<ruby>個<rt>こ</rt></ruby>と<ruby>同<rt>おな</rt></ruby>じ	100,000<ruby>円<rt>えん</rt></ruby>
５<ruby>等<rt>とう</rt></ruby>	<ruby>申<rt>もう</rt></ruby>し<ruby>込<rt>こ</rt></ruby>んだ<ruby>数<rt>かず</rt></ruby>が<ruby>抽<rt>ちゅう</rt></ruby>せんで<ruby>出<rt>で</rt></ruby>た<ruby>数<rt>かず</rt></ruby>2<ruby>個<rt>こ</rt></ruby>と<ruby>同<rt>おな</rt></ruby>じ	1,000<ruby>円<rt>えん</rt></ruby>

（<ruby>注<rt>ちゅう</rt></ruby>）<ruby>抽<rt>ちゅう</rt></ruby>せん：<ruby>人<rt>ひと</rt></ruby>の<ruby>意思<rt>いし</rt></ruby>に<ruby>影響<rt>えいきょう</rt></ruby>されない<ruby>公平<rt>こうへい</rt></ruby>なやり<ruby>方<rt>かた</rt></ruby>で、たくさんある<ruby>中<rt>なか</rt></ruby>からいくつかを<ruby>選<rt>えら</rt></ruby>ぶこと

問題7

右頁是「彩券」的介紹。請在閱讀後回答下列問題。請從選項1．2．3．4當中選出一個最恰當的答案。

[翻譯]

彩券50

彩券50的玩法是玩家從1～50當中選出六個號碼，和每週一次開獎(注)的六個號碼相互對照，並依照相同號碼的數量來決定獲獎金額。全國的彩券行每天均有發售。

投注方式

請於彩券50的投注卡上，從1～50當中隨意選出六個數字下注（例如05、13、28、37、42、49），在彩券行進行投注。號碼若無依序排列也不要緊。

名稱	彩券50
銷售點	全國彩券行
銷售日	每天
銷售單價	投注卡一張200圓
銷獎日	每週五（19：00～）
領獎期限	自開獎日隔天算起一年內。
開獎結果	開獎結果請上網站或利用手機查詢！開獎日當天即可得知結果。

獎項	中獎方式	金額
頭獎	投注號碼和開獎號碼6碼全部相同	100,000,000圓
二獎	投注號碼和開獎號碼5碼相同	50,000,000圓
三獎	投注號碼和開獎號碼4碼相同	500,000圓
四獎	投注號碼和開獎號碼3碼相同	100,000圓
五獎	投注號碼和開獎號碼2碼相同	1,000圓

（注）開獎：是不受人為意志影響的公平做法，從眾多事項當中選出幾個

38 什麼時候能購買彩券 50 ？

1 每天
2 每週五
3 每週抽選日
4 開獎日的隔天

[解題]

① 這一題用「いつ」來詢問時間日期，只要抓出和時間有關的資訊就好。至於是什麼的時間呢？從問題中的「買うことができる」要能聯想到和「買賣」、「發行」相關的單字，因為有販賣才能夠購買。問題正好可以對應到海報當中提到「販売日」，從這邊可以得知發售日是「每日」，所以每天都買得到彩券50。

② 「かまわない」前面經常接「ても」或「でも」，表示「即使…也沒關係」。「または」是「或者」的意思。

|**答案： 1**

39 我這個禮拜投注了 01、07、12、22、32、40 號。抽選出的號碼是 02、17、38、12、41、22。請問結果如何？

1 中 4 獎，可得到 100,000 圓
2 中 5 獎，可得到 1,000 圓
3 中 2 獎，可得到 50,000,000 圓
4 什麼獎也沒中

[解題]

① 這一題首先要知道彩券50的玩法，再配合第二個表格的獎項說明來選出答案。

② 遊戲規則在開頭第一句：「宝くじ50は、１から50までの中からお客様が選んだ六つの数字と、毎週一回抽せんで決められる六つの数字が、いくつ一致しているかによって当選金額が決まる宝くじです」，表示對獎方式是看自選六碼和開獎六碼有無吻合，再依照對中的數字數量決定獎項。

3 「私」選出的數字當中，只有12和22這兩個數字和開獎號碼一樣。從第二個表格來看，對中兩碼是「５等」（5獎），可以得到1,000圓。

4 「〜によって」（依照…）表示依據的方法、手段，文章當中可以寫成「〜により」。

答案：2

重要單字

□ 宝くじ（彩券）
　たから

□ 翌日（隔天）
　よくじつ

□ 数字（數字）
　すうじ

□ 申し込む（投注；報名）
　もう　こ

□ 〜等（…等〈級〉，…獎）
　とう

□ 当たる（中〈獎〉）
　あ

□ 一致（一致，符合）
　いっち

□ 当選金額（獲獎金額）
　とうせんきんがく

□ 全国（全國）
　ぜんこく

□ 販売（販賣，發售）
　はんばい

□ 記入（填寫，記上）
　き　にゅう

□ 順番（順序）
　じゅんばん

□ ばらばら（未照順序分散貌；凌亂）

□ 名称（名稱）
　めいしょう

□ 賞金（獎金）
　しょうきん

□ 支払い（支付，付款）
　し　はら

□ 携帯電話（手機）
　けいたいでんわ

□ 当日（當天）
　とうじつ

□ 等級（等級）
　とうきゅう

□ 影響（影響）
　えいきょう

□ によって（根據…；按照…）

[讀解・第二回]

問題4

つぎの（1）から（4）の文章を読んで、質問に答えなさい。答えは、1・2・3・4から最もよいものを一つえらびなさい。

（1）

　これは、山川日本語学校の学生に学校から届いたメールである。

あて先	yamakawa@yamakawa.edu.jp
件　名	川田先生の歓迎会について
送信日時	2013年4月10日 11：32

　　4月から新しくいらっしゃった、川田先生の歓迎会を下記の通り行います。4月17日（水）までに、参加できるかどうかを返信してください。一人でも多くの方の参加をお待ちしております。

日時：4月24日（水）　　12時〜14時
場所：2階　談話室
会費：500円（お昼ご飯が出ます）

　　川田先生への歓迎の意をこめて、歌や踊りなどやってくれる人をさがしています。お国のでも、日本のでもかまいません。
一人でも、お友だちと一緒でも大歓迎ですので、興味がある方は、15日（月）までに教務の和田に連絡してください。

24

上のメールの内容から、分かることはどれか。

1　歌や踊りをしたい人は、教務の和田さんに連絡する。
2　川田先生が、新しく来た学生を歓迎してくれる。
3　歓迎会に参加する人は、教務の和田さんに申し込む。
4　歓迎会では、川田先生が歌や踊りをしてくれる。

(2)

○○市保健所より、市民の皆様へお知らせ

　寒くなって、インフルエンザがはやる季節になりました。小さいお子様やお年寄りの方は、インフルエンザにかかりやすいので、特に気をつけてください。

インフルエンザにかからないようにするためには
● 　外出するときはマスクをつけましょう。
● 　家に帰ったら必ず手洗いうがいをしましょう。
● 　栄養のバランスのとれた食事をしましょう。
● 　体が疲れないように無理のない生活をしましょう。
● 　インフルエンザの予防接種（注）を受けましょう。

　熱が出て、「インフルエンザかな？」と思ったときには、できるだけ早く医師に診察してもらってください。

平成24年12月　○○市保健所

（注）予防接種：病気にかかりにくくするために、事前にする注射のこと

25

この「お知らせ」の内容について、正しいのはどれか。

1 子どもやお年寄りしかインフルエンザにかからない。

2 子どもやお年寄りだけが、インフルエンザにかからないように気
をつければよい。

3 インフルエンザにかからないようにするためには、体を疲れさせ
ないことが大切だ。

4 熱が出れば、間違いなくインフルエンザなので、すぐに医師に診
察してもらったほうがいい。

(3)

　「留学しよう！」と決めてから、実際に留学が実現するまでは、みなさんが思っている以上に準備する時間が必要です。語学留学であれば、それほど面倒ではありませんが、大学などへの留学の場合は少なくとも（注）6か月、通常は1年以上の準備が必要だといわれています。どのような手続きが必要なのかしっかりと理解し、きちんとした計画を立てることから始めましょう。

（注）少なくとも：どんなに少ない場合でも

26

　この文章の内容について、正しいのはどれか。
　1　留学しようと思ったら、いつでも行けるので、必要以上に準備する必要はない。
　2　外国の大学に留学する場合は、1年以上前から準備を始めたほうがよい。
　3　外国の大学に留学するのは面倒なので、語学留学だけにするほうがよい。
　4　外国の大学に留学するのは、6か月から1年間ぐらいがちょうどよい。

(4)

　日本では、1月7日の朝に「七草」といわれる七種類の野菜を入れたおかゆを食べる習慣があり、これを「七草がゆ」といいます。中国から日本に伝わり、江戸時代（1603-1867年）に広まったといわれています。消化のいいものを食べて、お正月にごちそうを食べ過ぎて疲れた胃を休めるとともに、家族の1年の健康を願うという意味もあります。最近では、元日を過ぎるとスーパーで七草がゆ用の七草のセットをよく見かけますが、他のさまざまな季節の野菜を入れて作るのもよいでしょう。

27

　七草がゆの説明として、正しいのはどれか。
　1　七草がゆは、お正月に疲れないために食べる。
　2　七草がゆは、日本の江戸時代に中国へ伝えられた。
　3　七草がゆには、家族の健康を祈るという気持ちが込められている。
　4　七草がゆは、七草以外の野菜を入れて作ってはいけない。

問題4

請閱讀下列（１）～（４）的文章並回答問題。請從選項１・２・３・４當中選出一個最恰當的答案。

▼ **(1) / 24** --

[翻譯]

這是山川日本語學校寄給學生的一封電子郵件。

收件者	yamakawa@yamakawa.edu.jp
標題	關於川田老師的歡迎會
寄件日期	2013年4月10日 11：32

為4月起來本校任教的川田老師所舉辦的歡迎會，注意事項如下。請於4月17日（三）前回信告知能否出席。希望各位能踴躍參與。

日期時間：4月24日（水）　12時～14時
地　　點：2樓　交誼廳
費　　用：500圓（備有中餐）

我們在尋找能懷著歡迎川田老師的心意來唱歌跳舞的人。不管是貴國的歌舞，還是日本的都行。一人獨秀或是和朋友一起表演，我們都很歡迎，有興趣的人請在15日（一）前和教務處的和田聯絡。

24 從上面這封電子郵件，可以知道什麼事情呢？

1 想唱歌跳舞的人，要和教務處的和田聯絡

2 川田老師要歡迎新入學的學生

3 要參加歡迎會的人，要向教務處的和田報名

4 在歡迎會上，川田老師要唱歌跳舞

［解題］

這一題要用刪去法作答。從這封電子郵件的內文可以知道以下的事情：

①

行數	描述	情報
1～2	4月から新しくいらっしゃった、川田先生の歓迎会を下記の通り行います。	川田老師4月到職任教，大家要替他辦個歡迎會。
2～3	4月17日（水）までに、参加できるかどうかを返信してください。	要在4月17日（三）前回覆是否參加。
3～4	日時：4月24日（水） 12時～14時 場所：2階 談話室 会費：500円（お昼ご飯が出ます）	歡迎會的時間是4月24日（三）的12時～14時，地點在2樓交誼廳，參加費用是500圓，有附中餐。
7～10	川田先生への歓迎の意をこめて、歌や踊りなどやってくれる人をさがしています。お国のでも、日本のでもかまいません。一人でも、お友だちと一緒でも大歓迎ですので、興味がある方は、15日（月）までに教務の和田に連絡してください。	歡迎會需要人唱歌跳舞。形式和人數均不限。如要表演，要在15日（一）前聯絡教務處的和田。

從上面這張表來看，選項當中只有選項1對應到第4個描述，所以是正確答案。

② 選項2是錯的，從第1個情報來看，歡迎會的歡迎對象是新來的川田老師才對。選項3也是錯的，從第2個關於參加的情報來看，如果要參加的話只需回覆這封信就好，不用向和田先生報名。從第4個情報來看，要唱歌跳舞的是自願的學生，不是川田老師，所以選項4也是錯的。

③ 「～について」（針對…）表示提出某個話題，並就這個話題進行說明。「いらっしゃる」是「いる」和「来る」的敬語，在這邊「いらっしゃった」是「来た」的尊敬語形式。「名詞＋の通り」意思是「如同…所示」。「～ておる」是「～ている」的謙讓語形式，藉由降低自己的身分來提高對方的地位。「かまわない」前面經常接「ても」或「でも」，表示「即使…也沒關係」。

│答案：1

□ 届く（寄達，送達；及，達到）
とど

□ 方（者，人〈尊敬説法〉）
かた

□ 参加（參加；出席）
さん か

□ 談話室（交誼廳）
だん わ しつ

□ 会費（費用）
かい ひ

□ 歓迎（歡迎）
かんげい

□ お国（貴國）
くに

□ かまわない（…也不介意）

□ 〜ておる（「〜ている」的慎重説法，可譯作「正在…；…著」）

□ 〜をこめる（滿懷…）

▼ (2)／25

［翻譯］

○○市衛生所發給各位市民的通知

　　氣溫下降，來到了流感盛行的季節。小朋友和年長者特別容易得到流感，所以請小心。

為了預防流感
● 請於外出時戴口罩。
● 回到家請務必洗手和漱口。
● 飲食要營養均衡。
● 避免身體疲勞，正常生活作息。
● 施打流感疫苗（注）。

　　如有發燒情形，懷疑自己得到流感，請盡早看醫生。

平成24年12月　○○市衛生所

（注）疫苗：為了降低生病機率，事先施打預防針

25 關於這張「通知單」的內容，正確敘述為何？

1 只有小孩和老年人才會得到流感
2 只有小孩或老年人要小心別得到流感就好
3 為了預防得到流感，不讓身體勞累是很重要的
4 如有發燒就一定是流感，最好趕快請醫生檢查

［解題］

1 　　遇到「正しいのはどれか」這種題型就要用刪去法來作答。為了節省時間，可以抓出四個選項的重點，再回到原文一一對照。

2 　　選項1和選項2都提到「子どもやお年寄り」，對應到文章的第2～4行：「小さいお子様やお年寄りの方は、インフルエンザにかかりやすいので、特に気をつけてください」，表示小孩和老年人很容易得到流感，所以要特別小心。

3 　　補充一點，如果只說「お年寄り」（老年人）有一點失禮，加個「の方」在後面則可避免掉這種情形。不過選項1說「子どもやお年寄りしかインフルエンザにかからない」，「しか～ない」和選項2的「だけ」都是表示「只有」，但是文章是說「かかりやすい」，「動詞ます形＋やすい」表示容易有某種傾向，只是說這兩個族群容易得到流感而已，不是只有他們才會這樣。所以選項1、2都明顯不合題意。

4 　　選項2說「子どもやお年寄りだけが、インフルエンザにかからないように気をつければよい」也是不對的，因為文章裡面用的字是「特に」，這個「特別是」其實暗示了所有人都要小心，並不是限定小孩和老年人而已。

5 　　選項3提到遠離流感的方法，就要看傳單中「●」的地方。問題的「体を疲れさせない」剛好對應到第4點「体が疲れないように無理のない生活をしましょう」。所以正確答案是3。

6 　　選項4錯誤的地方在「熱が出れば、間違いなくインフルエンザなので」，文章裡面只說「熱が出て、『インフルエンザかな？』と思ったときには、できるだけ早く医師に診察してもらってください」，指出發燒可能勢得到流感，不過只有「可能」而已，並不表示「發燒＝得到流感」。

7 　　「～ように」（為了…）表示為了達成前項，而採取後項的行動。「～ために」（為了…）表示為了達到某種目的而積極地採取後項行動，和「～ように」不同的是，「～ために」的前面只能接人為的意志動作（例如：聞く，聽），有強調目的的語感。「～ように」的前面能接意志動作和無意志動作（例如：聞こえる，聽見），甚至還能接否定形。另一方面，「～ために」前後的主語都必須是同一人，不過「～ように」前後的主語不同也沒關係。

❽「～かな」（…吧）放在句末，表示確認、擔心、疑問、期盼、無法理解…等語氣，在這邊是一種自問自答、自說自話的感覺。副詞「できるだけ」意思是「盡可能地」。「用言假定形＋ば」（如果…）表示一種假設條件，滿足前項條件就能得到後項的結果。「間違いなく」意思是「肯定是…」。

|答案：3

重要單字

□ 保健所（衛生所）

□ はやる（流行；盛行）

□ お年寄り（老年人）

□ かかる（患（病））

□ マスク（口罩）

□ 手洗い（洗手）

□ うがい（漱口）

□ 栄養（營養）

□ バランス（均衡；平衡）

□ 熱が出る（發燒）

□ 医師（醫師）

□ 診察（診察，看診）

▼ (3) ／ 26

[翻譯]

　　從決定「我要去留學！」一直到實際去留學，這段期間所需的準備時間，多得超乎各位想像。如果只是外語留學，倒還沒有那麼麻煩，不過如果是去國外讀大學，據說至少（注）需要 6 個月，一般是需要 1 年以上的準備時間。第一步先弄清楚需要辦理什麼手續，再好好地規畫一下吧。

（注）至少：表示最少的限度

26 針對這篇文章的內容，正確敘述為何？

1 決定去留學後，不管什麼時候都能出發，所以不需要多花時間的準備

2 去國外讀大學，最好是 1 年前就開始進行準備

3 去國外讀大學很麻煩，最好是外語留學就好

4 去國外讀大學，讀 6 個月～ 1 年左右剛剛好

［解題］

1 這一題要用刪去法作答。

2 選項1是錯的，因為第1～2行提到「『留学しよう！』と決めてから、実際に留学が実現するまでは、みなさんが思っている以上に準備する時間が必要です」，表示出國留學是要花一段時間來準備的。

3 選項2是正確的。剛好可以對應到第3～4行：「大学などへの留学の場合は少なくとも6か月、通常は1年以上の準備が必要だといわれています」，表示如果要到國外大學留學，準備時間是至少6個月到一般來說是1年以上。

4 選項3是錯的。文章只有提到「語学留学であれば、それほど面倒ではありませんが」，指出外語留學不像到國外大學留學那樣麻煩，可是作者並沒有建議大家選擇外語留學就好。

5 選項4是錯的。文章中沒有提到留學期間應該要待多久，提到時間的部分只有「少なくとも6か月、通常は1年以上の準備が必要だ」，但這是指準備留學的時間。

6 「～以上に」表示超過某個限度。「名詞＋であれば」意思是「只要…」、「如果…」。「それほど～ない」（沒那麼…）表示程度不如前面所提到的那樣。「～たら」（如果…）是假定用法，表示前項發生的話，後項也會跟著實現，或是要採取後項的行動。

|答案：2

重要單字

□ 留学（留學）
□ 実現（實現）
□ 準備（準備，預備）
□ 必要（必要，需要）
□ 面倒（麻煩，費事）
□ しっかり（確實地）

□ 理解（理解，瞭解）
□ きちんと（好好地，牢牢地）
□ 計画（計畫，規劃）
□ 立てる（立定，設定）
□ ～ば（如果…的話）
□ ～ほど～ない（沒那麼…）

[翻譯]

　　在日本有個習俗是在 1 月 7 日早上，吃一種加了七種蔬菜名為「七草」的粥，這就叫「七草粥」。據說這是由中國傳至日本，並在江戶時代（1603—1867 年）普及民間。吃一些容易消化的東西，不僅可以讓在過年期間，大吃大喝的胃好好休息，也含有祈求全家人這一年身體健康之意。最近在元旦過後常常可以在超市看到煮七草粥所用的七草組合，不過，放入當季其他的各種蔬菜來熬煮也不錯吧。

27 關於七草粥的説明，正確敘述為何？

1 七草粥是為了不在過年感到疲勞而吃的
2 七草粥是在日本江戶時代傳到中國的
3 七草粥含有祈禱家人健康的心願
4 七草粥不能加入七草以外的蔬菜

[解題]

1　這一題要用刪去法作答。

2　選項1說「七草がゆは、お正月に疲れないために食べる」，表示七草粥是為了不要在新年感到疲勞才吃。可是文章的裡面是提到「お正月にごちそうを食べ過ぎて疲れた胃を休める」，表示吃七草粥是要讓大吃大喝的胃休息，不是讓身體不會疲勞。所以選項1是錯的。

3　選項2和七草粥的由來有關，第 2 行提到「中国から日本に伝わり」，表示七草粥是從中國傳入日本的。但是選項說「七草がゆは、日本の江戸時代に中国へ伝えられた」（七草粥是在日本江戶時代傳到中國的），剛好和文章相反。

4　選項3「家族の健康を祈るという気持ちが込められている」剛好可以對應到第 5 行：「家族の 1 年の健康を願うという意味もあります」。「祈る」和「願う」是類義語。「気持ちが込められている」對應到「意味もあります」。所以正確答案是3。

5　選項4「七草以外の野菜を入れて作ってはいけない」是錯的。第 7 行提到「他のさまざまな季節の野菜を入れて作るのもよいでしょう」，表示七草粥也可以加入其他的蔬菜，所以「加入七草以外的蔬菜」這件事並沒有被禁止。

6 「名詞＋という」（叫做…）用來表示人事物的名稱。「～とともに」表示後項和前項同時進行，或是後項會跟著前項發生改變，可以翻譯成「…的同時」。如果前面接的不是狀態、動作，而是人物的話，就表示和某人一起做某事。

答案：3

重要單字

□ かゆ（粥）

□ 習慣（習慣；習俗）

□ 伝わる（傳入；流傳）

□ 広まる（擴大；遍及）

□ 正月（新年；一月）

□ ごちそう（大餐，豪華饗宴）

□ 休める（讓…休息）

□ 過ぎる（經過〈時間〉）

□ セット（組合；一套）

□ 見かける（看到）

□ 祈る（祈禱）

□ ～とともに（…同時，也…）

問題5

つぎの（1）と（2）の文章を読んで、質問に答えなさい。答えは、1・2・3・4から最もよいものを一つえらびなさい。

（1）

　　日本料理は、お米を中心にして、野菜や魚、海草などさまざまな食材を用いる健康によい料理です。季節と関係が深いことも特徴の一つです。日本は季節の変化がはっきりしていますので、それぞれの季節で取れる食材も変わってきます。「旬」という言葉を聞いたことがありますか。「旬」とは、ある食材がもっとも多く取れ、もっともおいしく食べられる時期のことです。日本料理は、この「旬」を大切にしています。お店のメニューにも、「今が旬」や「旬の食材」と書いてあるのをよく見かけます。また、日本料理は味だけでなく、見た目（注1）の美しさも大切にしています。日本料理のお店で食事をする機会があったら、食べ始める前に、盛り付け（注2）にもちょっと気をつけてみてください。料理をきれいに見せるお皿の選び方や、料理ののせ方からも、料理人が料理に込めた心を感じられることでしょう。

（注1）見た目：外から見た様子
（注2）盛り付け：料理をお皿やお椀にのせること、またそののせ方

28

日本料理には、どんな特徴があると言っているか。

1 お米をたくさん食べるが、野菜、魚、海草などはあまり用いない。

2 季節に関係なく一年中同じ食材を使った料理が多い。

3 日本にしかない食材を使った料理が多い。

4 季節ごとの食材に合わせた料理が多い。

29

「旬」の説明として、正しいものはどれか。

1 その季節だけにとれる材料を使って、料理する方法のこと

2 季節と関係が深い材料を使った料理のこと

3 ある食材が、一年で一番おいしく食べられる期間のこと

4 お店で一番おすすめのメニューのこと

30

日本料理を作る料理人は、どのようなことに特に心を込めているといっているか。

1 味だけでなく、料理をきれいに見せること

2 野菜、魚、海草などをたくさん使った料理の方法を発達させること

3 世界中の人々に日本料理の美しさを知ってもらうようにすること

4 料理をきれいに見せるためのお皿を作ること

(2)

　マイホーム（注1）の購入は、多くの人にとって一生のうちでいちばん大きな買い物です。マイホームを購入することにどんな良い点と悪い点があるかについて、考えてみましょう。

　まず一番の良い点は、一生暮らせる自分の住まいを手に入れられる（注2）ことです。それに、一部を新しく作り変えたり、壁に釘を打ったりするのも自由ですし、財産としても高い価値があります。

　次に悪い点についても見てみましょう。まず言えることは、簡単に住む場所を変えられなくなることです。転勤することになって、新しい仕事場の近くに移りたいと思っても、簡単に引っ越すことはできません。また、多くの人は家を購入するためのお金が足りず、住宅ローン（注3）という長期間の借金を抱えることになります。マイホーム購入の際には、あせらず、家族でよく話し合ってから決めましょう。

（注1）マイホーム：自分の家
（注2）手に入れる：自分の物にする
（注3）住宅ローン：住宅を買うために、銀行などからお金を借りること。またその借りたお金のこと

31

マイホームを購入することの良い点はどんなところだと言っているか。
1 住宅ローンを利用する必要がなくなること
2 買ったときより高い値段で他の人に売れること
3 簡単に引っ越しができること
4 一生住める自分のうちを持てること

32

マイホームを購入することの悪い点はどんなところだと言っているか。
1 大きな買い物をする楽しみがなくなってしまうこと
2 簡単に引っ越しができなくなること
3 転勤することができなくなること
4 家族で話し合って決めなければならないこと

33

マイホームを購入する際には、どうするべきだと言っているか。
1 転勤するたびに、新しいマイホームを購入するべきだ。
2 良い家を見つけたら、できるだけ急いで買うべきだ。
3 良い点と悪い点についてよく考え、家族で話し合って決めるべきだ。
4 住宅ローンは利用するべきではない。

問題 5

請閱讀下列（1）和（2）的文章並回答問題。請從選項 1・2・3・4 當中選出一個最恰當的答案。

▼(1)--

[翻譯]

　　日本料理以米飯為主食，採用蔬菜、魚或海草等各式各樣的食材，是有益健康的料理。和季節有著密不可分的關係是它的特色之一。日本的四季變化鮮明，不同的季節所取得的食材也都有所不同。請問您有聽過「當季」這個詞嗎？所謂的「當季」，就是指某樣食材盛產，也是最好吃的時節。日本料理相當重視這個「當季」。我們也常常可以看到餐廳菜單上寫著「現在是當季」、「當季食材」等字眼。此外，日本料理不光是注重味道，連外觀（注1）的美感也相當講究。如果有機會在日本料理店用餐，不妨在開動以前先看看擺盤（注2）。從美化料理的器皿選用到菜肴的擺盤，也都能感受到師傅對於料理的用心吧！

（注1）外觀：從外表看起來的樣子

（注2）擺盤：把料理放上碗盤，或是其置放方式

▼(1)／28--

[28]　文章提到日本料理有什麼特色呢？

1 吃很多米飯，但是很少使用到蔬菜、魚、海草等

2 和季節沒什麼關聯，一年到頭常常使用同樣的食材

3 經常使用日本才有的食材

4 料理經常會搭配各個季節的食材

① 這篇文章通篇都在探討日本料理。

② 這一題是問日本料理的特色，從文章當中可以發現它的特色有下列五點：

行數	敘述	特色
1～2	日本料理は、お米を中心にして、野菜や魚、海草などさまざまな食材を用いる健康によい料理です。	以米飯為主食，食材很多樣化，包括蔬菜、魚、海草等等。
		有益健康。
2～3	季節と関係が深いことも特徴の一つです。	受季節影響，會取當季食材，注重當季性。
3～4	それぞれの季節で取れる食材も変わってきます。	
6	日本料理は、この「旬」を大切にしています。	
7～8	日本料理は味だけでなく、見た目の美しさも大切にしています。	重視味道。
		講究美觀程度

從上面這張表來看，選項 1、2 都和敘述正好相反，所以是錯的。選項 3 的描述又沒有出現在文章當中。所以只有選項 4 符合文章敘述，剛好對應到「それぞれの季節で取れる食材も変わってきます」這句。

③ 「名詞＋を中心にする」意思是「以…為主」。「～によい」表示對前項事物來說是良好的、有幫助的。如果想表示「對…是有害的」，就要用「～に悪い」。「～も変わってきます」（跟著改變）在這邊表示隨著前項產生某種變化。「～ごと」是接尾語，接在名詞後面表示「各個…」、「每…」。

|答案：4

▼ **(1) ／ 29**--

29 關於「當季」的説明，正確敘述為何？

1 使用只在該季節才能取得的食材製作料理的方式
2 使用和季節有著深厚關係的食材所製作的料理
3 某樣食材一年當中最好吃的時期
4 餐廳最推薦的菜色

1 　這一題問的是針對『旬』的說明。解題關鍵就在第5～6行：「『旬』とは、ある食材がもっとも多く取れ、もっともおいしく食べられる時期のことです」。這一句運用到「〜とは」，是一個很典型的名詞說明句。「〜とは」（所謂的…）用在解釋事物，針對一個東西進行內容、本質的說明，後面會和「〜のことだ」或是「〜ということだ」並用。

2 　從這一句可以得知，所謂的「旬」就是指某樣食材盛產，也是最好吃的時節。所以「當季」其實是一個時間概念，不是像選項1說的「料理する方法」（烹飪方法），也不是選項2說的「料理」（料理），更不是選項4說的「メニュー」（菜單）。四個選項當中，只有選項3最接近這個描述。

3 　「名詞＋として」表示立場、身分、地位、資格…等等，最常翻譯成「作為…」、「關於…」。「〜を大切にする」意思是「把…看得很重」、「珍惜…」、「注重…」。

答案：3

▼ **(1)／30** --

30 製作日本料理的師傅，在什麼地方特別用心呢？

1 不僅是味道，還要讓料理看起來很美麗
2 讓大量使用蔬菜、魚、海草的料理方法更為進步
3 讓世界各地的人知道日本料理之美
4 製作盤子讓料理看起來更漂亮

［解題］

1 　問題的關鍵字在「日本料理を作る料理人」和「心を込めている」，剛好可以對應到第11～12行：「料理をきれいに見せるお皿の選び方や、料理ののせ方からも、料理人が料理に込めた心を感じられることでしょう」。從這邊可以得知，日本料理師傅在器皿的選用和料理的擺盤上有下苦心，而這兩件事都是為了增添菜餚的美觀程度。再加上「味だけでなく」對應到「日本料理は味だけでなく、見た目の美しさも大切にしています」。所以正確答案是1。

2 　選項4是說「お皿を作る」（製作盤子），但是原文是說「お皿の選び方」，用的動詞是「選ぶ」（挑選），要小心別上當了。

3 「〜だけで（は）なく」表示事物、情況不僅如此，後面常接「も」，表示「連…」、「…也是」。「〜たら」（如果…）是假定用法，表示前項發生的話，後項也會跟著實現，或是要採取後項的行動。「〜ため」（為了…）表示因為某種目的而存在、採取某種行動，這種目的通常是正向的，有時也有造福別人的意思。

答案：1

重要單字

□ 海草_{かいそう}（海草；海菜）

□ 用いる_{もち}（使用；採納）

□ 特徴_{とくちょう}（特色，特徵）

□ 変化_{へんか}（變化）

□ はっきり（清楚地）

□ それぞれ（各自，分別）

□ 食材_{しょくざい}（食材）

□ 味_{あじ}（味道）

□ 美しさ_{うつく}（美麗）

□ 機会_{きかい}（機會）

□ お皿_{さら}（盤子）

□ 込める_こ（包含在內；貫注）

□ のせる（放到…上）

□ お碗_{わん}（碗，木碗）

□ 材料_{ざいりょう}（食材；材料）

□ 発達_{はったつ}（發達；擴展）

□ 〜を中心にして_{ちゅうしん}（以…為重點；以…為中心）

▼ **(2)**--

[翻譯]

　　購買 My home（注1）對於很多人而言是一生當中最昂貴的花費。我們來想想看買 My home 有哪些好處和壞處吧！

　　首先最大的好處是，擁有（注2）屬於自己可以住上一輩子的房子。不僅如此，將房子一部分翻新，或是在牆壁打釘子也都是個人自由，作為財產也有相當高的價值。

　　接著來看看壞處吧！首先提到的是，居住地點不能說換就換。即使面臨調職，想搬到新的工作地點附近，也不能說搬就搬。還有，很多人不夠錢買房子，就得背負房貸（注3）這個長期的債務。在購買 My home 時，不要焦急，和家人好好地討論再決定吧。

（注1）My home：自己的家

（注2）入手：把某物變成自己的東西

（注3）房貸：為了購買住宅，向銀行等機構借貸。或是指該筆借款

31 本文提到購買 My home 有什麼好處呢？

1 不再需要背負房貸
2 可以以高於購買時的價格賣給別人
3 搬家可以說搬就搬
4 可以擁有住上一輩子的自己的家

[解題]

　　這篇文章整體是在探討 "My home" 的優缺點。對多數日本人來說，My home不僅是一棟屬於自己的房子，更是一個畢生的夢想。由於它具有這層特殊意義，所以在這邊刻意不翻譯成中文的「我的家」或「自己的家」。

　　本文各段落的主旨如下表所示：

第一段	開門見山帶出My home這個話題。
第二段	說明My home的優點。
第三段	說明My home的缺點，並給予讀者購買時的建議。

　　這一題問的是購買My home的好處，答案就在第二段。從這邊我們可以得知以下幾點：

❶

行數	敘述	好處
4～5	まず一番の良い点は、一生暮らせる自分の住まいを手に入れられることです。	擁有屬於自己、可以住上一輩子的房子，這是最大的好處。
5～6	一部を新しく作り変えたり、壁に釘を打ったりするのも自由です。	可以隨意整修裝潢。
6	財産としても高い価値があります。	是很有價值的財產。

❷　　選項2、選項2和選項3都是錯的，從上面這張表來看，購買My home的好處當中並沒有提到房貸，也沒有提到轉賣一事，更沒有提到搬家。再加上「一生住める」對應到第4行的「一生暮らせる」。「自分のうち」對應到第4行「自分の住まい」。

❸　　「持てる」對應到第4行的「手に入れられる」。這很明顯都是換句話說的句子。

❹　　「それに」是用來補充說明的接續詞，可以翻譯成「再加上…」、「而且」。「名詞＋として」表示立場、身分、地位、資格…等等，最常翻譯成「作為…」、「關於…」。所以正確答案是4。

|**答案：4**

32 本文提到購買 My home 有什麼壞處呢？

1 無法再享受巨額消費的樂趣
2 搬家變得無法説搬就搬
3 不能調職
4 必須和家人討論過後再決定

[解題]

> 這一題問的是購買My home的壞處，答案就在第三段。從這邊我們可以得知以下幾點：

①

行數	敘述	壞處
7～8	簡単に住む場所を変えられなくなることです。	不能隨意搬家。
10～11	多くの人は家を購入するためのお金が足りず、住宅ローンという長期間の借金を抱えることになります。	許多人為了買房子因而長期背負貸款。

> 從上面這張表來看，唯一符合敘述的就只有選項2。

② 　「～について」（針對…）表示提出某個話題，並就這個話題進行說明。「動詞未然形＋ず」相當於「～ないで」，是比較書面用語的用法，表示在不做某個動作的狀態下做後項的動作，或表示一種「不…」的狀態。

③ 　另外，這部分也可以看到表示先後順序的一些語詞。像是「まず」（首先）、「また」（此外），這些接續詞、副詞在文章當中扮演了重要的角色，可以讓文章敘述起來有層次且條理分明，幫助讀者理解。

｜答案： 2

33 本文提到購買 My home 應該要怎麼做呢？

1 每次調職就應該買一棟新家
2 找到好的房子就要盡快買下
3 好好地思考好處及壞處，和家人討論過後再決定
4 不應該申請房貸

［解題］

❶ 　當問題出現「どうするべきだ」（應該怎麼做）的時候，不妨可以找找文章中出現「～てください」、「～ましょう」、「～ことだ」…等句型，通常這就是答案所在。

❷ 　這一題剛好可以對應到作者在第三段最後提到的建議。解題關鍵在第11～12行：「マイホーム購入の際には、あせらず、家族でよく話し合ってから決めましょう」。也就是說作者認為在買房子時應該要保持冷靜，先跟家人討論才對。最接近這個敘述的是選項３。

❸ 　「～際に」（…之時）比較會用在正式場合或書面用語，表示某件事情進行的當中。「たびに」意思是「每當…」，表示前項動作每次發生的時候，後項也會隨著出現，或是進行。「～たら」（如果…）是假定用法，表示前項發生的話，後項也會跟著實現，或是要採取後項的行動。

❹ 　「動詞辞書形＋べきだ」（應該要…）表示依照常理、規則來說，必須採取某種行為。要注意的是如果動詞前面接「する」，則可以說成「すべきだ」或「するべきだ」。另外也要注意「べきだ」的否定形不是「ないべきだ」，而是「べきではない」（不應該…）。

｜答案：3

重要單字

□ 購入（購買）

□ 一生（一輩子，終生）

□ 暮らす（生活）

□ 住まい（住宅）

□ 釘（釘子）

□ 打つ（打，敲）

□ 財産（財産）

□ 価値（價值）

□ 変える（變更）

□ 転勤（調職，調動工作）

□ 移る（遷移；移動；推移）

□ 引っ越す（搬家）

□ 足りる（足夠）

□ 抱える（負擔；〈雙手〉抱著）

□ あせる（焦急，不耐煩）

□ ～として（作為…；以…來說）

□ ～（さ）せる（表示使役，可譯作「讓…」）

□ ～際には（在…時；當…之際）

□ たびに（每當…）

問題6

つぎの文章を読んで、質問に答えなさい。答えは、1・2・3・4から最もよいものを一つえらびなさい。

　多くの日本人にとって、お茶は生活に欠かせないもの（注1）です。しかし、お茶はもともと日本にあったわけではなく、中国から伝わったものです。

　お茶が最初に日本に伝わったのは、奈良時代（710-784年）と考えられています。しかし、広く飲まれるようになったのは、それからずいぶん後の鎌倉時代（1185-1333年）からです。中国に仏教を学びに行った栄西という僧が、お茶は健康と長寿に効果があることを知り、日本に帰国したのち、①それを本に書いたことから広まったと言われています。そのため、お茶ははじめ、高価な薬として、地位の高い人たちの間で飲まれていましたが、その後、時がたつにつれて一般の人も②楽しめるようになりました。

　お茶にはいろいろな種類があります。日本でもっとも多く飲まれているのは「緑茶」です。日本の緑茶は、お茶の葉を蒸して作るのが特徴ですが、それに対して、中国の緑茶は炒って（注2）作ります。この作り方の違いが、お湯をついだあとの色や味にも影響します。「緑茶」という名前は、もともとはお茶の葉の色が緑色であることから来ていますが、日本の緑茶は、いれた（注3）あとのお湯の色も、美しい緑色をしています。一方、中国の緑茶は、いれると黄色っぽい色になります。ま

た一般的に、日本の緑茶はやや甘く、中国の緑茶は香りがさわやか（注
4）です。どちらもそれぞれにおいしいものですので、あなたもぜひ、
飲み比べてみてください。

（注1）欠かせないもの：ないと困るもの

（注2）炒る：鍋などに材料を入れて加熱し、水分を減らすこと

（注3）いれる：お湯をついで飲み物を作ること

（注4）さわやか：さっぱりとして気持ちがいい様子

34

お茶は、いつから日本にあると考えられているか。
1　奈良時代より前
2　奈良時代
3　鎌倉時代
4　わからない

35

①それは、何を指しているか。
1　お茶に薬としての効果があること
2　自分が日本に帰国したこと
3　中国で仏教を学んだこと
4　お茶が奈良時代に日本に伝わったこと

36

②楽しめるようになりましたとあるが、どういうことか。
1 一般の人も簡単にお茶を作れるようになった。
2 一般の人もみんな地位が高くなり、生活が楽になった。
3 一般の人も簡単に高価な薬を買えるようになった。
4 一般の人も簡単にお茶を飲めるようになった。

37

日本と中国の緑茶の説明として、正しくないのはどれか。
1 日本の緑茶はお茶の葉を蒸して作るが、中国の緑茶は炒って作る。
2 お湯をつぐ前のお茶の葉の色はどちらも緑色である。
3 日本の緑茶は中国の緑茶より、甘くておいしい。
4 いれたあとのお湯の色が日本の緑茶と中国の緑茶とで異なる。

問題6

請閱讀下列文章並回答問題。請從選項1・2・3・4當中選出一個最恰當的答案。

[翻譯]

對於多數日本人而言，茶是生活中不可或缺（注1）的飲料。不過茶不是日本固有的東西，而是從中國傳來的。

茶最早傳入日本大約是在奈良時代（710—784年）。然而，被廣為飲用則是多年以後，從鎌倉時代（1185—1333年）開始的事情。據說有位去中國學習佛教的僧侶名為榮西，他知道茶具有健康和長壽的效用，回到日本之後，就把①這點寫進書裡，所以才廣為人知。因此，地位崇高的人們開始把茶葉當成昂貴的藥品飲用，之後隨著時代的推移，一般民眾也②開始可以享用。

茶有許多種類。在日本最常喝的是「綠茶」。日本的綠茶，特色在於茶葉是用蒸的。相對的，中國綠茶則是用煎焙（注2）的。作法的不同也影響到注入熱水後的顏色和味道。「綠茶」這個名稱的由來，原本就是因為茶葉是綠色的，日本的綠茶沖泡（注3）後的湯色，仍是美麗的綠色。不過，中國的綠茶在沖泡後會略呈黃色。此外，一般而言日本的綠茶帶有些許甘甜，中國綠茶則是香氣清新（注4）。兩者都各有千秋，也請您務必喝喝看比較一下。

（注1）不可或缺：沒有的話會很困擾的事物

（注2）煎焙：將材料放入鍋子等容器加熱，使其水分減少

（注3）沖泡：倒入熱開水製作飲品

（注4）清新：清淡舒爽的樣子

▼ 34--

34 一般認為茶是從什麼時候開始出現在日本的呢？

1 奈良時代以前
2 奈良時代
3 鎌倉時代
4 不清楚

［解題］

這篇文章整體是在探討日本的茶。各段落的主旨如下表所示：

第一段	點出茶其實是從中國傳到日本的。
第二段	敘述茶在日本的歷史。
第三段	介紹日本綠茶和中國綠茶的不同。

1 「いつ」用來問時間，從選項當中可以發現這個時間指的是時代，關於時代的情報在第二段。

2 解題關鍵在「お茶が最初に日本に伝わったのは、奈良時代（710—784年）と考えられています」，「最早傳入日本的時間」＝「開始出現在日本的時間」，所以答案應該是選項 2「奈良時代」。

3 選項 3 是個陷阱。文章提到「鎌倉時代」是在第 5 ～ 6 行：「広く飲まれるようになったのは、それからずいぶん後の鎌倉時代（1185—1333年）からです」，從這邊可以得知，茶到了鎌倉時代開始普及，也就是說在鎌倉時代之前就已經存在於日本。所以選項 3 是錯的。

4 「～にとって」意思是「對…而言」，表示站在前項的立場來進行後面的判斷或評價，或是描述對於某件事物的感受。「～に欠かせない」意思是「對…是不可或缺的」。「～わけではない」（並不是說…）是一種語帶保留的講法，針對某種情況、心情、理由、推測來進行委婉的否定或部分否定。

5 「～ようになる」（變得…）表示某種能力、習慣、狀態在時間的推移之下發生改變。

|答案：2

▼ **35** --

35 ①這點是指什麼呢？

1 茶有藥效
2 自己回到日本
3 在中國學習佛教
4 茶在奈良時代傳入日本

[解題]

1 這一題問的是「それ」的內容，遇到「そ」開頭的指示詞，就要從前文找出答案。

2 劃線部分的原句是第6～8行：「中国に仏教を学びに行った栄西という僧が、お茶は健康と長寿に効果があることを知り、日本に帰国したのち、①それを本に書いたことから広まったと言われています」。因為後面有「～から広まった」，表示（茶）是因此而普及的，所以「それ」指的一定是和茶有關的事物，選項2、3都不正確。這一句當中和茶有關係的部分是「お茶は健康と長寿に効果があること」，所以「それ」指的是「茶有健康和長壽的效用」才對。

3 「～という」（這樣的…）的作用是連接A、B兩個名詞，A可以是B的名字，也可以是B的內容、性質。「のち」（…後）是「あと」的文章用語，比較正式。表示在某件事物發生之後。

|答案：1

▼ **36** --

36 文中提到②開始可以享用，是指什麼呢？

1 一般人也能輕易地製作茶葉
2 所有人的地位提高，生活變得輕鬆許多
3 一般人也能輕鬆買到高價的藥品
4 一般人也能輕易地就喝到茶

[解題]

1 這一題考的是劃線部分。應該要回到文章找出劃線部分，通常它的上下文就是解題關鍵。

2 劃線部分的原句是第8～11行：「そのため、お茶ははじめ、高価な薬として、地位の高い人たちの間で飲まれていましたが、その後、時がたつにつれて一般の人も②楽しめるようになりました」。重點在於這一句用「が」寫出有身分地位的人和小老百姓的對比，茶本來是只有身分地位較高的人才能喝，不過隨著時代演進，一般人也「楽しめるようになりました」。可見這個劃線部分應該是和茶有關，所以選項2、3是錯的。

3 既然是對比句，再加上「も」暗示了老百姓「也能」做一樣的事，從這邊就可以知道選項4才是正確的，老百姓也可以和地位較高的人一樣喝茶。

|**答案：4**

▼ **37**

37　關於日本和中國的綠茶説明，<u>不正確</u>的選項為何？

1 日本綠茶是把茶葉蒸過再製作，中國綠茶是煎焙製作
2 加入熱開水前兩者的茶葉顏色都是綠色
3 日本綠茶比中國綠茶甘甜美味
4 日本綠茶和中國綠茶沖泡後的湯色不一樣

［解題］

1　遇到「正しくないのはどれか」這種題型，就要用刪去法來作答。

　　這一題問的是日本綠茶和中國綠茶的說明，可以從第三段來找答案。從第三段可以得知以下的情報：

行數	敘述	日本綠茶特色	中國綠茶特色
12～13	日本でもっとも多く飲まれているのは「緑茶」です。	日本最多人飲用的茶飲。	
13～14	日本の緑茶は、お茶の葉を蒸して作るのが特徴ですが、それに対して、中国の緑茶は炒って作ります。	茶葉是用蒸的方式製作。	茶葉是用煎焙方式製作。
15～16	「緑茶」という名前は、もともとはお茶の葉の色が緑色であることから来ています。	茶葉本身是綠色的。	
17～18	日本の緑茶は、いれたあとのお湯の色も、美しい緑色をしています。一方、中国の緑茶は、いれると黄色っぽい色になります。	沖泡後是綠色的。	沖泡後是偏黃色的。
19～20	日本の緑茶はやや甘く、中国の緑茶は香りがさわやかです。どちらもそれぞれにおいしいものです	味道稍微甘甜。 味道各有千秋，都很好喝。	香氣清新。

3 　所以從上面這張表格來看，只有選項 3 不符合敘述。原文是說「どちらもそれぞれにおいしいものです」（第20行），表示各有各的好，作者沒有把日本綠茶和中國綠茶分個高下。

4 　「それに対して」意思是「相對地」，用來轉移話題，而且這個話題是與先前話題不太一樣的。「〜に影響する」也可以說成「〜に影響を与える」，表示「為…帶來影響」。「緑色をしている」的「〜をしている」表示帶有某種性質、狀態，相似用法還有「長い髪をしている」（留著長髮）。「一方」（另一方面）用來轉移話題。「名詞／動詞連用形＋っぽい」有兩個意思，一個是「全是…」，表示數量很多。另一個意思是「有…的傾向」。「やや」是「ちょっと」比較正式的講法，意思是「稍微」。

5 　「それぞれにおいしい」的「それぞれに」意思是「各有各的…」，在這邊如果只用「それぞれ」（各自）會有點不自然，「に」才能帶出「日本綠茶和中國綠茶各有好喝的地方」的感覺，「それぞれ」的語感只是說「兩者都很好喝」。「ぜひ」（務必）後面常接「〜たい」、「〜てください」等句型，表示說話者強烈的願望。

｜答案：3

重要單字

□ もともと（原本）

□ ずいぶん（很；非常）

□ 仏教（ぶっきょう）（佛教）

□ 学ぶ（まな）（學習）

□ 栄西（えいさい）（將日本禪宗發揚光大的僧侶。也可讀作「ようさい」。）

□ 高価（こうか）（昂貴，高價）

□ 地位（ちい）（地位）

□ 一般（いっぱん）（一般，普通）

□ 種類（しゅるい）（品種，種類）

□ 蒸す（む）（蒸熱）

□ つぐ（倒入，注入）

□ やや（些許，稍微）

□ 香り（かお）（香味，香氣）

□ 飲み比べる（の・くら）（喝來比較）

□ 鍋（なべ）（鍋子）

□ 加熱（かねつ）（加熱）

□ 減らす（へ）（使…減少）

□ さっぱり（清爽地）

□ 異なる（こと）（相異，不同）

□ 〜わけではない（並非…）

□ 〜につれて（隨著…）

□ 〜に対して（たい）（對〈於〉…）

□ 〜っぽい（看起來好像…；感覺好像…）

[讀解・第二回]

問題7

つぎのページは、バスツアーのパンフレットである。これを読んで、下の質問に答えなさい。答えは、1・2・3・4から最もよいものを一つえらびなさい。

38

ツアーの内容として、正しいのはどれか。

1 いちご食べ放題のほか、昼食か夕食を選ぶことができる。

2 参加する人数が25名未満の場合は、申し込んでも行けないかもしれない。

3 参加する人は、中伊豆までは自分で行かなければならない。

4 家族や友達と一緒でないと、申し込むことができない。

39

さゆりさんは友達と二人でツアーに参加したい。2月の予定によると、今申し込めば必ず行くことができるのは何日のツアーか。

1 13日、14日、24日、26日

2 19日、20日、21日、27日、28日

3 20日、27日

4 19日、21日、28日

「いちご食べ放題！」
伊豆日帰りバスツアーのご案内

☆お勧めのポイント☆

新宿発2食付きの日帰りバスツアーです。家族やお友達同士の方にお勧めです。

旅行の条件

最少人数：25名（申し込み人数が25名に達しない場合、ツアーは中止になることがあります）

最大人数：40名（満席になり次第、受付を終了します）

食事：昼食1回、夕食：1回

ツアー日程

新宿（8：00発）-🚌-中伊豆（いちご食べ放題1時間）-🚌-河津（うなぎ弁当50分）-🚌-三津浜（海鮮鍋と寿司の夕食1時間）-🚌-新宿着（19：30～20：40予定）

2月の予定

月	火	水	木	金	土	日
1	2	3	4	5	6	7
8	9	10	11	12	13☆ □受付中	14☆ □受付中
15	16	17	18	19☆ ◎出発決定	20 ●受付終了	21☆ ◎出発決定
22	23	24☆ □受付中	25	26☆ □受付中	27 ●受付終了	28☆ ◎出発決定

カレンダーの見方

□ 受付中：ただいま受付中です。まだ出発決定の25名に達

　　していません。

◎ 出発決定：出発が決定していますが、現在も受付中です。

　　まだお席に余裕がございます。

● 受付終了：出発が決定していますが、現在満席のため、

　　受付を終了しました。

お申し込み方法

　　インターネットからのお申し込みは、カレンダー中の☆印を

クリックしてください。お申し込み画面へ進みます。

　　電話でもご予約を受付けています。各旅行センターまでお問

い合わせください。

　　お申し込みいただいても、25名に達しない場合、ツアーは

中止になることがありますので、ご了承ください。

問題7

下頁是巴士旅遊導覽手冊。請在閱讀後回答下列問題。請從選項 1・2・3・4當中選出一個最恰當的答案。

[翻譯]

○ ○ ○ ○ ○ ○ ○ ○ ○ ○

「草莓任你吃！」伊豆一日巴士旅遊

☆推薦重點☆

這是從新宿出發，附贈兩餐的一日巴士旅遊。推薦各位和家人或朋友一起參加。

成行條件

最少人數：25位（報名人數如未達25位，活動可能取消）
最多人數：40位（只要額滿報名就截止）
餐點：中餐：一餐、晚餐：一餐

旅遊行程

新宿（8：00出發）- 🚌 -中伊豆（草莓任你吃1個鐘頭）- 🚌 -河津（鰻魚便當50分鐘）- 🚌 -三津濱（晚餐海鮮鍋及壽司1個鐘頭）- 🚌 -抵達新宿（預計19：30〜20：40）

2月的行程

一	二	三	四	五	六	日
1	2	3	4	5	6	7
8	9	10	11	12	13☆ □開放報名中	14☆ □開放報名中
15	16	17	18	19☆ ◎確定成行	20 ●報名截止	21☆ ◎確定成行
22	23	24☆ □開放報名中	25	26☆ □開放報名中	27 ●報名截止	28☆ ◎確定成行

月曆說明

□開放報名中：現正接受報名中。目前人數未滿25位，尚未確
　　　　　　定成行與否。

◎確定成行：確定能成行，不過也還在開放報名中。尚有空位。

●報名截止：確定能成行，不過報名人數額滿，無法接受報名。

報名方法

利用網路報名者，請點選月曆中的☆記號，即可前往報名畫面。
也可以利用電話預約。詳情請洽各旅遊中心。
報名後如該行程未滿25人，活動可能取消，敬請見諒。

▼38

38 關於旅遊的內容，下列何者正確？

1 除了草莓任你吃，還可以選擇要吃中餐或晚餐

2 參加人數如未滿 25 人，報名後可能無法成行

3 參加的人必須自行前往中伊豆

4 如果不是和家人或朋友同行，就無法報名參加

[解題]

①　這一題可以從選項當中抓出關鍵字，回到內文去找資訊，再用刪去法作答。導覽手冊的上半部是行程說明，下半部是報名方法。這一題四個選項正好都是和行程有關的問題。

②　選項1從「昼食か夕食」可以知道是和餐點有關的敘述。關鍵在「食事：昼食1回、夕食：1回」這一行，表示這個行程有附中餐、晚餐各一頓，不必擇一選用。所以選項1是錯的。

③　選項2是和人數條件限制有關的敘述，「25名」正好對應到「申し込み人数が25名に達しない場合、ツアーは中止になることがあります」這一句，表示未滿25人將不能成行。所以選項2是對的。

4 　選項 3 的「中伊豆」對應到「ツアー日程」的部分，從路線可以得知行程第一站是在新宿搭乘巴士前往中伊豆，要自行前往的應該是新宿，不是中伊豆。所以選項 3 是錯的。

5 　選項 4 是錯的。導覽手冊提到「家族や友達」的部分是「家族やお友達同士の方にお勧めです」，表示主辦單位歡迎家人或朋友同行，而不是強制規定一定要和家人或朋友一起報名參加。

6 　「～場合」（…時）是假設用法，表示某種情況發生的時候。「～次第」（就…）前面接動詞ます形或動作性的名詞，表示某動作一結束後就立刻做下一個動作。「～放題」前面接名詞、形容動詞語幹、動詞ます形、「～たい」等，表示做事情毫無限制，很自由、隨便的樣子。常見的還有「飲み放題」（喝到飽）、「言いたい放題」（暢所欲言）、「勝手放題」（隨你便）。「名詞＋として」表示立場、身分、地位、資格…等等，最常翻譯成「作為…」、「關於…」。「～未満」（未滿…）接在名詞後面，表示數量、程度不足。

|答案： 2

▼**39**--

39 小百合想和朋友兩個人一起參加旅遊。根據 2 月的行程，現在報名的話就一定能成行的是哪幾天的旅遊呢？

1 13 日、14 日、24 日、26 日
2 19 日、20 日、21 日、27 日、28 日
3 20 日、27 日
4 19 日、21 日、28 日

［解題］

1 　這一題是和報名有關的問題，題目要我們從「 2 月の予定」找出答案，別忘了配合「カレンダーの見方」一起看。

2 　題目問的是「今申し込めば必ず行くことができる」，這句話對應到「出発決定」，也就是已經滿25人確定成行，又還在開放報名的日期。「受付中」是指人數還未滿25人，雖然有開放報名，但現在報名也不一定能成行，所以不是我們要的答案。「受付終了」雖然已經確定成行，但已經不受理報名，所以也可以忽略。總之，月曆裡面寫有「出発決定」的日期就是我們要的答案，也就是19日、21日、28日。

③ 「～ため」（因為…）在這裡表示原因理由。「～によると」（根據…）表示消息的來源或判斷的依據。「用言仮定形＋ば」（如果…）表示一種假設條件，滿足前項條件就能得到後項的結果。

答案：4

重要單字

□ いちご（草莓）

□ 食べ放題（吃到飽）

□ 人数（人數）

□ 未満（未達；不到）

□ 日帰り（當天來回）

□ バスツアー（巴士之旅）

□ お勧め（推薦）

□ 同士（同伴；同好）

□ 申し込み（申請，報名；訂購）

□ 中止（中斷，中止）

□ 満席（額滿，客滿）

□ 受付（受理，接受）

□ 終了（結束）

□ うなぎ（鰻魚）

□ 海鮮鍋（海鮮鍋）

□ ただいま（現在；剛剛；立刻）

□ 余裕（剩餘）

□ 印（記號）

□ 受付ける（受理，接受）

□ 問い合わせる（詢問；查詢）

□ 了承（諒解；知曉）

□ ～に達する（達到…）

□ ～次第（一…立即…）

讀解・第三回

問題4

つぎの(1)から(4)の文章_{ぶんしょう}を読んで、質問に答えなさい。答えは1・2・3・4から最もよいものを一つえらびなさい。

(1)

これは、山田さんに届いたメールである。

あて先	yamada999@groups.ac.jp
件 名	明日の会議の場所について
送信日時	2013年8月19日　16：30

山田様

いつもお世話になっております。

株式会社ＡＢＣの中村です。

突然で申し訳ありませんが、今、うちの会社のエレベーターが故障しています。修理を頼みましたが、明日の午後までかかるそうです。

そこで、明日の会議の件ですが、9時に、山田さんにこちらにおいでいただくことになっていましたが、12階まで歩いて上ってきていただくのも大変なので、同じビルの1階にある喫茶店さくらに場所を変更したいと思います。

時間は同じ9時でお願いします。

もし問題がありましたら、お早めにご連絡ください。

株式会社ＡＢＣ　中村

24

メールの内容と合っているものはどれか。

1 山田さんの会社のエレベーターが故障した。
2 中村さんは明日午前9時に喫茶店さくらで山田さんと会うつもりだ。
3 山田さんの会社はビルの12階にある。
4 明日の会議は、時間も場所も変更になった。

(2)

田中さんが、朝、会社に着くと、机の上にメモがあった。

明日の会議の資料について

開発課　田中様

おはようございます。

明日（21日）の会議の資料ですが、まだ一部、こちらにいただ

いていません。

用意できましたら、すぐに文書管理課までお持ちください。

いただいていないのは以下のところです。

1　「第3章」の一部

2　「第5章」の一部

3　「おわりに」の全部

今日中に英語の翻訳文を書かなければならないので、時間があま

りありません。用意できた部分から、順にこちらに持ってきてくだ

さい。

翻訳文ができたら、そちらに送りますので、確認してください。

よろしくお願いします。

8月20日　文書管理課　秋山

25

このメモを見て、田中さんはまず、どうしなければならないか。

1　すぐに明日の会議について秋山さんと相談する。

2　すぐに会議の資料の翻訳文を書く。

3　すぐに資料を用意して文書管理課に送る。

4　すぐに秋山さんから届いた翻訳文を確認する。

(3)

　子供が描く絵には、その子供の心の状態がよく現れます。お母さんや学校の先生にとくに注意してほしいのは黒い絵を描く子供です。子供は普通、たくさんの色を使って絵を描きます。しかし、母親に対して不安や寂しさを抱えた子供は、色を使わなくなってしまうことがよくあるからです。もし自分の子供の絵に色がなくなってしまったら、<u>よく考えてみてください</u>。なにか子供に対して無理なことをさせたり、寂しい思いをさせたりしていませんか。

26

<u>よく考えてみてください。</u>とあるが、だれが何を考えるのか。

1　母親が、学校の先生に注意してほしいことについて考える。

2　学校の先生が、黒い絵を描く子供の心の状態について考える。

3　母親が、ふだん自分の子供に言ったりしたりしていることについて考える。

4　子供が、なぜ自分は黒い絵を描くのかについて考える。

(4)

　「のし袋」は、お祝いのときに人に贈るお金を入れる袋です。白い紙でできていて、右上に「のし」が張ってあります。「のし」は、本来はあわびという貝を紙で包んだものですが、今はたいてい、あわびの代わりに黄色い紙を包んだものを使います。あわびには「長生き」の意味があります。また、のし袋の真ん中には、紙を細長く固めて作ったひもが結んであります。これを「水引」といいます。色は赤と白の組み合わせが多いですが、金色と銀色のこともあります。結び方は、お祝いの種類によって変えなければなりません。

27

　「のし袋」の説明として、正しいものはどれか。

1　本来はあわびを包んだ袋のことをいう。
2　今は普通、全部紙でできている。
3　水引は、紙をたたんで作ったものである。
4　のしの色は、お祝いの種類に合わせて選ぶ必要がある。

問題4

請閱讀下列（1）～（4）的文章並回答問題。請從選項1・2・3・4當中選出一個最恰當的答案。

▼ **(1) ╱ 24** --

[翻譯]

這是一封寫給山田先生的電子郵件。

收件者	yamada999@groups.ac.jp
標題	關於明天開會地點
寄件日期	2013年8月19日　16：30

山田先生

平日承蒙您的照顧了。
我是ＡＢＣ股份有限公司的中村。
雖然有點唐突，不過現在我們公司的電梯故障了。現在已請人來修理，但聽說要等到明天下午才能修好。

因此，關於明天開會一事，原本是請您９點過來我們公司，不過要您爬上12樓也很累人，所以我想把地點改在本大樓1樓的櫻花咖啡廳。
時間一樣是麻煩您９點過來。
如有問題，請盡早和我聯繫。

ＡＢＣ股份有限公司　中村

1 山田先生公司的電梯故障了
2 中村先生打算明天上午 9 點在櫻花咖啡廳和山田先生碰面
3 山田先生的公司位於大樓的 12 樓
4 明天的會議，時間和地點都有所變更

[解題]

1 這一題要用刪去法來作答。

2 文中提到電梯故障的地方在「うちの会社のエレベーターが故障しています」，這個「うち」指的是自己這一方。不過這封電子郵件的寄件人是中村，不是山田，所以選項 1 是錯的。

3 選項 2 是有關見面時間和地點的敘述。從「そこで、あしたの会議の件ですが」這一段可以得知會議原本是在明早 9 點，地點是「こちら」（＝株式会社ＡＢＣ），不過現在開會時間沒變，地點改在 1 樓的「喫茶店さくら」。所以選項 2 是正確答案。

4 選項 3 是錯的，內文提到「山田さんにこちらにおいでいただくことになっていましたが、12階まで歩いて上がってきていただくのも大変」，暗示了「こちら」在12樓。不過「こちら」指的是寄件者中村的公司：「株式会社ＡＢＣ」，不是山田的公司。

5 選項 4 也是錯的。從倒數第 2 句「時間は同じ 9 時でお願いします」可以得知開會時間一樣是 9 點，沒有更改。

6 「～について」（針對…）表示提出某個話題，並就這個話題進行說明。「～ことになっている」（預定…）表示某個約定、規定、法條，內容是已經決定好的事。「～たら」（如果…）是確定條件用法，表示前項發生的話，後項也會跟著實現，或是要採取後項的行動。

7 「突然で申し訳ありませんが」也可以用「急なことで申し訳ありませんが」來取代，這是信件裡面經常出現的前置詞，用在開頭的招呼語後，表示話題轉折準備進入正題。接續詞「そこで」有兩種用法，一種是承上啟下，意思是「因此」、「於是」。另一種是話題轉換，可以翻譯成「那麼」、「話說…」。在這邊是第一種用法。

|答案：2

- □ お世話になる（承蒙照顧）
- □ 株式会社（股份有限公司）
- □ 申し訳ありません（很抱歉，對不起）
- □ 故障（故障，出問題）
- □ 修理（修理，修繕）
- □ そこで（〈轉換話題〉因此，於是；那麼）

- □ 件（事情，事件）
- □ 上る（登上，攀登）
- □ 早め（提前，儘早）
- □ ～ことになっている（預訂…；按規定…）

▼ (2)／25

[翻譯]

田中先生早上一到公司，就發現桌上有張紙條。

關於明天的會議資料

開發部　田中先生

早安。

明天（21日）的會議資料，我還有一部分沒收到。

如已準備齊全，請立刻送到文件管理部。

尚未收到的文件如下。

1）「第3章」一部分
2）「第5章」一部分
3）「結語」全部

由於必須在今天把文件翻成英文，所以沒什麼時間。請您將準備好的文件依序送過來。

等我翻譯完，會送到您那邊去，到時還請確認。麻煩您了。

8月20日　文件管理部　秋山

25 看完這張紙條，田中先生首先該怎麼做呢？

1 馬上和秋山先生商談明天的會議資料
2 馬上翻譯明天的會議資料
3 馬上準備好資料送到文件管理部
4 馬上確認秋山先生送來的譯文

[解題]

1 這一題問的是田中首先應該要怎麼做？可以從「～てください」等表示請求的句型著手，找出秋山要田中做什麼，並且注意行動的先後順序。

2 從「用意できましたら、すぐに文書管理課までお持ちください」可以得知田中必須要把某項東西準備好，送到文件管理部。這個某項東西指的就是前面的話題：「明日の会議の資料」。

3 田中還有另一件要做的事，那就是「翻訳文ができたら、そちらに送りますので、確認してください」，也就是要確認譯文。

4 「今日中に英語の翻訳文を書かなければならないので、時間があまりありません。用意できた部分から、順にこちらに持ってきてください」，這邊暗示了秋山要先拿到會議資料才能進行翻譯，所以送資料這件事排在確認譯文之前。田中先生接下來的行動順序是「準備資料→送件→確認譯文」。正確答案是3。

5 「～について」（針對…）表示提出某個話題，並就這個話題進行說明。「～たら」（如果…）是假定用法，表示前項發生的話，後項也會跟著實現，或是要採取後項的行動。「ところ」在這邊是形式名詞的用法，沒有實質意義，表示內容、部分。

答案：3

重要單字

□ 開発課（開發部）
□ 一部（一部分）
□ 用意（準備）
□ 文書管理課（文件管理部）
□ 以下（以下）

□ おわりに（結語）
□ 翻訳（翻譯）
□ 順に（依序，依次）
□ 相談（商談，討論）
□ ～たら（…了的話〈表確定條件〉）

[翻譯]

　　小朋友畫的畫可以充分展現出該名小孩的內心狀態。特別是要請媽媽和學校老師注意畫出黑色圖畫的孩子。之所以會有這樣的結果，是因為通常小朋友會使用許多顏色來畫畫。不過，對於母親感到不安或是寂寞的小朋友，常常會變得不用彩色。如果自己的小孩畫作失去了色彩，請仔細地想想，您是否有強迫小孩做一些事？或是讓他感到寂寞了呢？

26 文中提到請仔細地想想，請問是誰要想什麼呢？

1 母親要想想希望學校老師注意什麼
2 學校老師要想想畫出黑色圖畫的小孩的心理狀態
3 母親要想想平時對自己的小孩說了什麼、做了什麼
4 小朋友要想想為什麼自己會畫黑色的圖畫

[解題]

1　　這一題考的是劃線部分的動作者和內容。劃線部分的原句在第5～6行：「もし自分の子供の絵に色がなくなってしまったら、よく考えてみてください」，可以從上下文來找出答案。

2　　首先是動作者部分。解題線索就藏在「自分の子供」這邊，暗示動作者是有小孩的，也就是「母親」。所以選項2、4都不正確。有的人可能會覺得「学校の先生」也說得通，不過從前一句「母親に対して不安や寂しさを抱えた子供は、色を使わなくなってしまうことがよくあるからです」也可以看出話題其實是圍繞在母親身上的。

3　　接著是「考える」的內容。解題關鍵就在下一句：「なにか子供に対して無理なことをさせたり、寂しい思いをさせたりしていませんか」，表示要母親想想自己對待小孩的方式。和這句所要表達的內容最相近的選項是3。

4　　「～に現れる」意思是「顯現在…」、「出現在…」。「～に対して」（對於…）可以用「に」來取代，表示對於某人事物做出某個動作，或是對於某人事物抱有某種心理的感覺。

5　　「～からだ」放在句末，表示原因理由。前面可以直接接動詞或形容詞，不過遇到名詞或形容動詞，必須加個「だ」再接上「～からだ」。「～たら」（如果…）是假定用法，表示前項發生的話，後項也會跟著實現，或是要採取後項的行動。「～について」（針對…）表示提出某個話題，並就這個話題進行說明。

|答案：**3**

□ 心（心境，心情；心思，想法）
□ 状態（狀態，情形）
□ 現れる（顯現，展露）
□ 普通（通常，一般）
□ 不安（不安）
□ 寂しさ（寂寞）

□ 抱える（抱持；承擔）
□ 無理（勉強，硬逼）
□ 思い（感覺；思想）
□ ふだん（平時，平常）
□ ～てほしい（表對某人的要求或希望，可譯作「想請〈你〉…」）

▼ (4)／27

［翻譯］

「熨斗袋」指的是喜事時放入金錢送給別人的袋子。袋子是由白色紙張所製成的，右上角貼有「熨斗」。「熨斗」本來是用紙張包裹一種叫鮑魚的貝類，不過現在幾乎都是用包有黃紙的東西來取代鮑魚。鮑魚有「長壽」意涵。此外，熨斗袋的中央還綁有細長的紙製結。這叫做「水引」。顏色多為紅白組合，不過也有金銀款的。打結方式依據慶賀主題的不同也會有所改變。

27 關於「熨斗袋」的說明，下列敘述何者正確？

1 原本是指包鮑魚的袋子
2 現在通常都是全面用紙張製作
3 水引是摺紙製成的
4 熨斗的顏色要依照慶賀主題來選擇

［解題］

1 遇到「正しいものはどれか」這種題型，就要用刪去法來作答。

2 選項1有陷阱。「本来はあわびを包んだ袋のこと」對應到第2～3行：「本来はあわびという貝を紙で包んだものです」。不過要小心這一句是在針對「のし」進行說明，題目問的是「のし袋」，很明顯地文不對題。關於「のし袋」的敘述其實是文章第一句才對：「お祝いのときに人に贈るお金を入れる袋です」。

❸ 　選項2是關於材質的描述。文章中對於材質的描述有：「白い紙でできていて」（第1行）、「今はたいてい、あわびの代わりに黄色い紙を包んだものを使います」（第3〜4行）、「紙を細長く固めて作ったひもが結んであります」（第5〜6行）。可見不管是袋子本身、「のし」還是「水引」，都是紙製品。所以選項2是對的。

❹ 　選項3錯誤的地方在「紙をたたんで作った」，從第5〜6行可以知道「水引」是「紙を細長く固めて作った紐」，不是摺出來的。

❺ 　選項4提到「のしの色」，可以看第2〜4行：「『のし』は、本来はあわびという貝を紙で包んだものですが、今はたいてい、あわびの代わりに黄色い紙を包んだものを使います」，這一句只說「のし」是黃色的紙，並沒有表示它的顏色需要依照慶賀主題做挑選。所以選項4是錯的。從最後一句可以發現，必須配合慶賀主題的其實是水引的「結び方」。

❻ 　「名詞＋の代わりに」（來取代⋯）表示用後項來代替前項。「AをBという」意思是「把A取名叫B」，或是表示A的名稱就是B。「〜こともある」意思是「也有⋯的情況」。「〜によって」（依照⋯）表示依據的方法、手段，文章當中可以寫成「〜により」。斷定助動詞「〜である」和「〜だ」都可以用在文章裡。只是相較之下前者比較正式，不能用來表達主觀感受，經常用在敘述客觀事物上，特別是論說文最常使用。

答案：2

重要單字

□ お祝い（慶祝，祝賀）

□ できている（製造而成）

□ 本来（原來，本來）

□ あわび（鮑魚）

□ 包む（包上，裹住）

□ 代わりに（取而代之）

□ 長生き（長壽）

□ 固める（讓⋯變硬；固定）

□ ひも（〈布，皮革等〉帶，細繩）

□ 結ぶ（繫，打結）

□ 組み合わせ（配合，組成）

□ たたむ（折，疊）

□ 〜こともある（也有⋯〈的情況〉）

讀解・第三回

問題5

つぎの（1）と（2）の文章を読んで、質問に答えなさい。答えは、1・2・3・4から最もよいものを一つえらびなさい。

（1）

　昨日、電車の中でちょっと①うれしい光景に出会った。車内は混んでいたが満員というほどでもなく、私は入り口の近くに立っていた。私の前の優先席には、派手な服装をした若い男が座っていた。私はまだ若いつもりだから、席を譲ってほしいとは思わないが、もし、そばにお年寄りや体の不自由な方が立っていたら、その若者に一言注意してやろうと思い、まわりを見まわしてみた。しかし、そばには席が必要そうな人は見当たらなかった（注）。次の駅で、一人のおじいさんが乗ってきて、私のとなりに立った。私が若者に向かって②口を開こうとしたその時、若者は自分から立ち上がり、おじいさんに「どうぞ」と言って席を譲った。③私は自分を恥ずかしく思った。だが、それと同時に、とてもさわやかな気持ちにもなった。よく最近の若者は礼儀を知らないという人がいるが、必ずしもそうではないのだ。

（注）見当たる：探していた物が見つかる

28

①うれしい光景とあるが、どういうことか。

1 車内が混んでいたが、満員ではなかったこと

2 派手な服装をした若い男を見たこと

3 自分のそばに席が必要な人がいなかったこと

4 若者が自分から席を譲ったこと

29

②口を開こうとしたとあるが、何をしようとしたのか。

1 あくびをする。

2 おじいさんに席を譲るように若者に言う。

3 自分に席を譲るように若者に言う。

4 電車が発車したことを若者に教える。

30

③私は自分を恥ずかしく思ったとあるが、どうしてか。

1 服装だけで人を判断してしまったから

2 自分が注意する前に若者が立ち上がってしまったから

3 自分の服装が若者のように派手でなかったから

4 自分がおじいさんに席を譲ってあげなかったから

(2)

　以前、『分数ができない大学生』という本が話題になったことがあるが、本屋ではじめてこの本を見たとき、わたしは自分の目を疑った（注）。大学生にもなって、分数のような簡単な計算ができないなんて、とても信じられなかったのだ。しかし、①これは本当のことらしかった。この本の出版は、人々に大きな驚きを与えた。そして、このころから、「日本の学生の学力低下」が心配されるようになった。

　私は、そのいちばんの原因としては、やはり国の教育政策の失敗を挙げなければならないと思う。子どもの負担を軽くしようと、授業時間を短くしたために、学校で教えられる量まで減ってしまったのだ。私が子どものころと比べると、今の教科書はだいぶ薄くなっている。特に、国語や算数などの基礎的な科目の教科書はとても薄い。

　こう考えると、②「分数ができない大学生」たちが増えたのは当然だといえる。学生だけの責任ではない。

（注）目を疑う：実際に見た事実を信じられない

31

①<u>これ</u>はなにを指すか。

1　『分数ができない大学生』という本が出版されたこと

2　『分数ができない大学生』という本がとても話題になったこと

3　分数の計算ができない大学生が存在すること

4　分数の計算ができない大学生が本を書いたこと

32

②「分数ができない大学生」たちが増えたのは<u>当然だといえる</u>とあるが、それはどうしてだと言っているか。

1　『分数ができない大学生』という本がとても売れたから

2　授業時間が短くなって、学校で教える量も減ったから

3　『分数ができない大学生』という本の内容をみんなが疑ったから

4　勉強が嫌いな学生が増えたから

33

この文章で「私」が最も言いたいことは何か

1　『分数ができない大学生』という本の内容はとてもすばらしい。

2　日本の学生の学力が下がったのは、『分数ができない大学生』という本に原因がある。

3　日本の学生の学力が下がったのは国の政策にも原因がある。

4　「分数ができない大学生」は、実際にはそれほど多くない。

問題5

請閱讀下列（1）和（2）的文章並回答問題。請從選項1．2．3．4當中選出一個最恰當的答案。

▼(1)--

[翻譯]

　　昨天在電車中我遇見了一個有些①令人高興的畫面。車廂裡面雖然人擠人，但還不到客滿的程度。我站在靠近出口的地方。我前方的博愛座上坐了一個穿著搶眼的年輕男子。我覺得我還年輕，不需要他讓位給我。可是我心想，如果旁邊有老年人或是殘障人士站著的話，我一定要說他個幾句，所以我就張望一下四周。不過，四周並沒有看到看起來需要座位的人（注）。在下一站時，一位老爺爺上了車，站在我旁邊。我②正準備要開口向年輕人說話時，他就自己站起來，說句「請坐」並讓位。③我自己覺得羞愧。同時地，卻也有種舒爽的感覺。有很多人都說最近的年輕人沒有禮貌，可是也不全然是這麼一回事。

　　（注）看到：發現正在尋找的東西

▼(1)／28--

28　文中提到①令人高興的畫面，這是指什麼呢？

1 車內雖然人擠人，但是沒有客滿
2 看到一個穿著搶眼的年輕男子
3 自己身邊沒有需要座位的人
4 年輕人自動讓座

[解題]

①　　這篇文章是一篇記敘文。整體是在描述搭電車發生的一段讓座小插曲，讓作者感受到現在其實也是有禮貌的年輕人。

② 這一題考的是劃線部分：「昨日、電車の中でちょっと①うれしい光景に出会った」。通常劃線部分的解題關鍵就在上下文，所以要從上下文當中找出讓作者覺得很高興的事情。特別是這一句是位在文章開頭，暗示接下來文章要針對這句話進行解釋，所以可以從下文來找答案。

③ 解題關鍵在第10～11行：「だが、それと同時に、とてもさわやかな気持ちにもなった」，表示作者有了舒爽的心情。之所以會有這樣的心情，原因就在第9～10行：「若者は自分から立ち上がり、おじいさんに『どうぞ』」と言って席を譲った」，也就是說，看到年輕人讓座，讓作者的心情很不錯。

④ 「～ほどでもない」是帶有主觀判斷語氣的句型，用來比較、下評語。可以翻譯成「也沒有像…那樣」、「也不到…的程度」。表示以前項為一個比較基準，所要比較的人事物不及這個程度。「～つもり」在這邊不是「打算…」的用法，而是表示實際上並不是如此，卻抱持這樣假設的心情、態度、身分。「～たら」（如果…）是假定用法，表示前項發生的話，後項也會跟著實現，或是要採取後項的行動。

|**答案： 4**

▼ (1) ／ 29 ---

29 文中提到②正準備要開口，他是要做什麼呢？

1 打呵欠
2 叫年輕人讓座給老爺爺
3 叫年輕人讓座給自己
4 告訴年輕人電車開了

〔解題〕

① 這一題劃線部分的原句在第8～10行：「私が若者に向かって②口を開こうとしたその時、若者は自分から立ち上がり、おじいさんに『どうぞ』」と言って席を譲った」，「口を開く」意思是開口說話，所以選項1是錯的。

② 解題關鍵在第3～6行：「私はまだ若いつもりだから、席を譲ってほしいとは思わないが、もし、そばにお年寄りや体の不自由な方が立っていたら、その若者に一言注意してやろうと思い」，表示作者原本暗想要叫年輕人讓位給老人家或是殘障人士，所以他開口就是準備要講這件事情才對。從「私はまだ若いつもりだから、席を譲ってほしいとは思わないが」這邊可以看出選項3是錯的。選項4提到的「発車」在本文當中也沒提到。正確答案是2，「おじいさん」對應到「お年寄り」。

3 「～に向かって」（對…）表示面對、朝著某個人事物。「動詞意向形＋（よ）うとする」，前面接表示人為意志動作，表示說話者積極地要做某件事情，可以翻譯成「想要…」。前面如果接非人為意志動作，表示某個狀態正準備出現，可以翻譯成「將要…」。

| 答案：2

▼ (1) ／ 30---

30 文中提到③我自己覺得很羞愧，這是為什麼呢？

1 因為只憑服裝就判斷一個人
2 因為在自己提醒之前年輕人就自己站了起來
3 因為自己的服裝不如年輕人那樣搶眼
4 因為自己沒讓座給老爺爺

［解題］

1 這一題劃線部分在第10行：「③私は自分を恥ずかしく思った」，用「どうして」來問原因，可以從上文找出答案。

2 解題關鍵在第8～10行：「私が若者に向かって②口を開こうとしたその時、若者は自分から立ち上がり、おじいさんに『どうぞ』と言って席を譲った」。表示作者正準備要叫年輕人讓位時，年輕人就搶先這麼做了，所以作者才會感到羞愧。四個選項當中，選項1是最符合這個情境的。因為作者在第3行有說：「派手な服裝をした若い男」，原本心裡就想說這個年輕人不會讓座，可見作者只憑他的外表就斷定一個人的言行。

3 選項2是陷阱。「自分が注意する前に若者が立ち上がってしまったから」指的其實是在開口前年輕人就自己站了起來，讓作者錯失說教的機會，覺得很糗。但其實說教並不是作者的本意，所以選項2是錯的。

4 「必ずしも」（不一定）後面一定要接否定表現，表示事情未必如此。「のだ」在這邊用來強調說話者個人的主張。

| 答案：1

- □ 光景（情景，畫面）
- □ 混む（擁擠，混雜）
- □ 満員（〈船、車、會場等〉滿座）
- □ ほど（表程度）
- □ 優先席（博愛座）
- □ 派手（華麗；鮮豔）
- □ 服装（服裝，服飾）
- □ 譲る（讓〈出〉）
- □ 不自由な方（行動不便者）
- □ 一言（幾句話；一句話）
- □ 見まわす（張望，環視）

- □ 立ち上がる（起身，起立）
- □ 恥ずかしい（羞恥，慚愧）
- □ さわやか（〈心情〉爽快，爽朗）
- □ 必ずしも（不一定，未必〈後接否定〉）
- □ あくび（哈欠）
- □ 発車（發動，發車）
- □ ～てやる（表以施恩的心情，為晚輩做有益的事）
- □ ～てあげる（表為他人做有益的事，可譯作「〈為他人〉做…」）

▼ (2)

［翻譯］

　　以前曾經有本名叫『不會分數的大學生』的書造成話題，我第一次在書店看到這本書時，一度懷疑自己的眼睛（注）。都已經是大學生了，居然不會算分數這麼簡單的東西，真是讓人難以置信。不過，①這件事似乎是真有其事。這本書的出版帶給眾人很大的震撼。從此之後，大家也就開始擔心起「日本學生學力下降」。

　　我認為最大的原因應該在於國家教育政策的失敗。為了減輕孩子們的負擔、減少上課時間，連學校教授的事物都跟著減量。比起我小時候，現在的教科書都變薄許多。特別是國語、數學等基礎科目的教科書薄到不行。

　　一這麼想，②「不會分數的大學生」們之所以增加也是理所當然的。這不僅僅是學生的責任。

　　（注）懷疑自己的眼睛：不相信實際上看到的事實

31 文中提到①這件事，是指什麼呢？

1 『不會分數的大學生』這本書出版問世
2 『不會分數的大學生』這本書造成話題
3 不會分數的大學生實際上真的存在
4 不會分數的大學生寫書

[解題]

　這篇文章整體是在探討學生學力下降的原因。各段落的主旨如下表所示：

第一段	『不會分數的大學生』這本書點出了日本學生學力下降的事實。
第二段	作者認為造成這個現象的原因在於國家的教育政策失敗。
第三段	作者認為不會分數的大學生人數增加，不完全是學生的問題。

❶　這一題考的是劃線部分，劃線部分的原句在第 4～5 行：「①これは本当のことらしかった」。通常文章中出現「こ」開頭的指示詞，指的一定是不久前提到的人事物，是上一個提到的主題概念，或是上一句。

❷　解題關鍵在第 3～4 行：「大学生にもなって、分数のような簡単な計算ができないなんて、とても信じられなかったのだ」，表示作者對於不會算分數的大學生感到難以置信。劃線部分又提到「これ」聽說是真有此事。所以「これ」的內容應該是「大学生にもなって、分数のような簡単な計算ができない」這件事情才對，和它對應的選項是 3。

❸　「～が話題になる」意思是「…造成話題風潮」。「なんて」（怎麼會…）是「など」的口語說法，用來表示輕蔑、不屑一顧、吃驚、強烈否定等語氣。「～らしい」（似乎…）表示根據所見所聞來進行推斷，含有一種「我看到的就是這樣（我是這樣聽說的），所以才會這樣推測」的意思。「～ようになる」（變得…）表示某種能力、習慣、狀態在時間的推移之下發生改變。

|**答案：3**

▼ **(2)／32**--

32 文中提到②「不會分數的大學生」們之所以增加也是理所當然的，作者為什麼這樣説呢？

1 因為『不會分數的大學生』這本書十分熱賣
2 因為上課時間縮短，學校教授的事物也減量
3 因為大家都懷疑『不會分數的大學生』這本書的內容
4 因為討厭讀書的學生增加了

［解題］

1 這一題劃線部分的原句在第12～13行：「こう考えると、②『分数ができない大学生』たちが増えたのは当然だといえる」，並要問作者說這句話的原因。這個「こう」暗示了劃線部分和前文很有關聯。

2 我們可以回到上一段來找出答案。解題關鍵在第７～９行：「私は、そのいちばんの原因としては、やはり国の教育政策の失敗を挙げなければならないと思う。子どもの負担を軽くしようと、授業時間を短くしたために、学校で教えられる量まで減ってしまったのだ」，說明作者認為之所以會造成這種結果（日本の学生の学力低下），是因為國家教育政策失敗，上課時間縮短，學校教授的事物減量。「日本の学生の学力低下」和「分数ができない大学生」たちが増えた」是差不多的意思，所以這個原因解釋就是我們要的答案。

3 「（よ）うと」後面省略了「する」，前面接人為意志動作表示某人積極地想做某件事情。「～ために」在這邊表示原因理由。「～といえる」意思是「可以說是…」。

|答案： **2**

▼ **(2)／33**--

33 在這篇文章中「我」最想説的是什麼？

1『不會分數的大學生』這本書內容非常精彩
2 日本學生學力之所以下降，是因為『不會分數的大學生』這本書
3 日本學生學力之所以下降也是因為國家政策
4「不會分數的大學生」其實沒有那麼多

［解題］

1 　這一題問的是作者最主要的意見。像這樣半開放式作答的題目就可以用刪去法來作答，比較節省時間。

2 　選項1是錯的。作者有提到『分数ができない大学生』這本書，通篇卻沒有對於這本書本身做出任何評價。

3 　選項2也是錯的，從「そのいちばんの原因としては、やはり国の教育政策の失敗を挙げなければならないと思う」這邊可以看出，作者認為日本學生學力下降的問題出在國家政策，而不是這本書。

4 　從上面這句也可以看出選項3是對的。這個選項用了「も」表示原因不僅如此，剛好可以呼應到最後一句「学生だけの責任ではない」，暗示學生們也要負點責任。

5 　關於「分数ができない大学生」，文章裡面只說真有其人，又說「『分数ができない大学生』たちが増えた」，表示像這樣的人增多了，並沒有提到實際上的人數多寡，所以選項4是不對的。

6 　「〜に原因がある」意思是「原因在於…」。「〜ほど〜ない」是帶有主觀判斷語氣的句型，用來比較、下評語。可以翻譯成「比不上…那樣」、「沒有比…更…」。表示以前項為一個比較基準，所要比較的人事物不及這個程度。

答案：3

重要單字

□ 分数（〈數學結構的〉分數）
□ 話題になる（引起話題）
□ 出版（出版，發行）
□ 驚き（震驚，吃驚）
□ 与える（給予；使蒙受）
□ 学力（學習力）
□ 低下（低落，下降）
□ やはり（果然；依然）
□ 政策（政策）
□ 挙げる（舉出，列舉）
□ 負担（負擔，承擔）

□ だいぶ（頗，很，相當）
□ 基礎的（基礎的，根基的）
□ 科目（科目）
□ 存在（存在）
□ それほど（〈表程度〉那麼，那樣）
□ 〜なんて（表輕視語氣，可譯作「連…都…〈不〉…」）
□ 〜ようになる（表狀態、行為的變化，可譯作「〈變得〉…了」）
□ 〜としては（以…來説）

[讀解・第三回]

問題6

つぎの文章を読んで、質問に答えなさい。答えは、1・2・3・4から最もよいものを一つえらびなさい。

　妻と子供を連れてドイツに留学して3年、日常生活のドイツ語には不自由しなくなった頃、首をかしげた（注）ものだが、野菜でも何でも、私が買ってくるものは、あまりよくないのである。①それに比べて、同じアパートに住む日本人が買い物をすると、いいものを買ってくる。彼のドイツ語は私より全然上手ではない。しかし、彼が買い物をすると、八百屋のおばさんが私よりずっといい野菜や果物を袋にいれてくれるようなのである。

　②う～ん、なぜだろうと不思議に思ったが、よくよく考えてみれば、その理由がわかるような気がした。

　私が留学したばかりで、買い物のドイツ語にも不自由していた頃、どの店にいっても、店の人は皆、親切だった。家族を連れて買い物に出て、欲しいものをお店の人に苦労して伝えると、③お店の人から、「たいへんだねえ、どこから来たの、学生？」などと聞かれたものだった。お金を払って横を見ると、娘は店の人からもらった果物やハムなどを喜んで食べていた。

　その後、ドイツ語力に自信がつき、買い物をする時に、品物についていろいろと注文をつけたり、ドイツの生活や政治について、自分の意見

を言うようになった。その頃から、お店からあまり親切な対応をされなくなったのである。私はドイツ人にとって「生意気な外国人」になったのだ。「生意気」ということは、あまり「かわいくない」外国人になったということだ。

（関口一郎『「学ぶ」から「使う」外国語へ——
慶応義塾藤沢キャンパスの実践』より一部改変）

（注）首をかしげる：不思議に思う

34

①それは、何を指しているか。

1　自分のドイツ語がうまくなったこと
2　自分の日常生活が不自由なこと
3　自分が買ってくるものはあまりよくないこと
4　ドイツに留学したこと

35

②う～ん、なぜだろうと不思議に思ったとあるが、それはなぜか。

1　別の日本人が自分よりドイツ語が下手な理由が分からなかったから
2　別の日本人が自分よりいいものを買ってくる理由が分からなかったから
3　別の日本人が自分よりドイツ語が上手な理由が分からなかったから
4　別の日本人が自分よりドイツ語も買い物も上手な理由が分からなかったから

36

③お店の人から、「たいへんだねえ、どこから来たの、学生？」など
と聞かれたものだったとあるが、この時のお店の人の気持ちは次のどれ
だと考えられるか。

1　悲しんでいる。

2　よろこんでいる。

3　かわいそうに思っている。

4　つまらないと思っている。

37

筆者は、自分がドイツ語が上手になってから、お店から親切にされな
くなったのはなぜだと考えているか。

1　筆者がドイツ人の話すドイツ語を注意して、嫌われたから

2　筆者がドイツ人よりドイツ語が上手になり、生意気だと思われる
　　ようになったから

3　筆者がドイツについてドイツ語で話すことは、ドイツ人にとって
　　不思議なことだから

4　筆者がドイツ語で不満や意見を言うようになり、生意気だと思わ
　　れるようになったから

問題6

請閱讀下列文章並回答問題。請從選項1・2・3・4當中選出一個最恰當的答案。

[翻譯]

　我帶著妻兒到德國留學3年，在我能掌握日常生活所用的德語時，有一點我想不透，那就是不管是蔬菜還是別的，我買回來的東西都不怎麼好。比起①這件事，和我住在同一間公寓的日本人，買東西都會買到好貨。他的德語比我差多了。可是只要是他去買東西，蔬菜店的老闆娘似乎就會把比我好上許多的蔬菜和水果裝袋給他。

　②嗯～這是為什麼呢？真是不可思議。我仔細地思考，好像找到了理由。

　我剛去留學的時候，連購物用的德語也不太會說，不管去哪家店，店員都非常親切。帶著家人去買東西，花了好大的力氣才把想要的東西告訴店員，③店員總是會問「很辛苦吧？你從哪裡來的？是學生嗎？」。付了錢往旁邊一看，女兒正滿心歡喜地吃店員所給的水果或火腿。

　之後我對自己的德語有了自信，買東西時也能訂購各式各樣的商品，針對德國的生活和政治，也變得能發表自己的意見。從那個時候開始，店家就不再對我親切了。對於德國人來說，我變成一個「自大的外國人」。所謂的「自大」，就是指變成「不太可愛」的外國人。

（節選自關口一郎『從「學習」到「運用」的外語──
慶應義塾藤澤校園的實踐』，部分修改）

（注）想不透：覺得不可思議

▼34

34 ①這件事，指的是什麼呢？

1 自己的德語變好了
2 自己的日常生活變得不便
3 自己所買的東西不太好
4 在德國留學

〔解題〕

　這篇文章整體是在描述作者在德國隨著語言能力的進步，周圍對他的觀感也跟著不同。各段落的主旨如下表所示：

第一段	作者的德語不錯，但在德國買東西總是買到不好的；相反地，其他日本人德語沒他好，卻總能買到好貨。
第二段	承接上一段。對此作者很納悶，但他似乎終於知道原因出在哪裡。
第三段	作者表示剛到德國時德語不好，店家都會體恤他的辛苦。
第四段	當作者德語進步，不僅能購物，還能發表意見後，在德國人眼中就成了自大的外國人，店家也就不再對他親切。

1　這一題劃線部分的原句在第 3～4 行：「①それに比べて、同じアパートに住む日本人が買い物をすると、いいものを買ってくる」，表示住在同棟公寓的日本人能買到好東西。當句子裡面出現「それ」時，就要從前文找出答案。「～に比べて」暗示後項和前項有所不同，甚至是相反的情況。所以，這裡的「それ」指的一定是和購物有關的事物。

2　解題關鍵在第 2～3 行：「野菜でも何でも、私が買ってくるものは、あまりよくないのである」，表示作者不管買什麼都買到不好的。「それ」指的就是這個。選項當中和購物有關的只有選項 3。

3　「～に不自由」意思是「對…感到不便」。「～ものだ」在這邊表示一種對於往事強調、感嘆的語氣，可以翻譯成「真的是…」。

答案：3

▼**35**--

35　文中提到②嗯～這是為什麼呢？真是不可思議，這是為什麼呢？

1　不懂為什麼別的日本人德語比自己還差
2　不懂為什麼別的日本人可以買到比自己還好的東西
3　不懂為什麼別的日本人德語比自己還好
4　不懂為什麼別的日本人不管是德語還是購物都比自己在行

1 　這一題劃線部分在的原句第二段：「②う～ん、なぜだろうと不思議に思ったが、よくよく考えてみれば、その理由がわかるような気がした」。作者之所以會納悶，一定是因為前面發生了什麼情讓他不能理解，所以要從前文去找出答案。

2 　解題關鍵在第2行的「首をかしげたものだが」，表示作者有件覺得不可思議的事情。後面就是重點了：「野菜でも何でも、私が買ってくるものは、あまりよくないのである。それに比べて、同じアパートに住む日本人が買い物をすると、いいものを買ってくる」，也就是說，作者總是買到不好的東西，但其他日本人卻能買到好東西，這點讓他不明白原因出在哪裡。

3 　「～に思う」可以翻譯成「感到…」、「覺得…」。前面通常接和感受有關的名詞或形容動詞語幹，常用的說法有「誇りに思う」（感到驕傲）、「残念に思う」（感到遺憾）、「不満に思う」（感到不滿）、「意外に思う」（感到意外）、「大事に思う」（珍惜）。「～ような気がする」意思是「有好像…的感覺」，帶有一種不確定的語感。

答案：2

▼**36**--

36 文中提到③店員總是會問「很辛苦吧？你從哪裡來的？是學生嗎？」，當時店員的心情是下列何者呢？

1 很悲傷
2 很開心
3 覺得很可憐
4 覺得很無聊

［解題］

1 　這一題問的是店員的心情。劃線部分在第12～13行：「③お店の人から、『たいへんだねえ、どこから来たの、学生？』などと聞かれたものだった」。

2 解題關鍵在「たいへんだね」。「たいへん」有「辛苦」、「糟糕」、「嚴重」…等意思（在本文是「辛苦」的意思），句尾的「ねえ」是「ね」拉長拍數的表示方法，有更強調的感覺。「ね」是終助詞，表示輕微的感嘆，或是用來主張自己的想法，帶有期待對方回應的語感。「たいへんだねえ」意思就是「很辛苦吧」。這句話的使用時機是看到對方發生了不好的事情，或是過得似乎不是很好的時候，就可以用這句話來表達同情、關心或安慰。

3 四個選項中最接近的答案是選項3。「かわいそう」的意思是「可憐」。第10行提到「買い物のドイツ語にも不自由していた」，表示作者當時買東西是有溝通障礙的，所以店員看到他這樣，應該會產生一種憐憫的感覺才對。

4 「動詞た形+ばかりで」表示某個動作才剛做完不久而已，這個舉動是導致後項的原因。「動詞た形+ものだった」用在回想，表示過去的習慣或是以前經常發生的事情。

答案：3

▼ **37**---

37 筆者覺得自從德語變得流利以後，店家就對自己不再親切的原因為何？

1 因為筆者會糾正德國人的德語，而被討厭
2 因為筆者的德語變得比德國人還好，所以人家覺得他自大了起來
3 因為筆者用德語評論德國，對德國人來說很不可思議
4 因為筆者開始用德語表達不滿或意見，所以人家覺得他自大了起來

［解題］

1 這一題問題對應到本文第四段。第18～19行提到：「その頃から、お店からあまり親切な対応をされなくなったのである」，這個「その頃」就藏著事情的原因。

2 「その頃」指的是第四段開頭提到的「ドイツ語力に自信がつき、買い物をする時に、品物についていろいろと注文をつけたり、ドイツの生活や政治について、自分の意見を言うようになった」，表示作者德語變好之後，不僅可以訂購東西了，也開始會發表自己對德國的看法。這就是作者認為店家不再對他親切的原因。

3 不僅如此，第19～21行也針對店家這個現象加以解釋：「私はドイツ人にとって『生意気な外国人』になったのだ。『生意気』ということは、あまり『かわいくない』外国人になったということだ」，表示作者變得會對德國進行評論，才讓德國人覺得他很狂妄自大。「～のだ」是用來說明原因的句型，是個人主觀意見。

4 「～について」（針對…）表示提出某個話題，並就這個話題進行說明。「～ようになる」（變得…）表示某種能力、習慣、狀態在時間的推移之下發生改變。「～にとって」意思是「對…而言」，表示站在前項的立場來進行後面的判斷或評價，或是描述對於某件事物的感受。「～ということだ」可以用來表示直接引用的傳聞、聽說，或是根據某個事實，針對前面的內容進行解釋或下結論。

答案：4

重要單字

- □ 連れる（帶，領）
- □ ドイツ（德國）
- □ 日常生活（日常生活）
- □ 不自由（不方便）
- □ 比べる（比較）
- □ 不思議（不可思議）
- □ よくよく（仔細地；好好地）
- □ 気がする（發現到）
- □ 伝える（告訴）
- □ 払う（支付，付錢）
- □ 娘（女兒）
- □ ハム（火腿）

- □ 自信がつく（有了自信）
- □ 品物（物品；東西）
- □ 注文をつける（訂購）
- □ 政治（政治）
- □ 対応（應對）
- □ 生意気（自大，狂妄）
- □ ～ものだ（用於回想過去時表達感嘆）
- □ ～たばかり（剛…）
- □ ～にとって（對…而言）
- □ ～ということだ（這就是…；…也就是説…）

[讀解・第三回]

問題7

右のページは、初めて病院に来た人への問診票である。これを読んで、下の質問に答えなさい。答えは、1・2・3・4から最もよいものを一つえらびなさい。

38

張さんは、熱が高いので、今日初めてこの病院に来た。問診票に<u>書かなくてもいいこと</u>は、つぎのどれか。

1　今、何も食べたくないこと
2　前に骨折して入院したこと
3　今、熱があること
4　病院に来た日にち

39

張さんは、子供のころから卵を食べると気分が悪くなる。このことは、何番の質問に書けばいいか。

1　（1）

2　（2）

3　（3）

4　（4）

問診票
<ruby>問診票<rt>もんしんひょう</rt></ruby>

初めて<ruby>診察<rt>しんさつ</rt></ruby>を<ruby>受<rt>う</rt></ruby>ける<ruby>方<rt>かた</rt></ruby>へ

<ruby>下記<rt>かき</rt></ruby>の<ruby>質問<rt>しつもん</rt></ruby>にお<ruby>答<rt>こた</rt></ruby>えください

　　　　　　　　　　　<ruby>診察<rt>しんさつ</rt></ruby>を<ruby>受<rt>う</rt></ruby>けた<ruby>日<rt>ひ</rt></ruby>：<ruby>平成<rt>へいせい</rt></ruby>＿＿＿<ruby>年<rt>ねん</rt></ruby>＿＿＿<ruby>月<rt>がつ</rt></ruby>＿＿＿<ruby>日<rt>にち</rt></ruby>

【<ruby>基本資料<rt>きほんしりょう</rt></ruby>】
○ <ruby>名前<rt>なまえ</rt></ruby>＿＿＿＿＿＿＿＿＿＿＿＿＿＿＿（<ruby>男<rt>だん</rt></ruby>・<ruby>女<rt>じょ</rt></ruby>）
○ <ruby>生年月日<rt>せいねんがっぴ</rt></ruby>＿＿＿＿＿<ruby>年<rt>ねん</rt></ruby>＿＿＿＿<ruby>月<rt>がつ</rt></ruby>＿＿＿＿<ruby>日<rt>にち</rt></ruby>（＿＿＿＿＿<ruby>歳<rt>さい</rt></ruby>）
○ <ruby>住所<rt>じゅうしょ</rt></ruby>＿＿＿＿＿＿＿＿＿＿＿＿＿＿＿＿＿＿＿＿＿
○ <ruby>電話番号<rt>でんわばんごう</rt></ruby>　（＿＿＿＿＿）＿＿＿＿＿＿＿＿＿＿（<ruby>家<rt>いえ</rt></ruby>）
　　　　　　　　　　　　　　　＿＿＿＿＿＿＿＿＿＿（<ruby>携帯<rt>けいたい</rt></ruby>）

··

【<ruby>質問<rt>しつもん</rt></ruby>】

（１）<ruby>今日<rt>きょう</rt></ruby>はどのような<ruby>症状<rt>しょうじょう</rt></ruby>でいらっしゃいましたか。できるだけ<ruby>具体的<rt>ぐたいてき</rt></ruby>にお<ruby>書<rt>か</rt></ruby>きください。

　　　（<ruby>例<rt>れい</rt></ruby>）<ruby>熱<rt>ねつ</rt></ruby>がある、<ruby>頭<rt>あたま</rt></ruby>が<ruby>痛<rt>いた</rt></ruby>い
　　　（　　　　　　　　　　　　　　　　　　　　）

（２）<ruby>食欲<rt>しょくよく</rt></ruby>はありますか。

　　　□はい　　□いいえ

（３）これまでに<ruby>薬<rt>くすり</rt></ruby>や<ruby>食<rt>た</rt></ruby>べ<ruby>物<rt>もの</rt></ruby>でアレルギー<ruby>症状<rt>しょうじょう</rt></ruby>を<ruby>起<rt>お</rt></ruby>こしたことがありますか。

　　　□はい　　□いいえ
　　　「はい」と<ruby>答<rt>こた</rt></ruby>えた<ruby>方<rt>かた</rt></ruby>、もし<ruby>分<rt>わ</rt></ruby>かれば<ruby>薬<rt>くすり</rt></ruby>・<ruby>食<rt>た</rt></ruby>べ<ruby>物<rt>もの</rt></ruby>の<ruby>名前<rt>なまえ</rt></ruby>をお<ruby>書<rt>か</rt></ruby>きください。
　　　（<ruby>薬<rt>くすり</rt></ruby>の<ruby>名前<rt>なまえ</rt></ruby>　　　　　　　）
　　　（<ruby>食<rt>た</rt></ruby>べ<ruby>物<rt>もの</rt></ruby>の<ruby>名前<rt>なまえ</rt></ruby>　　　　　　　）

（４）<ruby>今<rt>いま</rt></ruby>まで<ruby>大<rt>おお</rt></ruby>きな<ruby>病気<rt>びょうき</rt></ruby>にかかったことがありますか。
　　　□はい（<ruby>病気<rt>びょうき</rt></ruby>の<ruby>名前<rt>なまえ</rt></ruby>　　　　　　　）　□いいえ

＊ご<ruby>協力<rt>きょうりょく</rt></ruby>ありがとうございました。
<ruby>順番<rt>じゅんばん</rt></ruby>が<ruby>来<rt>き</rt></ruby>ましたら、お<ruby>呼<rt>よ</rt></ruby>びいたしますので、お<ruby>待<rt>ま</rt></ruby>ちください。

問題7

右頁是一張初診單。請在閱讀後回答下列問題。請從選項1・2・3・4當中選出一個最恰當的答案。

[翻譯]

問診單

初診病患填用

請回答下列問題

看診日：平成＿＿年＿＿月＿＿日

【基本資料】
○ 姓名 ＿＿＿＿＿＿＿＿＿＿（男・女）
○ 出生年月日 ＿＿＿年＿＿月＿＿日（＿＿歲）
○ 住址 ＿＿＿＿＿＿＿＿＿＿＿＿＿＿＿＿＿＿
○ 電話號碼 （＿＿）＿＿＿＿＿＿＿＿＿（家）
　　　　　　　　　＿＿＿＿＿＿＿＿＿（手機）

【問題】
（1）請問您今天是因為什麼症狀前來看病？請盡可能地詳細描述。
　　（例）發燒、頭痛
　　（　　　　　　　　　　　　　　　　　　　　）
（2）請問您有食欲嗎？
　　　□有　　□無
（3）請問您有藥物或食物所引起的過敏病史嗎？
　　　□有　　□無
回答「有」的病患，如有確定的藥物、食物請寫下。
　　（藥物名稱　　　　　　　　）
　　（食物名稱　　　　　　　　）
（4）請問您至今有罹患過重大疾病嗎？
　　　□有（疾病名稱　　　　　　　）□無
＊ 感謝您的填寫。
　　輪到您看病時，我們會通知您，敬請稍候。

38 張先生發了高燒，今天第一次來這家醫院。請問下列哪個選項<u>不一定要寫</u>在問診單上呢？

1 現在什麼也不想吃
2 之前曾經骨折住院
3 現在在發燒
4 來看病的日期

[解題]

1 　　這一題題目限制在「可以不用填寫的項目」。從初診問診單當中，可以發現「下記の質問にお答えください」這句話以下的所有題目都要回答。內容包括：「看病日期」、「姓名」、「性別」、「出生年月日」、「年齡」、「住址」、「電話號碼」、「症狀」、「食慾的有無」、「過敏病史」、「重大病史」。

2 　　選項1對應到「（2）食欲はありますか」，所以是要填寫的項目。

3 　　選項2是正確的。雖然這句話感覺可以對應到「（4）今まで大きな病気にかかったことがありますか」，但是骨折是屬於受傷，不是生病的一種，所以可以不用寫上。

4 　　選項3有個「今」，表示現在（今天）的狀態，正好對應到「（1）今日はどのような症状でいらっしゃいましたか」，所以要寫上。

5 　　選項4「病院に来た日にち」對應到初診單上的「診察を受けた日」，所以是必須填寫項目。

6 　　「動詞未然形＋なくてもいい」（不…也行）表示允許不用做某種行為。副詞「できるだけ」意思是「盡可能地」。「〜たら」（如果…）表示確定條件，表示前項發生的話，後項也會跟著實現，或是要採取後項的行動。

|答案：2

39 張先生從小吃雞蛋就感到身體不適。這件事要寫在第幾個問題才好呢？

1（１）
2（２）
3（３）
4（４）

［解題］

① 　這一題要能知道「子供のころから卵を食べると気分が悪くなる」和哪個項目有關。張先生從小吃雞蛋就會感到不舒服，表示他的身體不適合吃這項食物，也就是會引發過敏反應。而過敏史是第三個問題。

② 　如果不知道「アレルギー」的意思是「過敏」，光看選項１、４也知道這兩個選項和食物沒有關係。另外，從「これまでに薬や食べ物でアレルギー症状を起こしたことがありますか」這個敘述也大概可以猜到是因為藥物或食物而產生某種症狀，「卵」＝「食べ物」，「気分が悪くなる」＝一種「症状」，所以「アレルギー」可能是指「気分が悪くなる」，這一點就和選項２的「食欲」無關。正確答案是３。

③ 　「用言仮定形＋ば」（如果…）表示一種假設條件，滿足前項條件就能得到後項的結果。

答案：3

重要單字

□ 初めて（第一次，初次）
□ 問診票（問診單）
□ 診察（診斷）
□ 受ける（接受）
□ 基本（基本；基礎）
□ 携帯（手機）
□ 症状（症狀）
□ いらっしゃる（〈来る、行く、いる的尊敬語〉來；去；在）

□ 食欲（食欲）
□ アレルギー（過敏）
□ 起こす（引起；發生）
□ 協力（協助；幫忙）
□ 順番（順序）
□ 骨折（骨折）
□ 日にち（日期）
□ 気分が悪い（不舒服）

問題4

つぎの（1）から（4）の文章を読んで、質問に答えなさい。答えは1・2・3・4から最もよいものを一つえらびなさい。

（1）

　　これは、高橋先生のゼミの学生に届いたメールである。

あて先	takahasi@edu.jp
件名	次のゼミ合宿（注）について
送信日時	2012年9月3日

　　ゼミ合宿の日にちが、9月29、30日に決まりました。希望する人の多かった22、23日は、合宿所が一杯で予約が取れませんでした。どうしても参加できない人は、5日までに山本にお電話ください。

　　合宿では、皆さんが翻訳してきたテキストをもとに、話し合いをします。話し合いの前に、一人10分ずつ発表してもらいますので、準備を忘れないようお願いします。担当するページは前に決めた通りです。翻訳文が全てそろわないと話し合いができませんので、参加できない人は、自分が担当した分の翻訳文を、必ず14日までにメールで高橋先生に送ってください。

山本　090-0000-0000

（注）合宿：複数の人が、ある目的のために同じ場所に泊まって、いっしょに生活すること

24

このメールを見て、合宿に参加しない人は、どうしなければならないか。

1 山本さんに電話して、自分の翻訳文を高橋先生にメールで送る。

2 高橋先生に電話して、自分の翻訳文を山本さんにメールで送る。

3 山本さんに電話して、みんなの翻訳文を全てそろえて高橋先生に
メールで送る。

4 翻訳文が全てそろわないと、話し合いができないので、必ず参加
しなければならない。

(2)

大学の入学試験を受けたあと、次の通知を受け取った。

受験番号　00000
○○××殿

○○大学

大学入学試験結果通知書

　2月に行いました入学試験の結果、あなたは **合格** されましたので、お知らせいたします。

　入学ご希望の方は、別紙に書いてある方法で入学手続きをしてください。理由がなく、期限までに手続きをなさらなかった場合、入学する意思がないものとして処理されます。

　理由があって期限までに手続きができないときは、教務課、担当○○（00-0000-0000）まですぐにご連絡ください。

2013年3月7日

以上

25

上の内容と合うのは、どれか。

1　この通知さえもらえば、手続きをしなくても大学に入学できる。

2　この通知をもらっても、手続きをしなければ入学できない。

3　この通知をもらったら、入学手続きをしないわけにはいかない。

4　この通知をもらったら、この大学に入るほかない。

(3)

　「将来の生活に関して、何か不安なことがありますか？」と働く女性に質問したところ、約70％が年金や仕事、健康などに関して「不安」を感じていることが分かった。不安なことの内容をたずねると、「いつまで働き続けられるか」「いまの収入で子どもを育てられるか」といった声が寄せられた。さらに、「貯金をするために我慢しているもの」をたずねると、洋服や外食と答えた人が多く、反対に、化粧品代や交際費を節約していると答えた人は少なかった。

[26]
　上の文の内容について、正しいのはどれか。
　1　仕事を続けるために、子どもを育てられない女性がたくさんいる。
　2　半分以上の働く女性が、将来の生活に関して不安を持っている。
　3　洋服を買ったり、外食をしたりしたため、貯金ができない人が多い。
　4　人と付き合うためのお金を節約している人が多い。

(4)

　さあ寝ようとふとんに入ったけれど、体は温まっても、足の先がいつまでも冷たくて、なかなか眠れないという方がいらっしゃると思います。そんな方におすすめなのが、「湯たんぽ」です。「湯たんぽ」は、金属やゴムでできた容器に温かいお湯を入れたものです。これをふとんの中に入れると、足が温まります。靴下をはいて寝るという方もいますが、血の流れが悪くなってしまいますので、あまりおすすめできません。

27

　足の先が冷たくて眠れない人は、どうすればいいと言っているか。

　1　「湯たんぽ」をふとんの中に入れて寝る。

　2　「湯たんぽ」をふとんの中に入れて、靴下をはいて寝る。

　3　「湯たんぽ」の中に足を入れて寝る。

　4　「湯たんぽ」がない人は、靴下をはいて寝る。

問題4

請閱讀下列（1）～（4）的文章並回答問題。請從選項1・2・3・4當中選出一個最恰當的答案。

▼(1) ／ 24

［翻譯］

這是一封寄給高橋老師研討會學生的電子郵件。

收件者	takahasi@edu.jp
標題	關於下次研討會的合宿（注）
寄件日期	2012年9月3日

研討會合宿的日期訂在9月29、30日。最多人選的22、23日由於舉辦地點額滿，所以不能預約。無法配合參加的人請在5日前撥通電話給山本同學。

合宿當中，會依據大家所翻譯的文件來進行討論。進行討論之前，要先請每個人都各別報告10分鐘，請別忘了準備。個人負責的頁數就像之前決定的那樣。譯文如果不齊全就無法進行討論，所以請沒有參加的人務必在14號之前把自己負責的譯文寄給高橋老師。

山本　090-0000-0000

（注）合宿：一群人為了某種目的一起投宿在某個地方，一起生活

24 看完這封電子郵件，不參加合宿的人應該怎麼做呢？

1 打電話給山本同學，用電子郵件把自己的譯文寄給高橋老師
2 打電話給高橋老師，用電子郵件把自己的譯文寄給山本同學
3 打電話給山本同學，收集所有人的譯文，用電子郵件寄給高橋老師
4 譯文沒有齊全的話就無法討論，所以一定要參加

［解題］

1 這一題用「どうしなければならない」來詢問必須做什麼事情。不妨找出文章中出現命令、請求的地方，像是「〜てください」，通常這就是解題重點。

2 問題關鍵在「合宿に参加しない人」，這項條件可以對應到文章兩個地方。首先是第一段：「どうしても参加できない人は、5日までに山本にお電話ください」，表示不能參加的人要在5日前打電話給山本。此外，第二段：「参加できない人は、自分が担当した分の翻訳文を、必ず14日までにメールで高橋先生に送ってください」，這句話也表示無法參加合宿的人，一定要在14日前把自己負責的譯文用電子郵件寄給高橋老師。

3 所以依照事情先後排序，不參加的人應該要先打給山本，再把自己的譯文寄給高橋老師。

4 「〜について」（針對…）表示提出某個話題，並就這個話題進行說明。「どうしても〜ない」在這邊的意思是「無論怎樣…也」，表示盡了全力卻無法如願。

5 「〜をもとに」（以…為依據）表示把前項當成依據、材料、基礎，進行後項的動作。「ずつ」（各…）接在數量詞後面，表示平均分配的數量。

6 「〜よう」（請…）相當於「〜ように」，在這邊表示說話者的期望，也可以用來下指令。

7 「〜通りだ」（如同…）用來表示和前項一樣的狀態或方法。「分」表示相當於前項的事物、數量。「泊まる」和「住む」雖然都可以翻譯成「住」，但前者是短期的住宿，之後還會離開；後者則是指長期的居住。

答案：1

重要單字

□ ゼミ（研討會）

□ 合宿（がっしゅく）（合宿，共同投宿）

□ 合宿所（がっしゅくじょ）（合宿處）

□ 予約を取る（よやくをとる）（預約）

□ どうしても（無論如何也不…）

□ テキスト（文件）

□ 話し合い（はなしあい）（討論）

□ そろう（準備，備齊）

□ 担当（たんとう）（負責）

□ 必ず（かならず）（務必，一定）

□ 〜をもとに（以…為參考）

大學入學考試後收到了下面這份通知。

准考證編號　00000

○○××先生／小姐

○○大學

大學入學考試結果通知

在此通知您 2 月的入學考試結果為**合格錄取**。

若您有意願入學，請依照附件上的方法辦理入學手續。若無端未於期限內完成手續，則視為無入學意願。

如有特殊原因以致無法在期限內辦理手續，請立即與教務處負責人○○（00-0000-0000）聯絡。

2013年 3 月 7 日

僅此證明

---

25 下列選項哪一個符合上述內容？

1 只要有了這張通知單，不用辦理手續也可以就讀大學
2 即使收到這張通知單，不辦理手續的話還是無法入學
3 收到這張通知單後就一定要辦理入學手續
4 收到這張通知單後就一定要進入這所大學就讀

［解題］

1 　這一題從選項可以發現四個選項其實很相近，都在描述入學的方法，所以可以直接從文章中找出和入學相關的資訊，不用逐一地用刪去法作答。

2 　解題關鍵在第二段開頭：「入学ご希望の場合、別紙に書いてある方法で入学手続きをしてください」。

3 　這句話有兩個重點，第一點是這張通知單並非強迫入學，「場合」是一種假設語氣，意思是「如果…」，「ご希望」意思是「您希望…」，也就是說來不來就讀都遵照個人意願。所以選項 3、4 都是錯的。第二個重點在「入学手続きをしてください」，用「～てください」這種表示請求、命令的句型來請對方辦理入學手續。也就是說，想要就讀這間大學的人必須要辦理手續才能就讀。正確答案是 2。

4 　「～結果」（…結果）表示某件事情所帶來的最終狀態。「～場合」（…時）是假設用法，表示某種情況發生的時候。

5 　「さえ～ば」意思是「只要…的話」，表示一種假定條件。「～たら」（如果…）是假定用法，表示前項發生的話，後項也會跟著實現，或是要採取後項的行動。

6 　「～ないわけにはいかない」（不能不…）表示受限於常識、社會規範…等等，於情於理都必須要做某件事情才行。「～ほかない」的意思是「只得…」，表示前項是唯一能做的事情、方法。

答案：2

重要單字

□ 入学試験（にゅうがくしけん）（入學考，入學測驗）
□ 受験番号（じゅけんばんごう）（准考證號碼）
□ 殿（どの）（接於姓名之後以示尊敬）
□ 別紙（べっし）（附加用紙）
□ 手続き（てつづき）（手續）
□ 期限（きげん）（期限）

□ 意思（いし）（意願）
□ 処理（しょり）（處理，辦理）
□ 教務課（きょうむか）（教務處）
□ さえ～ば（只要…〈就〉…）
□ ～わけにはいかない（不能…，不可…）
□ ほかない（只好…，只有…）

[翻譯]

　　訪問上班族女性「對於將來的生活，有沒有什麼不安的地方？」，結果大約有70%的人對於年金、工作和健康感到「不安」。詢問這些人不安的具體內容，有些人表示「不知能工作到何時」、「憑現在的收入不知養不養得起小孩」。再進一步地詢問這些人為了存錢正在節省什麼，多數人回答服裝和外食。反之，只有少數人表示自己在節省化妝品費用和交際費。

26 針對上面這篇文章，下列敘述何者正確？

1 為了繼續工作，有很多女性無法扶養小孩
2 超過半數的上班族女性對於生活感到不安
3 有很多人會治裝、外食，所以存不了錢
4 有很多人省下維持人際關係的費用

[解題]

1 遇到「正しいのはどれか」這種題型，就要用刪去法來作答。

2 選項1是錯的，文章中關於扶養小孩的敘述只有「いまの収入で子どもを育てられるか」（第4行），表示有人質疑自己現在的收入是否養得起小孩。並沒有提到有很多女性為了繼續工作，不能養小孩。

3 選項2對應到第1～3行：「『将来の生活に関して、何か不安なことがありますか？』と働く女性に質問したところ、約70%が年金や仕事、健康などに関して『不安』を感じている」，這個「年金や仕事、健康など」就是指未來的事物，70%也就是「半分以上」，所以是正確的。

4 從第5～6行：「さらに、『貯金をするために我慢しているもの』をたずねると、洋服や外食と答えた人が多く」來看，很多人為了存錢而限制自己買衣服和外食。選項3的敘述和原文正好相反，是錯的。

5 選項4提到「人と付き合うためのお金」，這對應到第6行～第7行：「化粧品代や交際費を節約していると答えた人は少なかった」的「交際費」。從這句話來看，很少人會省下化妝品費用和交際費，所以選項4的敘述和原文也正好相反，是錯的。

6　「名詞＋に関して」可以翻譯成「關於…」、「就…」，是文章用語。表示針對前項進行探討、評價、研究、發表、詢問…等動作。「動詞た形＋ところ」表示在做某件事情的同時發生了其他事情，或是做了某件事情之後的結果。中文可以翻譯成「…結果」、「…時」。

7　「～ことが分かった」意思是「可以得知…」。「～といった」（…之類的）和「などの」（…等等）意思差不多，用來從複數事物當中列舉幾個出來。有時也會用「～などといった」這樣的形式。

8　「～声が寄せられる」意思是「得到了…的迴響」。「～ために」（為了…）表示為了達到某種目的而積極地採取後項行動。「反対に」意思是「相反地」。

9　「～について」（針對…）表示提出某個話題，並就這個話題進行說明。和「不安を持つ」（抱持不安）意思相近的表現還有「不安がある」（懷有不安）、「不安を感じる」（感到不安）、「不安になる」（擔心起來）。

|答案：2

重要單字

□ 年金（退休金）
□ 収入（收入）
□ 声が寄せられる（發聲表示，訴說）
□ 貯金（積蓄）
□ 我慢（忍耐）
□ 外食（外食，在外用餐）

□ 化粧品（化妝品）
□ ～代（…的費用）
□ 交際費（應酬費）
□ 節約（節省）
□ 付き合う（交往，交際）
□ ～に関して（關於…）

▼ (4)／27

[翻譯]

　　有些人躺進被窩準備要睡覺，即使身體暖和，可是腳丫子卻一直冷冰冰的，怎樣也睡不著。我要推薦「熱水袋」給這些人。「熱水袋」是在金屬或橡膠製成的容器裡放入熱水的東西。把這個放入被窩當中，腳會感到暖和。雖然有些人會穿襪子睡覺，但這樣會導致血液循環不好，我不太贊成這樣的做法。

27 作者認為腳丫子冰冷睡不著的人應該怎麼做才好呢？

1 把「熱水袋」放入被窩睡覺

2 把「熱水袋」放入被窩，穿著襪子睡覺

3 把腳放入「熱水袋」睡覺

4 沒有「熱水袋」的人要穿襪子睡覺

[解題]

① 　問題中的「足の先が冷たくて眠れない人」可以對應到第１～２行的「足の先がいつまでも冷たくて、なかなか眠れないという方」。

② 　解題關鍵在第３～４行的「そんな方におすすめなのが、『湯たんぽ』です」。看到「そ」開頭的指示詞就要從前文找答案。這裡的「そんな方」指的就是前面提到的「足の先がいつまでも冷たくて、なかなか眠れないという方」。也就是說作者要推薦熱水袋給腳冷失眠的人。而這個「おすすめ」相當於「こうすればよい」，可以呼應到問題中的疑問：「どうすればいい」。

③ 　至於熱水袋用法在第４～５行：「これをふとんの中に入れると、足が温まります」。看到「こ」開頭的指示詞，就要曉得是上一句提到的人事物。這個「これ」就是前一句的主題：「湯たんぽ」。也就是說熱水袋要放到棉被裡面使用。選項３說要把腳放到熱水袋裡面，所以是錯的。

④ 　第５～６行：「靴下をはいて寝るという方もいますが」的敘述是整篇文章的陷阱，乍看之下穿襪子睡覺似乎也是一個方法，但如果不繼續看下去就會上當。因為後面接著提到「血の流れが悪くなってしまいますので、あまりおすすめできません」，表示作者是不太建議穿襪子睡覺的，因為會造成血液循環不佳。所以選項２、４都是錯的。正確答案是１。

⑤ 　感嘆詞「さあ」在這邊是表示催促或邀請的發語詞，可以翻譯成「來吧」。「いつまでも」（不管到何時都…），表示某件事情或某個狀態沒有完畢的時候。「～におすすめです」意思是「推薦給…」，也可以說「～におすすめします」。

| 答案：**1**

重要單字

□ さあ（表決心或重述事情的用語）

□ なかなか（怎麼也無法…〈後接否定〉）

□ 湯たんぽ（熱水袋）

□ 金属（金屬）

□ ゴム（橡膠）

□ 容器（容器）

□ 血の流れ（血液循環）

讀解・第四回

問題5

つぎの（1）と（2）の文章を読んで、質問に答えなさい。答えは、1・2・3・4から最もよいものを一つえらびなさい。

（1）

「楽は苦の種、苦は楽の種」という言葉があります。「今、楽をすれば後で苦労することになり、今、苦労をしておけば後で楽ができる」という意味です。

子どものころの夏休みの宿題を思い出してみてください。休みが終わるころになってから、あわててやっていた人が多いのではないでしょうか。先に宿題を終わらせてしまえば、後は遊んで過ごせることは分かっているのに、夏休みになったとたんに遊びに夢中になってしまった経験を、多くの人が持っていると思います。

人は誰でも、嫌なことは後回し（注）にしたくなるものです。しかし、たとえ①そのときは楽ができたとしても、それで嫌なことを②やらなくてもよくなったわけではありません。

苦しいことは、誰だっていやなものです。しかし、今の苦労はきっとよい経験となり、将来幸せを運んでくれると信じて乗り越えてください。

（注）後回し：順番を変えてあとにすること

28

①そのときとあるが、ここではどんなときのことを言っているか。

1 子どものとき

2 夏休み

3 自分の好きなことをしているとき

4 宿題をしているとき

29

②やらなくてもよくなったわけではありませんとあるが、どういうことか。

1 やってもやらなくてもよい。

2 やりたくなったら、やればよい。

3 やらなくてもかまわない。

4 いつかは、やらないわけにはいかない。

30

「楽は苦の種、苦は楽の種」の例として、正しいのはどれか。

1 家が貧しかったので、学生時代は夜、工場で働きながら学んだが、今ではその経験をもとに、大企業の経営者になった。

2 ストレスがたまったので、お酒をたくさん飲んだら楽しい気分になった。

3 悲しいことがあったので下を向いて歩いていたら、お金が落ちているのに気がついた。

4 家が金持ちなので、一度も働いたことがないのに、いつもぜいたくな生活をしている。

この文章で一番言いたいことは何か。

1　楽しみと苦しみは同じ量あるので、どちらを先にしても変わらない。

2　今の苦労は将来の役に立つのだから、嫌なことでも我慢してやる
　　方がよい。

3　夏休みの宿題は、先にする方がよい。

4　楽しみや苦しみは、その人の感じ方の問題である。

(2)

　「ばか（注）とはさみは使いよう」という言葉があります。「使いよう」は、「使い方」のことです。これは、「古くて切れにくくなったはさみでも、うまく使えば切れないことはない。それと同様に、たとえ頭の良くない人でも、使い方によっては役に立つ」という意味です。

　どんな人にも、できることとできないこと、得意なことと苦手なことがあります。人を使うときには、その人の能力や性格に合った使い方をすることが大切です。会社であなたの部下が、あなたの期待したとおりに仕事をすることができなかったとしても、それはその人がまじめにやらなかったからとか、頭が悪いからとは限りません。一番の責任は、その人に合った仕事を与えなかったあなたにあるのです。

（注）ばか：頭が悪い人

[32]
　期待したとおりに仕事をすることができなかったときは、誰の責任が一番大きいと言っているか。
　　1　その人にその仕事をさせた人
　　2　その仕事をした人
　　3　その仕事をした人とさせた人の両方
　　4　誰の責任でもない

この文章を書いた人の考えに、もっとも近いのはどれか。

1　人を使うときには、期待したとおりに仕事ができなくても当然だと思うほうがいい。

2　頭の良くない人でも、うまくはさみを使うことができる。

3　人を使う地位にいる人は、部下の能力や性格をよく知らなければならない。

4　人を使うときには、まず、はさみをうまく使えるかどうかを確かめるほうがいい。

問題5

請閱讀下列（1）和（2）的文章並回答問題。請從選項1・2・3・4當中選出一個最恰當的答案。

▼ **(1)**--

[翻譯]

　　有句話叫「先甘後苦，先苦後甘」。意思是「現在輕鬆的話之後就會辛苦。現在辛苦的話之後就可以輕鬆」。

　　請回想一下小時候的暑假作業。有很多人都是等到假期快結束了，才急急忙忙寫作業。明知道先把作業寫完，之後就可以遊玩過日子了，但是暑假一到就完全沉迷於玩樂之中，相信大家都有這樣的經驗。

　　每個人都想把討厭的事物拖到最後（注）。可是，即使①當時是輕鬆快樂的，②也不代表就可以不用做討厭的事情。

　　辛苦的事物誰都不喜歡。但請相信現在的辛勞一定會成為良好的經驗，且將來會為自己帶來幸福，克服它吧！

　　（注）拖到最後：改變順序延到後面

▼ **(1)／28**--

28 文中提到①當時，這裡是指什麼時候呢？

1 小時候
2 暑假
3 做自己喜歡做的事的時候
4 做作業的時候

［解題］

這篇文章的話題一直環繞在「先苦後甘」上面。各段落的主旨如下表所示：

第一段	以諺語來破題，點出主題「先苦後甘」。
第二段	以暑假作業為例子，幫助讀者理解。
第三段	話題轉到「先甘後苦」上。
第四段	作者勉勵大家要有「先苦後甘」的精神。

1 這一題劃線部分的原句在第9～10行：「しかし、たとえ①そのときは楽ができたとしても」。文章中如果出現「そ」開頭的指示詞，答案就在前文當中。從「そのとき」後面的假設：「楽ができたとしても」可以推測「そのとき」應該是和「輕鬆快樂」有關的一段時間。

2 這邊的「そのとき」指的就是前一句提到的「嫌なことは後回しにする」，也就是把討厭的事情延後再做。選項當中只有選項3最接近「嫌なことは後回しにする」這個敘述。

3 「用言仮定形＋ば」（如果…）表示一種假設條件，滿足前項條件就能得到後項的結果。接續詞「のに」表示前項和後項不相應或是不合邏輯，有時還帶有一種惋惜或責備的語氣，可以翻譯成「明明…」、「卻…」。

4 「動詞た形＋とたん（に）」（才剛…就…）表示前項的動作才剛結束，就立刻發生了後面的事態，而且這個事態是突發事件，並非人為意志動作。

5 「～に夢中になる」意思是「對…入迷」。「経験を持つ」和「経験がある」意思相同，表示「有經驗」。「多くの人が（は）～」（很多人…）也可以用「～人が多い」（…的人很多）來代替。

|答案：3

▼ (1)／29--

29 文中提到②也不代表就可以不用做，這是指什麼呢？

1 可以做也可以不做

2 想做的時候再做

3 不用做也沒關係

4 總有一天必須要做

［解題］

1 這一題劃線部分的原句在第9～10行：「しかし、たとえ①そのときは楽ができたとしても、それで嫌なことを②やらなくてもよくなったわけではありません」。想知道這句話在說什麼，就要知道「たとえ～としても」和「～わけではない」分別代表什麼意思。

2 「たとえ～としても」（就算…也…）是假定用法，表示前項就算成立了也不會影響到後項的發展。「～わけではない」（並不是說…）是一種語帶保留的講法，針對某種情況、心情、理由、推測來進行委婉否定。所以，整句話其實是說「即使當時是輕鬆快樂的，也不代表就可以不用做討厭的事情」。

3 「やらなくてもよくなったわけではありません」表示最終結果還是必須做這件事。選項1、2、3都表示「可以選擇不做」，所以是不正確的。正確答案是4。

4 「～ものだ」在這邊表示前項是一個常理、社會習慣或普遍的行為，可以翻譯成「難免…」、「本來就是…」。「～たら」（如果…）是假定用法，表示前項發生的話，後項也會跟著實現，或是要採取後項的行動。

5 「かまわない」前面經常接「ても」或「でも」，表示「即使…也沒關係」。「～ないわけにはいかない」（不能不…）表示受限於常識、社會規範…等等，於情於理都必須要做某件事情才行。

答案：4

▼ **(1)／30**---

30 下列選項當中哪一個是「先甘後苦，先苦後甘」的例子？

1 以前家裡很窮，所以學生時代，晚上在工廠邊工作邊學習，現在以當時的經驗為基礎，成為大公司的老闆

2 累積壓力後喝了很多酒，感覺很開心

3 發生了難過的事情，所以臉朝下走路，結果發現地上有人掉了錢

4 家裡很有錢，從來沒工作過，卻可以一直過著奢侈的生活

1　遇到「正しいのはどれか」的題型就要用刪去法來作答。此外，這一題必須先明白「楽は苦の種、苦は楽の種」是什麼意思才能作答。

2　從第1～2行：「『今、楽をすれば後で苦労することになり、今、苦労しておけば後で楽ができる』という意味です」可得知這句話的意思是「現在輕鬆的話之後就會辛苦。現在辛苦的話之後就可以輕鬆」。掌握住這個概念後就可以開始來看例子了。

3　選項1是正確的。學生時代因為貧窮而辛苦過，現在成了大公司的老闆。這正是「先苦後甘」的寫照。

4　選項2、3乍看之下好像也是「先苦後甘」。不過從文章最後一句「今の苦労はきっとよい経験となり、将来幸せを運んでくれると信じて乗り越えてください」這邊也可以知道，「先苦後甘」應該是要經過一番努力和忍耐才能獲得甜美的果實。可是選項2是紓壓，選項3是在壞事發生後有了意想不到的好事，不太適合用「先苦後甘」來解釋。

5　選項4的敘述當中完全沒有「苦」的成分，既是「金持ち」，又是「ぜいたくな生活をしている」，當然沒辦法當例子。

6　「～をもとに」（以…為依據）表示把前項當成依據、材料、基礎，進行後項的動作。「お金が落ちている」用來描述「錢掉在地上」的景象、狀態。「一度も」下面接否定表現，表示從來都沒有做過、發生過某件事，可以翻譯成「一次也沒…」。

7　「ストレスがたまる」意思是「累積壓力」。另外，「ストレス」是指內心有的壓力，是一種心理狀態，也就是英文的"stress"，如果是外在的精神壓力，那就是「プレッシャー」（pressure），「施壓」就是「プレッシャーをかける」。

答案：1

▼ **(1)／31**--

[31] 這篇文章當中作者最想表達的是什麼？

1 享樂和辛苦都是同量的，不管哪個先做都不會有所改變
2 現在的辛勞對將來是好事，所以再討厭的事情都要忍耐地做
3 暑假作業先做比較好
4 享樂和辛苦都是個人的觀感

［解題］

1 這一題要問的是整篇文章的主旨，主旨也就是文章的重點，通常會放在文章的最後。

2 文章最後一句「しかし、今の苦労はきっとよい経験となり、将来幸せを運んでくれると信じて乗り越えてください」是在勉勵讀者先吃苦，將來就能獲得幸福。所以選項1是錯的。

3 從上面這句話來看，也可以發現選項2是正確的。「今の苦労は将来の役に立つ」剛好可以對應到「今の苦労はきっとよい経験となり」。

4 選項3是錯的。提到「夏休みの宿題」的部分在第二段，但是這一段作者只是拿暑假作業出來當「先甘後苦」的例子，並沒有建議大家要先把暑假作業做完。

5 選項4是錯的，文章通篇都沒有提到苦與樂只是個人的感受。

6 「だって」接在名詞後面時用法和「でも」一樣，意思是「即使是…」、「不管是…」，只是「だって」更有強調的意味。「〜となる」和「〜になる」都是表示變化的句型。前者是文章用語，著重變化的結果。後者表示自然的變化，著重變化的過程。

7 「〜の役に立つ」也可以說「〜に役立つ」，表示「對…有幫助」，另一種說法是「〜に役立つ」（役立つ發音為やくだつ）。「〜を先にする」（先…）的反義詞是「〜を後にする」（之後再…）。

|答案：2

重要單字

□ 楽（らく）（輕鬆）
□ 苦労（くろう）（辛苦，辛勞）
□ 過ごす（す）（過日子，過生活）
□ 夢中（むちゅう）になる（沉溺）
□ 幸せ（しあわ）（幸福）
□ 乗り越える（の こ）（克服）
□ 貧しい（まず）（貧窮的）
□ 大企業（だい きぎょう）（大企業，大公司）
□ 経営者（けいえいしゃ）（經營人）

□ ストレスがたまる（累積壓力）
□ ぜいたく（奢侈）
□ 楽しみ（たの）（享樂）
□ 苦しみ（くる）（吃苦，辛苦）
□ 役に立つ（やく た）（對…有幫助）
□ 〜とたんに（一…就…，剛…立刻就…）
□ たとえ〜ても（即使…也…）
□ 〜だって（即使…也〈不〉…）

▼ (2)--

[翻譯]

　　有句話叫「笨蛋（注）和剪刀端看使用方式」。「使用方式」指的是「用法」。意思是說，「用舊的鈍剪刀只要使用得巧，沒有剪不斷的東西。同樣地，頭腦再怎麼不好的人，依據用人方式不同也能有用武之地」。

　　不管是什麼樣的人，都有辦得到的事和辦不到的事，也有擅長的事和不擅長的事。用人時最重要的就是要針對那個人的能力和個性。即使公司屬下無法依照你的期望來做事，也有可能是因為他做事不認真，不一定是因為他頭腦不好。最大的責任是在於你無法給那個人適合他的工作。

　　（注）笨蛋：頭腦不好的人

▼ (2) ／ 32--

32 作者認為無法依照你的期望來做事的時候，誰的責任最大？

1 給那個人那項工作的人
2 做那項工作的人
3 給工作的人和做工作的人，兩者皆是
4 沒有人應該負責

[解題]

1　　這篇文章整體是在探討用人的方式，作者認為一定要考慮到對方的能力和個性再交辦工作。

2　　題目用「誰」來問人物。「責任が一番大きい」剛好對應到第 8 行：「一番の責任は」，這個「は」的後面就是解題關鍵：「その人に合った仕事を与えなかったあなたにあるのです」，這句話的主詞是「あなた」，前面用「その人に合った仕事を与えなかった」來修飾「あなた」，也就是說，最應該要負責的是「無法給那個人適合他的工作的你」。和這個敘述最吻合的是選項 1。

3　　「動詞ます形＋よう」表示做這個動作的樣子、方法。「～によって」（依照…）表示依據的方法、手段，文章當中可以寫成「～により」。「それと同様に」（同樣地）也可以用「それと同じように」來取代。

4 「たとえ」（即使）是假定用法，後面常接「ても」、「でも」、「とも」等逆接表現，表示前項即使成真，也不會影響到後項的結果。

5 「～ことが大切だ」（…是很重要的）也可以改寫成「大切なのは～ことだ」（重要的是…）。「用言た形＋としても」（就算…也…）是假定用法，表示前項就算成立了也不會影響到後項的發展，強調的語氣比「ても」還來得重一些。

6 「とか」（像是…啦）用在列舉，是口語說法。「～とは限らない」（不一定…）表示事情不能完全這樣斷定，有其他的可能性。

|答案： 1

▼ **(2)／33**---

33 下列選項當中哪一個最接近這篇文章作者的想法？

1 用人時最好要知道無法順應期待工作是理所當然的事情
2 即使是頭腦不好的人都能夠巧妙地使用剪刀
3 位居上位用人的人，一定要熟知下屬的能力和個性
4 用人時首先要先確定對方能不能巧妙地使用剪刀

〔解題〕

1 這一題問的是作者的想法，所以要抓住整篇文章的重點。

2 全文環繞著「ばかとはさみは使いよう」這個概念，再加上從第3行開始，文章就一直在針對「用人」進行說明，可見這篇文章的主旨是在討論如何管理人員。「はさみ」只是一個比喻而已，和「用人」這件事沒有關聯，所以選項2和4是錯的。

3 選項1是錯的。文章提到「無法依照你的期望來做事」的部分是在第7～9行：「会社であなたの部下が、あなたの期待したとおりに仕事をすることができなかったとしても、それはその人がまじめにやらなかったからとか、頭が悪いからとは限りません」，表示下屬就算違背了你的期望，也不代表他頭腦不好，也許他只是不認真而已。「としても」帶出了假設的語氣，作者並沒有覺得屬下無法達成期望是理所當然的事情，當然也不會建議讀者要抱持這種想法。

4 選項3正好對應到「人を使うときには、その人の能力や性格に合った使い方をすることが大切です」這一句。「その人」指的就是被使用的這個「人」，也就是「部下」。所以正確答案是3。

5 「～に近い」意思是「和…相近」。「～とおりに」表示和前項相同的狀態、方法，可以翻譯成「按照…」、「和…一樣」。「～かどうか」（是否…）帶有不確定的語氣，表示疑惑，或是不知道該如何下判斷。

答案：3

重要單字

□ はさみ（剪刀）

□ 得意（擅長）
とくい

□ 苦手（不擅長）
にがて

□ 部下（部屬，屬下）
ぶか

□ 期待（期待，期望）
きたい

□ まじめ（認真）

□ 責任（責任）
せきにん

□ 両方（兩者，雙方）
りょうほう

□ 当然（理所當然）
とうぜん

□ 地位（位子，地位）
ちい

□ 確かめる（確定，確認）
たし

□ ～によって（根據…；按照…）

□ （動詞普通形 / 名詞＋の＋）～とおりに
（按照…）

□ ～とは限らない（不一定是…）
かぎ

問題6

つぎの文章を読んで、質問に答えなさい。答えは、1・2・3・4から最もよいものを一つえらびなさい。

　今、皆さんは、①「光より速いものはない」と教わっているはずですが、これも仮説（注1）でしかないのです。明日、新たな大発見によってその考えが全て変わる可能性があるのです。

　しかし、私たちの常識が仮説でしかない、と自覚（注2）している人はあまりいません。目の前で起きる事件や現象（注3）を全て疑っていると、疲れてしまいます。

　事件や現象については他の人が説明してくれます。それを信じるほうが楽なのです。だから②大部分の人は、他人から教わったことをそのまま納得（注4）しているのです。常識は正しいに決まっている……そんなふうに思っているのです。

　でも、実際は、われわれの頭の中は仮説だらけなのです。そして、昔も今も、それから将来も、そういった仮説はつぎつぎと崩れて修正される運命なのです。そして、③それこそが科学なのです。

　常識が常に正しいと思いこむ（注5）こと、つまり、頭のなかにあるものが仮説だと気がつかないこと、それが「頭が固い」ということなのです。頭が固ければ、ただ皆の意見に従うだけです。逆に、常に常識を

疑う癖をつけて、頭の中にあるのは仮説の集合なのだと思うこと、それが「頭が柔らかい」ということなのです。

(竹内薫『99.9%は仮説　思いこみで判断しないための考え方』より一部改変)

（注1）仮説：ある物事をうまく説明するための一時的な説
（注2）自覚：自分の状態や能力が自分ではっきりと分かること
（注3）現象：人間が見たり聞いたりできるすべてのできごと
（注4）納得：人の考えや説明を正しいと考えて受け入れること
（注5）思いこむ：固く信じる

34

この文章を書いた人は、①「光より速いものはない」という説について、どう考えているか。

1　今は正しいと考えられているが、将来は間違いになる。
2　今は正しいと考えられているが、将来は変わる可能性がある。
3　今は正しいかどうか分からないが、将来は正しいことが証明されるだろう。
4　今は正しいかどうか分からないが、将来は常識になるだろう。

35

②大部分の人は、他人から教わったことをそのまま納得しているのですとあるが、それはなぜだと言っているか。

1　皆が正しいと思っていることを疑うのは良くないことだから。
2　他人から教わったことを疑うのは、人の心を傷つけてしまうから。
3　目の前の事件や現象を全部疑うのは、疲れることだから。
4　目の前の事件や現象を疑うことは禁止されているから。

36

③それこそが科学なのですとあるが、科学とはどういうものだと言っているか。

1　ある現象についての仮説が、新しい発見によって修正されること
2　ある現象についての仮説が、常に正しいと信じること
3　ある現象についての仮説が、常に正しいと皆に信じさせること
4　ある現象についての仮説が、常に間違っていることを新しい発見によって証明すること

37

「頭が固い」と「頭が柔らかい」は、どう違うと言っているか。

1　「頭が固い」は、常識が常に正しいと信じていることで、「頭が柔らかい」は、常識でも疑う気持ちを持っていること

2　「頭が固い」は、皆の意見に従うことで、「頭が柔らかい」は、皆の意見に反対すること

3　「頭が固い」は、常識が常に正しいと信じていることで、「頭が柔らかい」は、常識が常に間違っていると信じていること

4　「頭が固い」は、頭の中にあるものが仮説だと気がつかないことで、「頭が柔らかい」は、頭の中にあるものが常識だと気がつかないこと

問題6

請閱讀下列文章並回答問題。請從選項1・2・3・4當中選出一個最恰當的答案。

[翻譯]

現在大家應該都是學到①「沒有比光還更快的東西」，不過這也只是一種假說(注1)。這個想法搞不好明天會根據某個全新大發現而全面更改。

不過，很少人能自覺(注2)自己的常識只是一種假說。全盤懷疑眼前發生的事件或現象(注3)是非常累人的。

事件或是現象都有別人來為我們說明。負責相信它的人比較輕鬆。所以②大部分的人都是別人怎麼教就怎麼接受(注4)。常識肯定是正確的……大家都是這麼覺得。

然而，我們腦中的其實淨是些假說。不管是過去還是現在，甚至是未來，這些假說的命運都是一一地破滅並被修正。而③這就是科學。

深信(注5)常識總是正確的，也就是說沒注意到腦中的東西是假說，這就是所謂的「頭腦僵硬」。頭腦一旦僵硬，就只會順從眾人的意見。反之，如果培養時時懷疑常識的習慣，認定頭腦裡面的東西都是假說，這就是所謂的「頭腦柔軟」。

（節選自竹內薰『99.9%是假說 不靠固執念頭來下判斷的思考方式』，部分修改）

（注1）假說：為了能圓滿解釋某件事物的一時說法

（注2）自覺：自己清楚地明白自己的狀態或能力

（注3）現象：人類能看見、聽見的所有事情

（注4）接受：覺得別人的想法或說明是正確的而接納

（注5）深信：堅定地相信

▼34 --

34 這篇文章的作者對於①「沒有比光還更快的東西」這種說法，覺得如何呢？

1 現在覺得是正確的，但將來會是錯的

2 現在覺得是正確的，但將來有可能會改變

3 現在不知道是否正確，但將來會被證明是正確

4 現在不知道是否正確，但將來會成為常識

［解題］

這篇文章整體是在探討僵硬的思考模式和柔軟的思考模式有什麼不同。各段落的主旨如下表所示：

第一段	我們學到的東西其實只是一種假說，隨時都有可能會被推翻。
第二段	承接上一段，幾乎很少人能意識到這種情形。
第三段	作者指出大部分的人都把學到的東西照單全收，以為那就是正確的常識。
第四段	其實我們的常識都是假說而已。所謂的科學就是假說不斷地被推翻修正。
第五段	沒有意識到腦中知識只是假說，就是頭腦僵硬。懷疑腦中知識的正確性，就是頭腦柔軟。

1 劃線部分的原句在第一段：「今、皆さんは、①『光より速いものはない』と教わっているはずですが、これも仮説でしかないのです」，作者對於這個假說的看法在後面一句：「明日、新たな大発見によってその考えが全て変わる可能性があるのです」，這個假說有可能會全盤改變。這裡的「〜のです」是解釋原因、理由的用法，也就是說，這一句是針對「為什麼這件事情是假說」在進行解釋。

2 四個選項當中，只有選項 2 最接近作者這種想法。

3 「〜より〜ものはない」（沒有比…更…的了）表示一種最高級的比較，「より」前面接的是某個範圍、領域當中「最…」的人事物。「名詞＋で＋しかない」意思是「只不過是…」，表示該事物就只是這樣的程度，沒什麼大不了的。「〜可能性がある」意思是「有…的可能性」。

4 「はずだ」（應該…）在這邊表示說話者有根據地、主觀地做出推測、想像。也可以用來表示說話者的確信、期待。另外，「はずだ」還有第二種用法，說話者本來想不透某件事情，後來得到了幫助理解的線索（有可能是看到了什麼現象，聽說了什麼情報），前因後果湊在一起才恍然大悟。這時候可以翻譯成「難怪…」。

|答案：2

▼35

35 文中提到②大部分的人都是別人怎麼教就怎麼接受，請問作者認為原因為何呢？

1 因為懷疑大家覺得是正確的事物，不是件好事

2 因為懷疑別人教導的事物，會傷害別人的心

3 因為懷疑眼前所有的事件和現象會很累

4 因為懷疑眼前的事件和現象是被禁止的

[解題]

1 這一題用「なぜ」（為何）來詢問劃線部分的理由。劃線部分的原句在第8～9行；「だから②大部分の人は、他人から教わったことをそのまま納得しているのです」。這個「だから」（所以）就是解題關鍵，可見前面的事項一定是導致後面這句結果的原因。

2 解題關鍵就在第7～8行：「事件や現象については他の人が説明してくれます。それを信じるほうが楽なのです」。也就是說相信別人的說明解釋比較輕鬆，所以大部分的人才會把別人的教導給照單全收。四個選項當中，只有選項3比較接近這個敘述。而且選項3剛好呼應到第5～6行：「目の前で起きる事件や現象を全て疑っていると、疲れてしまいます」。

3 「教わる」意思是「受教」、「學到」，它的對義詞是「教える」（教）。「～に教わる」是「向…學習」，「～に教える」是「教導…」。「そのまま」（就這樣…）表示不做改變，按照原先的樣子、方式來進行後項的動作。

4 「～に決まっている」（肯定是…）是斷定表現的一種，用來做出肯定的推測，帶有一種「這是理所當然的」、「用膝蓋想也知道」的自信。「そんなふうに」可以用「そのように」來代替。

答案：3

▼ 36 --

36 文中提到③這就是科學，作者認為科學是什麼呢？

1 某個現象的假説透過新發現而被修正
2 相信某個現象的假説永遠是正確的
3 讓所有人相信某個現象的假説永遠是正確的
4 利用新發現來證明某個現象的假説永遠是錯誤的

[解題]

1 這一題問的是劃線部分的具體內容。

2 劃線部分的原句在第13行：「そして、③それこそが科学なのです」。解題重點就在「そして」和「それ」上。出現「そ」開頭的指示詞，就要從前文找答案。這個「そして」（而）就是幫助我們找「それ」內容的好幫手，因為接續詞「そして」的功能是承接前面的內容再進行補充，所以這個「それ」的真面目應該就藏在前一句話。

3　解題關鍵在第11～13行：「昔も今も、それから将来も、そういった仮説はつぎつぎと崩れて修正される運命なのです」，表示假說就是一個會不斷地破滅、被修正的東西。正確答案是 1。

4　「名詞＋だらけ」表示數量很多（全是…），或是分布的面積很大（滿是…），通常用在負面意思。其他常見用法還有「傷だらけ」（全身是傷）、「間違いだらけ」（錯誤百出）、「借金だらけ」（一屁股債）、「ほこりだらけ」（滿是灰塵）。「こそ」直接接在其他語詞後面，用來特別強調前項。可以翻譯成「才是…」、「正是…」。

|答案：1

▼**37**---

37　「頭腦僵硬」和「頭腦柔軟」有什麼不同呢？

1「頭腦僵硬」是指相信常識永遠是正確的，「頭腦柔軟」是指對常識抱持懷疑

2「頭腦僵硬」是指順從眾人意見，「頭腦柔軟」是指反對眾人意見

3「頭腦僵硬」是指堅信常識一直都是正確的，「頭腦柔軟」是指堅信常識一直都是錯誤的

4「頭腦僵硬」是指沒發現腦中事物是假說，「頭腦柔軟」是指沒發現腦中事物是常識

［解題］

1　關於「頭が固い」的說明是第14～16行：「頭のなかにあるものが仮説だと気がつかないこと、それが『頭が固い』ということなのです」，表示「頭が固い」是指沒注意到腦中的東西是假說。

2　另一方面，第16～18行：「常に常識を疑う癖をつけて、頭の中にあるのは仮説の集合なのだと思うこと、それが『頭が柔らかい』ということなのです」說明了「頭が柔らかい」是對常識總是抱持著懷疑的態度，並知道腦中的東西都只是假說。和這兩段敘述最吻合的是選項1。

3　「～ということだ」可以用來表示直接引用的傳聞、聽說，或是根據某個事實，針對前面的內容進行解釋或下結論。「～に従う」意思是「順從…」、「跟隨…」、「按照…」，前面的格助詞要用「に」。「逆に」意思是「相反地」、「反而…」。

4 「癖をつける」意思是「培養習慣」。和「習慣をつける」（培養習慣）不同的是，「癖」指的比較像是下意識的舉動，「習慣」則是有意識去做的事情。「〜に反対する」意思是（反對…），相反詞是「〜に賛成する」（贊成…），「に」的前項都表示對象。

|答案：**1**

重要單字

□ 光^{ひかり}（光，光線）

□ 教わる^{おそ}（學習，受教）

□ 新た^{あら}（全新的，嶄新的）

□ 発見^{はっけん}（發現）

□ 可能性^{かのうせい}（可能性）

□ 常識^{じょうしき}（常識，常理）

□ 疑う^{うたが}（懷疑）

□ つぎつぎ（接二連三地）

□ 崩れる^{くず}（崩毀，破滅）

□ 修正^{しゅうせい}（修正，改正）

□ 運命^{うんめい}（命運）

□ 科学^{かがく}（科學）

□ 従う^{したが}（跟隨，順從）

□ 癖^{くせ}（習慣）

□ 集合^{しゅうごう}（集合）

□ 説^{せつ}（説法）

□ 証明^{しょうめい}（證明，驗證）

□ 〜はずだ（〈按理説〉應該…）

□ しかない（只有…，只是…）

□ 〜に決^きまっている（肯定是…）

□ 〜だらけ（全是…，淨是…）

□ 〜こそ（正是…，才〈是〉…）

[讀解・第四回]

問題7

右のページは、さくら市スポーツ教室の案内である。これを読んで、下の質問に
答えなさい。答えは、1・2・3・4から最もよいものを一つえらびなさい。

38

田中さんは土曜日に、中学生の娘と一緒にスポーツ教室に行きたいと
思っている。田中さん親子が二人いっしょに参加できるのはどれか。

1　バスケットボールとバドミントンと初級水泳

2　バスケットボールとバドミントンと中級水泳

3　バレーボールとバドミントンと中級水泳

4　バスケットボールと中級水泳と自由水泳

39

田中さんは、さくら市のとなりのみなみ市に住んでいる。田中さん親子
が、水泳教室に参加した場合、二人でいくら払わなければならないか。

1　500円

2　600円

3　800円

4　900円

さくら市スポーツ教室のご案内

場所	種目	時間	対象	注意事項
体育館	バレーボール	火・木 18：00〜20：00	中学生以上の方	
	バスケットボール	月・水 18：00〜19：30 土 10：00〜12：00	中学生以上の方	土曜日だけでも参加できます。
	バドミントン	土・日 14：00〜16：00	小学生以上の方	土・日どちらかだけでも参加できます。
プール	初級水泳	月〜木 19：00〜21：00	小学生以上の方	週に何回でも参加できます。
	中級水泳	金・土 18：00〜20：00	中学生以上の方	金・土どちらかだけでも参加できます。
	自由水泳	月〜土 10：00〜17：00 の中の2時間	高校生以上の方	左の時間の中のご都合のよい時間にどうぞ。

・自由水泳以外は、どの種目も専門の指導員がついてご指導いたします。

・料金：　体育館　大人（大学生以上）　350円（400円）
　　　　　　　　　中学・高校生　　　　150円（200円）
　　　　　　　　　小学生　　　　　　　100円（150円）
　　　　　プール　大人（大学生以上）　500円（550円）
　　　　　　　　　中学・高校生　　　　300円（350円）
　　　　　　　　　小学生　　　　　　　150円（200円）

　　　＊（　　）内は、さくら市民以外の方の料金です。

・プールでは必ず水着と水泳帽を着用してください。

問題7

右頁是櫻花市運動教室的簡章。請在閱讀後回答下列問題。請從選項項1・2・3・4當中選出一個最恰當的答案。

[翻譯]

櫻花市運動教室簡章

地點	種類	時間	對象	注意事項
體育館	排球	二・四 18：00〜20：00	國中以上	
	籃球	一・三 18：00〜19：30 六 10：00〜12：00	國中以上	也可以只參加禮拜六的課程。
	羽球	六・日 14：00〜16：00	國小以上	六、日可擇一參加。
游泳池	初級游泳	一〜四 19：00〜21：00	國小以上	一週內不限上課次數。
	中級游泳	五・六 18：00〜20：00	國中以上	五、六可擇一參加。
	自由游泳	一〜六 10：00〜17：00 之間兩小時	高中以上	左列時段皆可任意使用。

・除了自由游泳以外，每個種類都有專門指導員教導。

・費用： 體育館　大人（大學生以上）　　350圓（400圓）
　　　　　　　　國、高中生　　　　　　150圓（200圓）
　　　　　　　　小學生　　　　　　　　100圓（150圓）
　　　　　游泳池　大人（大學生以上）　　500圓（550圓）
　　　　　　　　國、高中生　　　　　　300圓（350圓）
　　　　　　　　小學生　　　　　　　　150圓（200圓）
　　　　　　＊（　　）內是非櫻花市市民的費用。

・游泳池內請務必穿著泳裝、戴泳帽。

38 田中太太禮拜六想和就讀國中的女兒一起去運動教室。田中母女倆能一起參加的項目是什麼呢？

1 籃球、羽球、初級游泳

2 籃球、羽球、中級游泳

3 排球、羽球、中級游泳

4 籃球、中級游泳、自由游泳

[解題]

1 這一題要注意題目設定的限制，再從表格中找出符合所有條件的項目。題目當中的限制有「土曜日」和「中学生」，所以要找出星期六有開課，國中生又能參加的課程。

2 從「時間」這欄可以發現星期六有開課的課程是「バスケットボール」、「バドミントン」、「中級水泳」、「自由水泳」這四種。接下來看看這四種課程的「対象」有無符合條件。只要是「小学生以上の方」和「中学生以上の方」，國中生就能參加。

3 不過四堂課當中，「自由水泳」的對象是「高校生以上の方」，要高中生以上才能參加，所以不合條件。正確答案應該是「バスケットボール」、「バドミントン」、「中級水泳」這三種才對。

4 「方」唸成「かた」，是「人」的尊敬說法。「時間＋に＋次數」表示某個行為的頻率，在某個時間範圍內做幾次。

5 「どうぞ」單獨使用時表示邀請對方做某件事，或是允許對方做某件事情，是很客氣的說法。在這裡是「どうぞ参加してください」的省略說法。

|答案：2

39 田中太太住在櫻花市隔壁的南市。田中母女倆如果參加游泳課，兩人總共要付多少錢呢？

1 500 圓

2 600 圓

3 800 圓

4 900 圓

❶ 「いくら」用來詢問金額，可以從簡章下半部的「料金」部分找出答案。問題有四個重點：「さくら市のとなりのみなみ市に住んでいる」、「田中さん親子」、「水泳教室」、「二人で」。這四個重點就是尋找答案的線索。

❷ 從「＊（　）内は、さくら市民以外の方の料金です」這一句可以知道我們要看的是括號內的價錢，因為田中母女是南市市民（＝不住在櫻花市）。

❸ 上一題提到田中太太的女兒是「中学生」，所以田中太太的應付金額要看「大人（大学生以上）」，女兒的部分要看「中学・高校生」這一行。

❹ 兩人要參加的項目是游泳課程，從表格可以得知游泳課的上課地點（場所）全都在「プール」，所以要看「プール」的使用費用。

❺ 綜合以上幾點來看，田中太太的費用是550圓，田中太太的女兒的費用是350圓，「550＋350＝900」，所以兩人要付900圓。

❻ 「～以外」接在名詞或動詞的後面，用來把前項屏除在外。中文可以翻譯成「除了…之外…（都…）」。「～場合」（…時）是假設用法，表示某種情況發生的時候。「動詞未然形＋なければならない」（必須…）表示有義務、責任、規範要去遵守某件事情，不做不行。

答案：4

重要單字

□ 親子（おやこ）（親子，父母與孩子）
□ バスケットボール（籃球）
□ バドミントン（羽毛球）
□ 初級（しょきゅう）（初級）
□ 中級（ちゅうきゅう）（中級，中等）
□ 水泳（すいえい）（游泳）
□ 種目（しゅもく）（種類）
□ 対象（たいしょう）（對象）
□ 注意事項（ちゅういじこう）（注意事項）

□ 都合（つごう）（方便，合適〈與否〉）
□ 専門（せんもん）（專門，專業）
□ 指導員（しどういん）（指導員）
□ 指導（しどう）（教導，指導）
□ 料金（りょうきん）（費用）
□ 水着（みずぎ）（泳衣）
□ 水泳帽（すいえいぼう）（泳帽）
□ 着用（ちゃくよう）（穿戴）

MEMO

【日檢大全13】

N3.N4.N5
［閱讀大全］

■ 發行人／**林德勝**

■ 著者／**吉松由美、西村惠子**

■ 設計・創意主編／**吳欣樺**

■ 出版發行／**山田社文化事業有限公司**
　臺北市大安區安和路一段112巷17號7樓
　電話　02-2755-7622
　傳真　02-2700-1887

■ 郵政劃撥／**19867160號　大原文化事業有限公司**

■ 總經銷／**聯合發行股份有限公司**
　地址　新北市新店區寶橋路235巷6弄6號2樓
　電話　02-2917-8022
　傳真　02-2915-6275

■ 印刷／**上鎰數位科技印刷有限公司**

■ 法律顧問／**林長振法律事務所　林長振律師**

■ 定價／**新台幣399元**

■ 初版／**2016年7月**

© ISBN : 978-986-246-445-8
2016, Shan Tian She Culture Co. , Ltd.

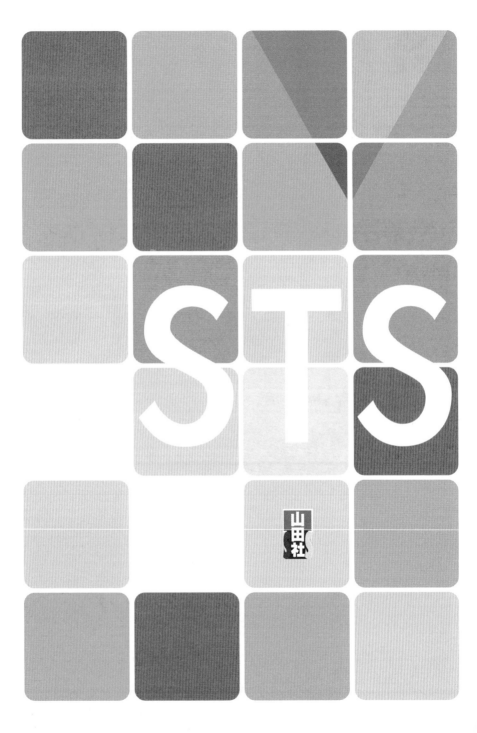